I0556861

故事会

2013 · 59

合订本

STORIES

上海故事会文化传媒有限公司　出品

图书在版编目（ＣＩＰ）数据

2013《故事会》合订本. 59 / 《故事会》编辑部编. —— 上海 ：上海锦绣文章出版社，2014.3

ISBN 978-7-5452-1227-3

Ⅰ．①2… Ⅱ．①故… Ⅲ．①故事－作品集－中国－当代 Ⅳ．①I247.8

中国版本图书馆CIP数据核字(2013)第036253号

责任编辑：顾　诗
封面设计：王怡斐
责任督印：张　凯

2013故事会合订本59

《故事会》编辑部　编

上海锦绣文章出版社·上海故事会文化传媒有限公司出版
地址：上海绍兴路74号
电子信箱：gushihui@263.net
网址：www.slcm.com

中国图书进出口上海公司发行
地址：上海市广中路88号
电话:36357888

ISBN 978-7-5452-1227-3/I · 413

5 3 7

2013
SEMIMONTHLY
下半月刊

6月

STORIES

欢迎登录本刊主办的"故事中国网"（www.storychina.cn）

笑话13则	史志鹏等	4
3分钟典藏故事		8
诙段子		11
新传说		
爱心不假	滕建军	13
藏獒	刘洪林	15
报销时代	黄胜	20
揽客之道	陈述	22
妻子的秘方	徐波平	25
给猩猩减肥	白艳平	27

民间故事金库		
半两蔗糖	裴文兵	30
乌龟的心事	何必加	48
情节聚焦		
以毒攻毒	曾金	34

外国文学故事鉴赏		
定夺生死	吴本慧	36
传闻逸事		
彩蝶双飞	李诚	38
江公招婿	蒋子中	54

职场故事		
好哥们儿	彭启殿	42
青春励志故事		
五个啤酒瓶	徐美勤	44

法律知识故事		
工资要给够	覃旭	50
阿P系列幽默故事		
阿P看儿子	梁博	52

情感故事		
美丽的谎言	唐城一棵树	58
中篇故事		
去明朝捞一把	陈效平	61

经典传递		77
微博故事		81
幽默世界		
《重口味》等6则	黄荣俊等	82

动感地带		90
本刊信息传真		
		76、83

故事会
—STORIES—

2013年6月
下半月刊·绿版

社　长、主　编：何承伟
副社长：夏一鸣
常务副主编（兼绿版负责人）：吴伦
副主编（兼红版负责人）：姚自豪
本期责任编辑：黄美舟
电子邮箱：huangmeizhou@163.com
绿版发稿编辑：
朱虹　刘迎曦　颜轶超　陶云韫
美术编辑：王怡斐
电脑制作：郭瑾玮
本社办公室电话：021-64375030
上半月刊编辑部电话：021-64310547
下半月刊编辑部电话：021-64336469
（上海市绍兴路74号 邮编：200020）
主管：上海世纪出版集团
主办：上海故事会文化传媒有限公司
出版单位：《故事会》编辑部
发行范围：公开

出版、发行总监：张凯
电话：021-64313938
广告业务：上海故事会文化传媒有限公司
广告总监：张淮
广告业务：021-34010383
广告投诉：021-64333738
广告经营许可证
沪工商广字3100320080016号
发行：中国图书进出口上海公司

同行

位瑜伽大师在闹市做宣传时说道:"我的工作就是有时坐在地上,有时躺在地上,嘴上说说话,就能赚钱。"

围观的人群中有一个男人说:"那咱们还是半个同行呢。"

瑜伽大师问:"为什么是半个同行?"

男子答:"相同的那一半是工作地点,我们都是在人多的地方。不同的是我们的工作道具,你用瑜伽垫,我是用碗。"

(史志鹏)

(本栏插图:包丰一)

不让出声

个男生上课时老是放响屁,同桌忍不住说他:"你能不能不出声啊?"

男生只能憋着。因为憋着难受,他的表情显得十分痛苦,坐在那儿一直抖个不停。同桌奇怪地问他在干什么。

男生答:"你不让我出声,我现在已经调成振动档了!"

(赵书雍)

如此吓人

两个小男孩站在民政局的门口,好奇地看着一对刚刚登记结婚的新人。

一个小男孩说:"我们要不要吓唬他们一下?"

另一个则说:"好呀!看我的。"说罢,他立刻跑上前去,对着新郎喊道,"嘿,爸爸!"

(余 娟)

总监的口才

有个销售请客户去夜总会娱乐，结果遇到扫黄，两人都被抓了，拘留十五天。客户的老婆到公司大骂。

众人都处理不了，总监过来淡定地说："大哥那天喝多了，可他说嫂子在家等，坚持开车回去，结果被查酒驾。我们费了好大力气，通过关系才把酒驾改成了轻一点的罪，不然得坐六个月牢。"

客户的老婆听了，连说感谢。旁边的同事们对总监更是佩服得五体投地。

（贺逍微）

老婆认错

老公和老婆吵架了，正在冷战中，老公一个人跑到书房打游戏。

老婆见老公不理自己了，心想一定要让他开口，不然自己就输了。于是，老婆就在门口喊老公："晚上请你吃饭吧？就算我向你道歉！"

老公一看老婆认错了，觉得自己赢了，就边往门口走边问："请我吃什么呀？"

见老公终于说话了，此时老婆突然怒吼道："闭门羹！"然后，啪地关上房门。

（黄荣俊）

指点

有一对情侣，总是闹分手，于是，男孩把苦恼告诉了父亲。

父亲笑而不语，抓来一只鸡，在鸡腿上缠根线，他一拉线，鸡立即跌倒，鸡挣扎起来继续走，父亲又一拉，鸡又跌倒，如此反复多次。

男孩若有所悟，说："您这是让我欲擒故纵，放长线钓大鱼？"

父亲面露不快地说："傻小子，我是让你拉倒吧。"

（吴梅开）

老公的眼光

老婆闲着没事，就从抽屉里拿出小镜子和剪子，把自己有些长的刘海儿给剪了。然后，她拉住老公问："看看我这刘海儿剪得怎么样？"

老公瞟了一眼嘟囔道："不怎么样。"

老婆似乎看透了老公的心思，说："我没去外面剪，自己瞎剪的，一分钱没花。"

老公盯着老婆的刘海儿仔细看了看说："不错，真不错，你怎么不早说呢？"

(张 哲)

应聘失败

那天，老婆乐呵呵地告诉老公，说："今天我在网上投了一份简历，应聘婚介公司的红娘一职。明天上午我要去参加面试，祝我好运吧！"

第二天老公下班回来，见老婆满脸的不高兴，就问："应聘失败了？"

老婆气呼呼地说："都怪你！"

老公纳闷道："这和我有什么关系？"

老婆愤愤地说："婚介公司规定，红娘需要三年以上恋爱经验，可我们只谈了一年就结婚了。"

(刘财旺)

去伊拉克

有一个男人独自喝醉了，正好又收到另一帮朋友的来电，叫他去一家名叫"伊拉克"的酒吧继续喝酒。

男人晕乎乎地随手拦了一辆的士，上车就冲司机喊道："去伊拉克！"随后就倒头睡死过去。

不知过了多久，那司机把他叫醒，说道："哥们儿，到了。"

男人连滚带爬地滚下车后，一看是机场。的士司机慢悠悠地说道："伊拉克我开车到不了，您坐飞机去吧！"

(黄永健)

爱子心切

妈妈爱子心切，在送儿子上小学的第一天就向老师要求，儿子就是做错了事，也不能惩罚他。

老师警告她，这样对小孩子没帮助，只会宠坏了他。妈妈想了一会儿后，说："好吧，如果他做错了什么事，就惩罚他邻座的孩子吓吓他好了。"

（黄仁传）

条石的牢骚

石阶上的条石问佛像："我们都是石头，凭什么你受人膜拜，我却遭人践踏？"

佛像嗤笑道："你只挨了四刀就成了条石，我却挨了千刀万剐才有现今模样。想成功就要经历磨难啊！"

过了几天，条石带了个同伴又找到佛像，说："这是我表亲，砧板，你也给他说道说道……"

（陈昌英）

如此学生

语文老师给学生们介绍孔子的生平："孔子，春秋时期鲁国人……"

话音还未落，有一位学生举手提问："老师，那孔子在夏天和冬天是哪国人？"

（魏玉燕）

吃面

一个老头去面馆吃面，正琢磨着吃什么面好呢。老板正好给身边一个漂亮姑娘下了碗牛肉面，老头瞄了一眼，碗里全是牛肉！

老头问老板："这牛肉面多少钱一碗？"

老板说："六块。"

老头一听，太值了，就吃牛肉面。等老板把面下好了端上桌子一看，面条上面就漂着三片牛肉。

老头一看就生气了，就问老板："你看人家姑娘长得漂亮，你就多放牛肉啊！"

只听老板幽幽地说："那个是我老婆。"

（马燕杰）

用蛋管住鸡

有个男人从市场上买来几只小鸡，养在了自家院子里，他希望小鸡快点长大，能早日下蛋。

一天，男人下班回家，看到有人在院门口挂了个牌子，上面写着："请管好你的鸡，别让它们再窜到我家院子撒野。"他警觉地去找鸡，发现一只都没少，便没当回事。那之后，男人常听到邻居在大声抱怨，一会儿说鸡踩了花草，一会儿说他家院子里有鸡粪……男人想：就是几只调皮的鸡，值得这般小题大做嘛！

事态的发展超出了男人预料，有一天他清点鸡时突然发现少了一只，于是慌张地跑到邻居家，发现那只鸡果然被邻居关在笼子里，上面还挂了个牌子：再不管好鸡，我就宰了它。男人抱起鸡，找邻居理论："我家鸡只是偶尔溜到你家，你至于如此报复吗？"邻居气不打一处来："它们敢再来破坏，我就下手！"两人吵了半天才罢休。

打那之后，男人还是任由鸡跑到邻居的院子里撒野，可邻居却再没抱怨过。直到有天清晨，男人准备出门，突然听见邻居的女儿大叫起来："我在草丛发现了三个鸡蛋！"邻居回应说："不要大惊小怪，这几天咱家吃的鸡蛋全是在那捡的。"男人听得真切，当即在院里搭起鸡圈，再不让鸡溜到邻居家了。

对他人的错误，比指责更有效的，是让他意识到错误对自己的危害，自觉自愿地去纠正。

（推荐者：张心涛）

不能再版的畅销书

二战期间，有位作家将自己的新作送往出版社。出版社考虑到他此前的作品已滞销，加上这次的书稿也晦涩难懂，考虑再三，才答应首印一千册看看行情。

没想到的是，不久后作家就接到出版社的电话，说他的书脱销了，多家书店都要求供货。作家为此激

动不已，想到书中还有几处写得不够充分，便通宵达旦地做了补充，再把作品交去加印。

可新印的书很快被退了回来，书店要求出版社必须提供跟上次同样的版本。作家和出版社不知道哪里出了问题，等他们来到书店，才明白真相。原来，当时正是二战期间，法国的金属物资，尤其是用来造砝码的金属原料十分紧缺，价格大涨，而家庭主妇生活中又离不开天平和砝码。碰巧的是，首印的那个版本的书正好重一公斤，可代替等重的砝码来称重，价格也更便宜。有个主妇意外地发现该书的特殊用途，一传十，十传百……

作家哭笑不得，方才知道作品突然畅销竟是靠重量而非内容。那之后，他不再追求作品是否畅销，而是潜心钻研，用心推敲内容，推出了一系列成功的作品。

有些"成功"其实是假象，不必被这些虚假所扰，而是要靠真才实学，苦心经营，才能收获成功。

（推荐者：张心涛）

1955年秋天，巴西女孩迪尔玛正坐在家门口看书，有个乞丐走过来乞讨。迪尔玛看他可怜，进屋盛了一碗肉递给他。突然，迪尔玛又想起什么，从口袋里掏出一张钞票，撕了一半递过去："实在对不起，这是爸爸给我的买书钱，全给你我就没法买书了，只能送你半张。"乞丐只顾着吃，看也没看就收下了。

到了晚上，迪尔玛把这事讲给家人听，大家都笑得合不拢嘴："孩子，半张钞票就是张废纸，你买不到书，乞丐也买不了吃的呀！"迪尔玛这才知道自己犯了错，忍不住哭起来。

此后好几天，迪尔玛都闷闷不乐。父亲担心她难过，就领着她拿着那半张钞票来到书店，把它递给营业员说："麻烦买本书。"迪尔玛没想到，父亲竟顺利买到了书。他微笑着对迪尔玛说："孩子，你并没错，半张钞票照样有利用价值。"随着女儿的长大，父亲告诉她真相："其实那天我是把一张完好的钞票藏在那半张钞票下，这样才买到了书。我是想让你知道，只要怀揣着善心，就无需介意他人的嘲讽。"迪尔玛怔住了，感动得流下眼泪。

迪尔玛的全名叫迪尔玛·罗塞夫。成年后她参加了革命，选择了从政，尽全力去帮助人民改善生活，直至当选巴西首位女总统。迪尔玛常说："善心善行不会错，它只会给人带来更多的惊喜。"

（推荐者：丁　强）

半张钞票的惊喜

研制一种赔本的药

上世纪70年代初，德国一家药品公司的研究员坎贝尔博士受邀赴西非进行调查研究。坎贝尔和同行们发现，在西非多个国家，共有几千万人染上了一种叫河盲症的病，这种病使患者遭受着极大的痛苦，有人甚至因此而自杀。可让人遗憾的是，当时没有药物能够治疗这种病。

1978年的一个傍晚，坎贝尔在实验室意外地发现治疗河盲症的方法，他为自己的发现兴奋不已。出于科学家的责任感，他没经过太多考虑，就怀着极大的热情，向公司董事会提交了研发这种特效药的申请。

这家药品公司的管理层很快意识到了这样一个问题：坎贝尔申请研制的新药需要耗费巨资不说，关键是无法盈利，甚至无法收回成本，因为那些患者属于非洲地区的赤贫人口，根本无力支付昂贵的药费。况且，当时这家药品公司陷入了财政危机，本身就濒临破产，若批准研发这一新药会令公司雪上加霜，但如果不研发的话，又有违人道主义精神。

董事会围绕是否研发这一新药的问题展开了激烈讨论。最后，公司的CEO慷慨激昂地说："我们永远不要忘记，生产药品的首要目的是为了救死扶伤，而不是赚钱。当你想象一下那些患者的母亲，她们眼睁睁地看着自己的孩子遭受极大的痛苦却无能为力，你们还认为应该将经济利益放在首位吗？当然，如果放弃了药品的研发，尽管没有人责备我们，但恐怕上帝不会原谅我们！"CEO的一席话点醒了那些反对者们。最终，这家公司批准了上亿美元的预算，着手研发治疗河盲症的特效药。

经过辛苦的研发，花费了巨资，这家公司终于研制出了治疗河盲症的特效药——异凡曼霉素，并且常年向非洲患者免费提供，给无数河盲症患者送去了福音。

令管理者们意想不到的是，这一无私的举动为公司赢得了极高的知名度和美誉度，并吸引了大量的全球顶尖科学家前去工作。他们为公司创造的价值远远超过了曾经的损失。

（推荐者：余 娟）
（本栏插图：安玉民 梁 丽）

学写作文，从读故事开始

办公室里，各科老师都低头忙碌着。突然，"咣当"一声脆响，一只玻璃茶杯掉在地上摔碎了。面对"杯具"，老师们各抒己见：

◆ 数学老师："高度1.1米，下落时间0.5秒，平均速度为22米／秒。"

◆ 生物老师："杯子与地板碰撞的一刹那，得砸死多少微生物啊！"

◆ 化学老师："杯子碎了，并没有改变玻璃的属性，这是物理变化。"

◆ 物理老师："杯子下落的过程属于垂直运动，是受重力的影响。"

◆ 政治老师："身不正，则影斜，危险就会接踵而至。"

◆ 体育老师："以卵击石，注定没有好下场！"

◆ 教务主任扶了扶眼镜："玻璃杯看似坚硬，却隐藏着一颗脆弱的心。平时不刻苦努力，高考就会考砸，所以，大家要想办法让学生的内心也变得坚强。"

◆ 最后，校长总结道："这个'杯具'深刻地警醒了我们：身为灵魂的工程师，教书育人是一件多么任重而道远的事情啊！"

（推荐者：曹绍明）

老师的杯具

文具争功

◆ 三角板：这次主人考上重点中学，我可是立了大功的，三角形最稳定，所以我给了主人稳定的心态！我不但可以准确地掌握30度、60度、45度、90度角的大小，还可以量长度，可以画直线，不像圆规那么圆滑，靠不住！

◆ 量角器：若想在升学考试中取得好成绩，关键在于：复习要抓住重点，解题的思路要正确，还要多角度地思考问题。而我，不管主人想要什么角度，我都可以给他。所以主人考上重点中学，我功不可没！

◆ 直尺：我做事光明磊落，直来直去，是多长就是多长，不扬长，不护短。

有我，主人才有如此好的成绩。

◆ 铅笔：我的优点就是知错就改，一改再改，直到改好为止，千锤百炼嘛！有我，才有主人的今天。

◆ 橡皮：我很宽容，主人犯了错误，我不仅不责备，反而帮助主人擦去错误的痕迹，不像有些人，看到别人犯错就揪住不放。

◆ 圆规：你们的那些方法行不通，动一下角度就变了，急转弯时候最容易翻车，还是像我这样才好！解题要会变通、圆滑，不要钻牛角尖，如果发挥不好的话，也别灰心，回到圆（原）点重新奋战！正是有了我，主人才取得好成绩的。　　**（推荐者：余　娟）**

可以和但是

- ◆ 青蛙：唱歌可以不天籁，但是声音不能不震撼。
- ◆ 乌龟：底盘可以不抓地，但是走路不能不平稳。
- ◆ 鳄鱼：眼泪可以不值钱，但是表演不能不到位。
- ◆ 穿山甲：牙齿可以不锋利，但是武器不能不尖端。
- ◆ 屎壳郎：卫生可以不过关，但是口感不能不对味。
- ◆ 金钱豹：银行可以没存款，但是身上不能没有钱。
- ◆ 喜鹊：工作可以不努力，但是成绩不能不汇报。
- ◆ 孔雀：前途可以不明朗，但是后势不能不看好。
- ◆ 蜗牛：速度可以很缓慢，但是步履不能不悠闲。
- ◆ 蜈蚣：出门可以没车队，但是腿脚不能不成排。
- ◆ 猫：身材可以不伟岸，但是长相不能不王气。
- ◆ 鹦鹉：学习可以不出国，但是外语不能不掌握。
- ◆ 壁虎：马路可以很堵塞，但是墙上不能不开阔。
- ◆ 奶牛：外表可以很花哨，但是品质不能不洁白。
- ◆ 螃蟹：方向可以很笔直，但是行驶不能不跑偏。
- ◆ 猴子：出名可以不炒作，但是自信"一腔"会走红。
- ◆ 蚯蚓：身体可以很柔软，但是思想不能不坚韧。
- ◆ 袋鼠：脑中可以没能量，但是胸中不能没包容。
- ◆ 蛇：身材可以不丰满，但是曲线不能不"S"。（**推荐者**：周广清）

成语说雾

- ◆ 庞然大雾（物）：面积广，时间长，真"大"雾也！
- ◆ 星移雾（物）转：天气预报说，还要等些时日，雾才能散去。
- ◆ 雾（物）美价廉：雾太浓烈了，摆摊的货卖得不好，只好降价。
- ◆ 雾（物）稀为贵：等到雾散得差不多了，价钱才慢慢提上来。
- ◆ 雾(物)是人非：不管走到哪里都是大雾，只是周围的人变了而已。
- ◆ 睹雾（物）思人：听见他的声音，却只能看得见雾。不由得想：人哪儿去了呢？
- ◆ 言之有雾（物）：进门寒暄，第一句话就是：这雾好大呀！
- ◆ 傲世轻雾（物）：拥有怎样豪情的人，才能做到这一点呢？

（推荐者：陈立军）

爱心不假

□ 滕建军

镇中心小学有名学生患了绝症，却因家贫没钱医治。教导处的李主任负责全校的捐款事宜。在收上来的捐款中，他发现了一张百元假币。

李主任越想越生气，忽然，他发现这笔捐款里竟然只有这一张百元大钞，其他的都是五元、十元的。李主任赶紧查登记表，果然，只有一位叫王小梅的同学捐了一百元。

李主任赶紧把班主任喊来，就把假币的事告诉了他。没想到班主任一听，眼睛却一下子瞪大了，第一个反应竟然是：谁？王小梅？不可能！

原来，王小梅是一名品学兼优的好学生，可是她的家庭条件不好，以往捐款的时候，王小梅捐得都很少，一般都捐两元，因为这，有不少同学还在背后笑话她没有爱心呢！李主任一听，更加确信这假币是王小梅的了，

你想啊！她以前因为捐款少被同学们笑话，想多捐家里又没钱，这次不知道从哪儿弄到张假币，一定是想靠它来争回面子。

分析完，李主任严肃地说："别小看这一百块假币，它关系到一个学生的思想道德品质问题，我们一定要调查清楚，严肃批评教育。"班主任也同意要认真调查。

王小梅被叫到了教导处，李主任先亲切地问了一下她的家庭情况，得知王小梅的父母都在外地打工，她现在和奶奶住在一起，于是，李主任试探着问道："王小梅同学，你的家庭条件也不富裕，这次为什么要捐一百块钱呢？"王小梅抿着嘴，有点害羞又有点自豪地说："是奶奶让我捐的。她说因为家里没钱，以前每次都捐得少，这次恰好手里有一百块钱，就全

捐出来。"李主任仔细观察了一下王小梅脸上的表情，现在他也相信王小梅不知道假币这事，难道问题出在她奶奶身上？

李主任决定去王小梅家里作次家访。按照地址，他打听着找到王小梅家，一进院子，就看到一个头发灰白的老太太，正一瘸一拐地在院子里整理捡来的垃圾，一问，这个老太太就是王小梅的奶奶，原来她平时靠捡垃圾补贴家用。一见这种情况，李主任心里有了谱，一个捡垃圾的老太太，怎么会舍得捐出去一百块钱呢？

于是，李主任板起脸，很严肃地问起那一百块钱是怎么回事？没想到老太太很不好意思地说："捐钱是应该的！其实每次都想多捐，可手头没钱，这次刚好有一百块钱，就让小梅捐了。不怕你笑话，平时俺很难接触到一百元的钱呢！"看老太太讲话时的神情，分明她也不知道这一百块钱是假的，又听说她平时很难接触到百元钞票，李主任心里不由得"咯噔"一下，坏了！老太太一定分不出真假钞，让人用假币骗了。想到这儿，李主任赶紧问："这一百元是您卖废品的钱吗？"老太太听了连忙摇头，说捡废品哪能卖这么多钱！每天顶多能卖个三五块，都补贴着买菜了。李主任听后松了口气，既然没让人骗，那肯定是捡的。没想到老太太还是摇头，说不是捡来的。

这下李主任糊涂了，既不是卖废品挣的，也不是捡的，那这一百块钱到底是怎么来的呢？在他的追问下，老太太说，前两天她捡垃圾的时候，有一辆轿车倒车时不小心撞到她腿上，把她撞倒了。那个司机见路上有很多人，就下车给她一百块钱。老太太本来不想要，可司机扔下钱扭头就走。老太太笑了一下，说："他可能以为我要讹人，其实我是想告诉他伤得不重，不用赔钱。既然我用不着这钱看病，就把它捐给需要的人吧！"

李主任一下子明白了，怪不得老太太走路一瘸一拐的呢！原来是被车撞了。没想到却遇上个没人性的司机，撞伤了人，竟然给人家一百元假钞做赔偿，可是这个善良的老太太，不知道是假钱，竟然舍不得花，又把它捐了出去。李主任的眼眶湿润了，他站起来，深深地给老太太鞠了一躬……

回到学校，李主任自己拿出一百元替王小梅捐上。那张假币，被李主任小心地锁在抽屉里，那上面写了九个字：钱是假的，但爱心不假。

（题图：谢 颖）

藏獒是生活在高原上的大型犬种，体魄强健，忠诚善斗，被称为"中华神犬"。一只成年藏獒可匹敌数只野狼，藏獒已经成了勇武与忠诚的象征。

藏 獒

□ 刘洪林

初见藏獒

韩冰是一个五年级的小学生，最近，他家隔壁的院子换了新邻居。这家人有点奇怪，搬家时没多少东西，却带着一条大得吓人的黑犬。这犬毛发浓密，四肢粗壮，立起来足有半个人高。莫非，这就是凶猛无比的藏獒？

韩冰想走近瞧瞧，但离铁栅栏还有几米远，院里的黑犬就突然立起，双眼死死地盯着韩冰。犹豫了片刻后，

韩冰又试探着上前了一步。黑犬似乎发怒了，头上毛发"刷"地立起，俯身一声低吼，声音如闷雷滚动，吓得韩冰半天不敢动弹。

晚上妈妈回家，一听这事，立刻就坐不住了，匆匆去了隔壁家。这也难怪，韩冰的爸爸在外地工作，妈妈晚上下班很晚，韩冰毕竟是个小学生，本来一人在家就不放心，这下可好，隔壁又添了一只大恶狗。

不一会儿妈妈回来，气呼呼地把门一摔，对韩冰说："我警告你啊，以后千万离隔壁家远点，那只藏獒哪里是狗呀，简直就是野兽，见了生人又扑又咬，一副要吃人的样子！"

"藏獒！真的是藏獒啊？"韩冰兴奋地问。

妈妈点点头，说隔壁这家是青海人，就一老一小，男孩跟韩冰一样大，刚从青藏高原转学到这里，老奶奶是来照顾小孩的，因为父母不在身边，所以特意带了只藏獒来守院子。

隔壁就住着一只大藏獒，这太令人兴奋了！第二天一早，韩冰上学经过隔壁时，只见藏獒已被拴住了，粗粗的铁链锁住了它的脖子，长长的毛发也被压得东倒西歪。韩冰有点难过，正要走开时，后面却有人叫住了他。

叫他的是个男孩子，个头跟韩冰差不多，黑红的脸上挂着羞涩的笑。男孩走上前来，操着浓浓的西北音，说："我叫多吉，是你的邻居，我想做你的朋友。"

不用猜，这肯定就是隔壁家的孩子，也就是藏獒的小主人了。韩冰一时不知如何回答，只好敷衍地伸出手来。多吉连忙伸手握住，兴奋地说："那咱们就是朋友了，我要送你一个礼物。"多吉说完，从口袋里摸出一

个形状弯弯，乳白色的像玉一样的东西。

"这是狼牙。"多吉指着自己的嘴说，"就是狼的牙齿。"

韩冰是个大胆的孩子，听说是狼牙，不仅不怕反而非常喜爱，这让多吉很满意。韩冰玩了一会，忽然一拍脑袋说："糟糕，我没有东西送你呀。"

多吉摆摆手，说："不用送我礼物，你能不能答应我一个请求？放了黑森，别锁着它。"

"这藏獒叫黑森？"韩冰问。

"对，森格是狮子的意思，黑森就是黑狮子。黑森是条好狗，它经常跟小羊羔呆在一起，不会乱咬人的。"多吉的请求让韩冰很为难，他知道锁上黑森，一定是妈妈提出的要求，可如果不锁，万一跑出来了怎么办？

多吉似乎明白韩冰的心思，连忙说："你可以跟黑森做朋友，做了朋友，黑森就不会吓唬你了。"

跟藏獒做朋友，韩冰虽然很期待，但心里还是有点害怕。多吉管不了这些了，他连拉带拽地把韩冰拖进院子，一边走一边让韩冰不要怕。果然，黑森这次没有叫，但仍然警觉地盯着韩冰，眼睛一眨不眨。头一回离藏獒如此近，听着黑森粗重的呼吸声，韩冰感觉到头皮发麻。

"把手伸出来。"多吉说。

"什、什么？"韩冰不明白多吉的意思。

多吉笑了笑，握住韩冰的手，慢慢地伸到黑森面前。黑森看了看主人，又看看韩冰，伸出鼻子嗅了嗅韩冰的手。多吉高兴地抱住黑森，说："记住了，这是我朋友，也是你的朋友。"

黑森似乎听懂了多吉的话，懒洋洋地卧下来，眼里没有了戒备之意。在多吉的鼓励下，韩冰伸手摸了摸黑森，这才知道，原来藏獒的毛发如此粗硬，就像披着一层坚硬的盔甲。

探獒结怨

来到学校，韩冰把今天的奇遇，添油加醋地说了一遍，引来四周一片惊叹声。不过很快，就有人怀疑韩冰在吹牛。韩冰被逼急了，只好答应让自己的两个好朋友，大熊和小胖去见识一下，并保证让他俩也摸一摸黑森。

好不容易等到放学，三个人兴冲冲地跑回来，老远就看到了黑森巨大的身影。大熊和小胖也是头一次接近藏獒，两人推推搡搡，谁也不敢上前。韩冰虽然也心虚，但为了证明自己说过的话，还是壮着胆子，拉着两人往前走。

黑森这时仍被锁着，但见有人靠近自己的领地，马上拖着铁链上前，警觉地盯着他们。大熊和小胖被盯得发慌，转身就要逃。韩冰连忙扯住两

人，威胁道："不准跑，谁跑它会咬谁的。"

韩冰鼓起勇气，拉着两人又走近了几步。院里的黑森明显不安起来，头上的毛发渐渐竖起，身子放低，眼里充满了敌意。韩冰见状，连忙学着多吉的话说："黑森，你还认识我吧？早上我还摸过你呢。他们是我的朋友，也是你的朋友。"

可是，黑森却并不理会韩冰，它喘着粗气盯着大熊和小胖，忽然间咆哮起来，怒不可遏，巨大的身体腾空跃起，将铁链绷得笔直。韩冰三人被吓得魂飞魄散，转身就逃，连滚带爬地躲进韩冰家里。

遭此惊吓，大熊和小胖都埋怨韩冰，韩冰也觉得颜面尽失，便把怒火都撒向黑森，大骂黑森是条疯狗！三人越说越气，商量着要报复黑森。来到楼上，大熊掀开窗帘一角，见楼下的黑森仍被链条锁着。韩冰有了主意，他从床下拖出一个纸盒，从里面找出玻璃珠和一把弹弓，偷偷将窗帘拉开一条缝，只见黑森还盯着这边，嘴里不时低吼，一副凶相。

凶吧，等会儿让你知道厉害！韩冰紧张地捏着弹珠，手心里全是汗。在大熊和小胖的催促下，他终于横下心，把弹弓对准黑森，慢慢地拉紧皮筋。可是，就在松手的一刹那，韩冰想起了昨天黑森温顺时候的样子，他的心又软了，便把弹弓扔在床上，沮

丧地说："算了，它就是一条疯狗，不跟它一般见识。"

血性藏獒

恰好这时，多吉也回来了，见此情形，急忙跑到韩冰家楼下。听到多吉的叫声，韩冰的怒火"忽"的一下又蹿了上来，他气呼呼地冲下楼，见了多吉张口就说："黑森是条疯狗，你让它闭上嘴！"

多吉被韩冰的样子吓坏了，愣了片刻，结结巴巴地解释道："不不、不是，黑森不是疯狗。刚才发生了什么事？你告诉我吧。"多吉话音刚落，黑森似乎就听到了主人的声音，忽然又大声狂叫起来。

韩冰更生气了，指着黑森说："你自己听听，它不是疯了是什么？还让

我跟它交朋友，有这样对朋友的吗？它是疯狗，它就是一条疯狗！"

多吉解释不清，急得一跺脚，拉着韩冰来到院前，大声喊着让黑森闭嘴。不料，这回黑森真的好像疯了一样，见了韩冰就像见了仇人，猛地跳起扑过来，幸亏粗粗的铁链再一次拖住了它。多吉气得满脸通红，跑进屋子拿出一条皮鞭，"刷"地抽在地上。一声脆响后，黑森终于冷静下来，但发红的眼睛仍然死盯着韩冰，不住地低声咆哮。

多吉转头问韩冰："你惹了它没有？"

"没有。"韩冰干脆地回答。

多吉皱了皱眉头，认真地问："真的没有？"

"真的没有！"韩冰激动起来，指着黑森正要开口，不料，黑森却将这个动作当作是挑衅了，它大吼一声又猛扑过来。不过这次，黑森还没落地，就听"啪"一声，身上挨了重重的一皮鞭。

多吉提着皮鞭，对韩冰说："我相信朋友的话，你既然没惹它，那一定是它的不对。你说，它扑了你几次？扑了几次我就抽它几鞭。"

韩冰没料到多吉真会打黑森，更奇怪的是，黑森挨了鞭子却不躲闪，反而一声不吭地趴在主人身边。多吉见韩冰不说话，又问了他一次，韩冰只好说记不清了。

"那就三鞭。"多吉话音刚落，举起皮鞭又狠狠地抽了两下。黑森还是不躲不闪，把头伏在前腿上。

多吉虽然替韩冰出了气，但看着黑森挨打的样子，韩冰却并不开心。晚上睡觉时，隔壁院子里传来说话声，韩冰爬起来看，原来是多吉和黑森。月光下，黑森仍然是挨打时的样子，面前摆着一碗肉食，但它一口都不肯吃。多吉似乎在劝黑森，劝着劝着，竟然抱着黑森哭了起来。

第二天，韩冰闷闷不乐地来到学校，大熊一见他，就凑了过来，说："够意思吧，昨天我和小胖，冒着生命危险替你报了仇。"

韩冰听得莫名其妙，问是怎么回事。大熊得意地说："昨天你下楼之后，我跟小胖用弹弓打了那只藏獒，痛得它哇哇直叫呢。"

啊！韩冰愣住了，糟了，原来自己冤枉黑森了。一放学，韩冰就发狂似的跑回家，一看，院子里没有黑森的影子。韩冰慌了，高声叫多吉，但出来的却是一个高大的中年男人。

"多吉呢？我找多吉，对了，黑森去哪里了？"韩冰一连声地问。

"你是韩冰吧？"中年男人说，"我是多吉的阿爸，多吉和黑森今天一早回青海了。"阿爸把韩冰请进屋，告诉他说，真正的藏獒都是有尊严的，每次挨打都会不吃不喝大病一场，因此昨天接到电话后，他就匆匆赶了过来。

阿爸看着韩冰脖子上的狼牙，点点头说："多吉连狼牙都送你了，看来，他是真的把你当朋友了。你知道吧，这头狼就是黑森咬死的，要没有它，几年前多吉就没命了，多亏了黑森啊！"

"叔叔，昨天我冤枉黑森了，全是我的错。"韩冰心里一阵难过，连忙把事情真相说了出来。

"原来是这样啊，这就对了。"阿爸从口袋里掏出玻璃珠，问，"这是你的吧？"

韩冰点点头，请求阿爸说："叔叔，你让黑森回来吧，我给它道歉，我还可以天天喂它好吃的，你让它和多吉都回来吧。"

阿爸伸手摸了摸韩冰的头，苦笑着说："好孩子，多吉会回来的，你们会是最好的朋友，但黑森不行，黑森这一辈子都不能再来这里了。"

"为什么？"韩冰急了，难道自己犯下的错，真的不能被原谅吗？

阿爸叹了口气，将玻璃珠还给韩冰，说："藏獒是很神奇的动物，对主人一生忠诚，对敌人也一辈子不会忘记。昨天，黑森已经从这颗打它的珠子上，嗅出了你的气味，从此跟你结下深仇了。好孩子，别想黑森了，让它回青藏高原去吧，那里有它的兄弟和朋友，黑森会过得很快乐的。"

（题图、插图：佐　夫）

报销时代

□ 黄 胜

刘东大学毕业后，经常和同城的几个同学聚会，大家轮流做东。因为刚参加工作，最初聚会都走朴素路线，但两年后，情况就有了变化。那天，轮到宋凯做东，这小子领着大伙来到一家挺上档次的饭店，口出狂言："大家随便点，拣贵的、好的，千万别替哥省钱。"

大伙都感到十分惊异，宋凯则掩饰不住得意："哥升了职，餐费可以想办法报销了。"

紧接着的一次聚会，是留校当教师的赵明做东，年轻教师收入不多，所以大伙纷纷表示不要铺张浪费，清淡为主。不料赵明喊过来服务员，问他们的招牌菜是什么，推荐几个。傻子也知道，饭店所谓的招牌菜，不是最贵也是利润最高的，他这分明是伸出脖子，主动让人家宰啊。宋凯深明大义，说赵明你要

冷静，我可以报销无所谓，但你是私人掏腰包，应该实惠第一，不要打肿脸充胖子。

不料，赵明傲然一笑，"别以为就你能腐败，哥，也能报销了。"

大伙一问，原来赵明加入了一个课题研究小组，研究经费相当充足，以后凡是跟课题有关的费用都可以报销。果然，结账的时候，赵明不但要了餐费发票，还跟打车过来的同学要了出租车发票，说到时候可以一块儿报销。

过了不久，轮到当公务员的王军做东，酒菜更是豪华，结账后，这小子也跟服务员要了发票，不用说，人家也能报销了。

同学们事业有成，让刘东既高兴又感到了压力，他大学毕业后进了报社工作，做副刊编辑，收入不高，更没有地方报销餐费，所以请客必须还

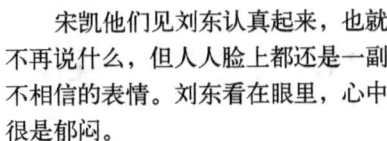

得走朴素路线。但这样一来，难免会让人觉得他混得不怎么样，因为现在有种不好的社会风气，那就是大家认为能报销的都是成功人士，无能的人才掏自己的腰包请客吃饭呢。

不久后，就轮到刘东做东聚会了。聚会这天，刘东把大伙领到了一家门面还算不错的饭店。不想同学们到了后，都嫌寒酸，说刘东你怎么这样，难得请大伙一次，不说五星级，四星级、三星级总该有吧？

刘东苦笑道，我可不像你们，一没钱二没权，没地方报销，大伙将就一下，就当体验民间疾苦吧。

宋凯挤眉弄眼地笑，说你没地方报销，这话谁信啊？

刘东一怔："怎么不信？我就一小编辑，到哪里去报啊？"

宋凯说："你就别装了，若没地方报，那你以前吃饭，怎么每次都跟人家要发票啊？"

刘东说："要发票是咱们顾客的权利，可以刮奖。再说，要是吃出点什么事，也是向饭店索赔的证据。"

宋凯摆手，说："好了好了，你别再解释了，谁不知道你老爸……哈哈，我们又不是外人，不会出去乱说的。"说完，向其他人挤挤眼，大家一起笑起来，似乎心照不宣。

刘东这才明白过来：自己老爸在机关当领导，他们一定以为自己是把发票拿给老爸报销。他急忙解释："你们误会了，别说是我了，就是我老爸自己，私人请客也不好报销的。"

宋凯他们见刘东认真起来，也就不再说什么，但人人脸上都还是一副不相信的表情。刘东看在眼里，心中很是郁闷。

聚会完毕，服务员过来结账，说一共二百八十八元。刘东拿出三百元，习惯地提醒服务员别忘了开发票。宋凯等人闻听，彼此又开始挤眉弄眼，不用问，还是认定刘东要发票是为了报销。刘东本想再澄清一下，一转念，心说反正他们不信，于是，他无奈地摇摇头，干脆说："跟你们说实话吧，我要发票的确是能报销，不过，不是给我爸，我自己就可以报的。"

宋凯一听，却又不信了："你自己？你到哪里报呀？"

刘东说："找作者报呀，有些作者常发软文给企业做宣传，我是编辑，要想刊出必须要过我这一关，嘿嘿……你们懂的。"

他又转向服务员，问道："零钱就不用找了，发票金额能多开一点吗？给我开一张两千八的，谢谢啊。"

花二百八报两千八，这才叫本事！再看宋凯等人，果然，一个个惊得瞠目结舌。刘东看看这个，瞧瞧那个，心中憋不住地乐：哈，反正一样都是报不了，老子吓死你们！

（题图：张恩卫）

揽客之道

□ 陈 述

兴源大酒店离火车站不到一百米，这样的黄金位置，打着灯笼都难找。凭借这个优势，该酒店的生意一直很红火。可前不久，车站旁边建起了一座三十层的高楼，把兴源大酒店挡了个严严实实。这下，"兴源"像撞见了瘟神，生意一落千丈。

看着收入一天不如一天，兴源大酒店的老总朱涛急得团团转。

为了招揽生意，朱涛在火车站出口设了醒目的指示牌，引导旅客寻找兴源大酒店。可这招根本不管用，很多人凭经验认为，那种"向前五十米左转"、"再向前五十米右转"的指示，会一个接一个没完没了。嘿嘿，傻瓜才上当哩。

无奈之下，朱涛又想出了第二招。他从服务生中挑出一批俊男靓女，让他们直接去车站拉客。但事实证明，这法子也不行，因为人们对拉客这种手段很戒备、很反感。尽管服务生说

得唾沫星子乱飞，可没几个人愿意跟他们走。

没办法，朱涛只得花钱做广告，还大幅降低住宿费。但这些都收效甚微，酒店仍揽不到足够的客源。守着金饭碗饿肚子，朱涛气得直翻白眼。

这天，朱涛去火车站接一位朋友，候车时，他上了趟厕所，发现那儿十分拥挤。这让朱涛灵机一动，想出个揽客的绝招。

朱涛找到管厕所的张老头，问他每月挣多少钱。张老头说自己是临时工，月薪一千二。朱涛听后，笑眯眯地问："张大爷，我每月给二千，你帮我做事好不好？"

张老头又惊又喜，脑袋点得像鸡啄米："好，好！酒店环境好、档次高，我愿意去那儿干！"

朱涛连连摆手，解释道："我们酒店不缺人，我花钱雇你，是另有用处。"

接着，朱涛凑到张老头耳边，道出了自己的真实意图：每逢列车到站时，朱涛要张老头以打扫卫生为名，临时关闭厕所。与此同时，还得给急于如厕的旅客支招，建议他们去百米外的兴源大酒店方便，那儿的厕所免费对外开放……这样一来，兴源大酒店就会门庭若市！

张老头觉得这招有点损，但经不起两千元的诱惑，最终接受了聘请。随后，朱涛如法炮制，把管女厕所的李老太也拉下了水。

第二天，朱涛早早来到酒店大堂，等着看"绝招"的效果。

九点刚过，一群拎着大包小包的旅客探头探脑进了酒店。走在前面的是个中年妇女，她怯生生地向服务台打听："小姐，能、能借你们的厕所用一下吗？"

服务台的小姐满脸堆笑，热情地说："没问题，你们只管用，酒店还免费提供手纸！"

一听这话，那些旅客如获大赦，呼拉一下全冲进了厕所。等他们方便完出来，服务生微笑着迎上前，开始推荐酒店的客房和餐饮。由于"兴源"价格公道，设施先进，再加上慷慨热情，不少外地旅客留了下来。

紧接着，又有不少刚下火车的旅客选择入住兴源大酒店。他们一开始来这儿的目的只有一个，那就是抢着上厕所！服务生们像刚才一样，瞅准时机搞推销……

忙到中午，兴源大酒店的餐厅已坐得满满当当，客房的入住率也超过了半数。傍晚时分，酒店的空客房全部告罄，这种盛况前所未有。

见此光景，朱涛捂着嘴偷偷直笑。打这以后，兴源大酒店的房客源源不断，餐厅生意也出奇红火，朱涛每天都乐得手舞足蹈。

可高兴了没几天，麻烦就来了。由于经常关闭公厕，旅客们怨声载道，不断有人向火车站领导投诉。站长很生气，把管厕所的张老头和李老太狠狠训了一通，下令以后白天不许打扫卫生。张老头和李老太着了慌，赶忙把情况报告给朱涛。

朱涛不慌不忙，眼珠一转，立刻有了办法。他向张老头、李老太授意，火车到站时，把厕所隔间的门一一反锁，制造里面有人的假象……

这一招果然灵验，很多如厕的旅客等不及，被张老头和李老太劝到了兴源大酒店。但时间一长，新问题又出现了，有些如厕者因为内急不肯挪窝，就原地守候。等了很久没见动

静，他们起了疑心，于是用力踢开隔间的门……到最后，多数厕所隔间门被弄坏，空城计唱不下去了。

张老头和李老太见势不妙，又跑来告急。

朱涛冥思苦想，琢磨了半天，终于有了应对之策。他雇来一批男女民工，让这些人去车站公厕，轮番蹲守里面的隔间。这么一来，火车站的厕所真正人满为患，连个耗子都甭想钻进去方便。嘿嘿，就算站长大人驾到，

也不能把人从茅坑里往外赶吧!

打这以后，朱涛的揽客绝招再没出过差错，兴源大酒店的顾客源源不断，赚了个盆满钵满。

这天，朱涛在办公室看财务报表，望着那一串串喜人的数据，他乐得嘴都合不拢。正看着，忽然手机铃响了，接起来一听，电话是母亲打来的。

原来，朱涛爸心脏病突发，正在医院抢救，朱涛妈让儿子赶紧过来。

朱涛这才想起，今天爸妈从乡下来看他，因为火车站紧挨着酒店，自己没有去接。短短几分钟路程，老爸咋就出事了呢? 朱涛越想越奇怪，风风火火往医院赶。

跑进医院，朱涛发现父亲还在抢救，医生说凶多吉少。朱涛吓得脸色煞白，忙向母亲询问事情的起因。

朱涛妈哭哭啼啼，道出了老伴发病的经过: 刚下火车，朱涛爸突然肚子疼，急冲冲跑进了公共厕所。可是，厕所里蹲满了人，等来等去没有空缺。这时，管公厕的老头向他建议，去兴源大酒店方便。朱涛爸没办法，只得捂着肚子，颤颤巍巍朝儿子的酒店赶。一路上，因为憋得太用力，朱涛爸心脏病突发，咕咚一声倒在了地上……

听到这儿，朱涛瞠目结舌。呆立半响，他猛地把脚一跺，放声哭道: "哎，昧心钱赚不得，害人终害己，到头来自食苦果啊……"

(题图、插图: 谭海彦)

妻子的秘方

□ 徐波平

徐莉是个体育老师，身体一直很健康，可她最近得了一种怪病，经常无缘无故拉肚子。她西药吃了一大堆，一点都不见效，多次去医院检查，始终没弄清原因。正当徐莉痛苦不堪时，朋友向她推荐了一位高明的老中医。那老中医给徐莉开了个秘方，要她天天吃大蒜，说这样保证能把腹泻治好。

打这天起，一日三餐，徐莉变着法儿用大蒜做菜：糖醋大蒜头、大蒜拌黄瓜，就连炖个鸡蛋汤，里面都搁一大把刺鼻的蒜蓉……

城门失火殃及池鱼，徐莉拿大蒜当药吃，连累丈夫刘伟跟着一起受罪。刘伟特别不喜欢吃大蒜，但他不会烧菜，只好天天吃加了大蒜的菜。

说来也怪，自从坚持吃大蒜后，徐莉拉肚子的毛病慢慢好了起来。可一旦停止吃大蒜，恼人的腹泻马上又卷土重来。没办法，徐莉只得硬着头皮，继续没完没了地吃大蒜。刘伟别无选择，只能跟着一起吃。

其实，大蒜的口感并不坏，再加上徐莉厨艺精湛，那一盘盘大蒜菜做得色香味俱佳。久而久之，刘伟对餐餐吃大蒜变得习以为常。

刘伟在财税局上班，虽说只是个小科员，但却是局机关的核心人物。这是为啥呢？原来，刘伟说话幽默风趣，各种小道消息特别灵通。为此，大家给他取了个外号，叫做"刘快嘴"。平时，同事们常常围在刘伟身边，听他说长道短，跟他一起胡吹乱侃。就这样，刘伟的周围总是聚着不少人。

可是，自从刘伟跟大蒜交上朋友后，他嘴里的那股怪味呛得连蚊子都不敢靠近。同事们对刘伟躲都来不及，更甭说面对面聊天了。时间一长，刘

伟的"核心"光环渐渐褪去，同事们再也不听他说长道短，再也不跟他东拉西扯。刘伟成了孤家寡人，一天到晚闷闷不乐。

刘伟急得抓耳挠腮，却想不出好办法。去大蒜异味的妙招很多，市面上也不乏除口臭的良药，但刘伟都不敢尝试，因为只有自己满嘴大蒜味，才闻不出妻子口中那股强烈的蒜臭。

转眼过了一年，刘伟忽然时来运转，意外地被提拔为科长。他乐不可支，老婆徐莉更是笑逐颜开。

晚饭时，徐莉烧了满满一桌菜，庆贺丈夫升职。刘伟拿起筷子尝了尝，发现每道菜都没放大蒜，就好奇地问："老婆，你是咋搞的，今天所有的菜怎么都没放大蒜啊？"

徐莉解释道："因为，从今往后咱们不必再吃大蒜了。"

刘伟不安地问："不吃大蒜，那你拉肚子了咋办呢？"

徐莉"扑哧"一声笑了，狡黠地说："嘿嘿，吃大蒜，根本治不了腹泻。"

"治不了腹泻？那、那你拉肚子的毛病是怎么好起来的？"刘伟很惊讶。

徐莉说："老公，我根本没腹泻的毛病，前一阵之所以经常闹肚子，那是我自编、自导、自演的。"

刘伟听得目瞪口呆，好半天没反应过来。徐莉不再隐瞒，一五一十道出了实情：刘伟在局机关呆了十多年，一直是个小科员，徐莉急得团团转。刘伟的工作能力很强，工作干劲也很足，他不能升职的根本原因，是由于管不住自己的那张嘴。平时，他爱传播小道消息，喜欢对领导品头论足。这样口无遮拦的家伙，哪个领导敢重用他啊。徐莉多次劝丈夫谨言慎行，可刘伟总是江山易改本性难移。对此，徐莉干着急没办法。

有一回，徐莉把自己的烦恼告诉了一位好朋友。针对刘伟管不住嘴的秉性，那朋友开了个奇妙的偏方——让刘伟天天吃大蒜。可是，刘伟怕口臭，死活不肯就范。经过一番冥思苦想，徐莉终于有了好主意。她先假装经常拉肚子，然后找了个老头冒充老中医，开出治腹泻的偏方，逼着刘伟跟自己一起餐餐吃大蒜……

讲到这儿，徐莉得意地问："老公，这个偏方灵不灵？"

刘伟听了哭笑不得，不过，自己终于能从大蒜堆里解放出来，他还是很高兴。然而，没过多久，刘伟发现可恶的大蒜又回到了自家的餐桌上！刘伟举着筷子，愁眉苦脸地说："老婆，我已经彻底改掉了多嘴多舌的坏毛病，求求你，别再让我吃大蒜啦！"

徐莉把桌子一拍，咬牙切齿地说："这回吃大蒜，不是治你多嘴的毛病。我刚刚发现，你们科的那个狐狸精，有事没事老爱往你跟前凑！"

（题图：佐　夫）

给猩猩减肥

□ 白艳平

西山动物园里有一只讨人欢喜的大猩猩威亚。威亚不仅可以做搞笑的动作，还会翻跟斗，它可是动物园里的摇钱树。

这人一旦衣食无忧，就会发福，猩猩也一样，威亚的体重从两百多斤开始，一下子增重到了三百一十斤。

威亚一发福，也就懒得动了，在小朋友面前也就不愿做那些滑稽的动作了。动物园的乔园长见门票收入锐减，就急忙把电话打到了猩猩饲养员关久的家里。

关久正在家里养病，再过两个月他就要退休了。接到乔园长的电话，就说："给威亚减肥？这事好办，少喂点食物就成了！"

乔园长忙说："新来的饲养员小军这两天已经控制了威亚的食物，可威亚的体重不减反增，这如何是好？"

动物园的兽医给威亚检查过身体，威亚体内脂肪过剩，已经得了冠心病，如果任由它的体重一味增加下去，很可能在一到两年内死亡。

关久刚想说没办法，乔园长已在电话里说："如果你能将威亚的体重减下去，我给你涨工资！"

关久一听涨工资，立刻就来到动物园。

关久饲养威亚十多年，他和威亚感情颇深，威亚好些天没见关久，它一见关久进笼，高兴得一个劲地拍手击胸。

关久亲昵地拍了拍威亚的胳膊，算是和它打过了招呼，然后他指着猩猩笼子上覆盖的铁丝网，告诉乔园长——虽然那铁丝网只有豆粒粗，可是小朋友们的巧克力棒还是可以穿过网眼，所以尽管小军控制了威亚的食物，可它的体重还是照样增加。

乔园长问："老关，你说这事该怎么办？"

关久说："对观众做好解释工作，另外赶快用减肥药物，双管齐下，或许能让威亚的体重降下来。"

要说姜还是老的辣。果然一个星期后，威亚瘦下来十斤。乔园长高兴地对关久说："老关，继续巩固成果，我明天就给你写提高工资的申请。"

还没等关久对乔园长表示感谢，就见笼子里的威亚忽然身体摇晃，"咕咚"一声，倒在了地上。乔园长急忙喊来兽医，兽医一检查，发现减肥药反而诱使威亚冠心病突然发作。

当天晚上，关久对着猩猩笼子想了半宿，直到半夜时分，才想起三天之后，天龙马戏团就要到动物园演出来了。他们的压轴节目是由一只雌猩猩表演，雌猩猩的名字叫雷花。关久决定让雷花来帮助威亚减肥。

三天后，天龙马戏团来到西山动物园。乔园长找到了天龙马戏团的团长，说想借用雌猩猩雷花。考虑到是在人家地盘上演出，所以天龙马戏团的团长答应得倒也十分爽快。

关久给威亚设计的减肥方案就是把雷花放在威亚隔壁，中间割出一个小门来。他要用雷花当诱饵，威亚如果想到隔壁的笼子里去会雷花，它就只有减肥，不减肥，它的身体就穿不过那个狭窄的小铁门。

关久的安排，果然很快就显出了效果。威亚比人还聪明，它似乎知道不减肥就穿不过那个小门，也就没法去会对面笼子里的雌猩猩，急得它上蹿下跳，这样运动量大增，那体重也就自然降了下来。

这一天将近傍晚，乔园长一高兴，正要拉着关久去小酌一顿，却不料小军惊慌地跑来报告："不好了，威亚的身子卡在那个小铁门里了！"

关久和乔园长急忙跑去猩猩房。威亚因为急着要与雷花会面，它强行钻到了小铁门之中，虽然已经减肥，身子还是被铁门的两端给卡住了。

关久听着威亚的惨叫声，心痛万分。关久的儿子关云飞自从考上了西南大学，这一晃七八年，他们父子两人团聚的时间很少，所以关久便拿威亚当成了自己的亲人，如今看着威亚受难，他心里哪能不急。关久急忙让人找来了钢锯，奋力去锯铁笼子。

终于，夹着威亚身子的一根铁条被锯断了，几名公园的保安扯着威亚的四肢，将它从小铁门中硬拉出来。谁知，此时威亚兽心大发，一抬毛乎乎的巴掌，"啪"的一声，拍在了关久的肩膀上。

威亚这一掌拍下去，那可比武林高手的掌力重多了，只听"咔嚓"一声，关久肩头的锁骨便被威亚给拍断了，关久身体摇晃，一下子昏了过去。

关久被送进医院，醒来后，他发现自己脑袋上包着纱布，肩头的骨折处已经被夹板固定了。

乔园长见关久醒来，就握着他的手，说好好养病，你儿子的学费，园方会按时汇的。关久没好意思问涨工资的事情，败军之将，真的没脸提任何条件呀。

乔园长临走之前，给关久的儿子打了一个电话，电话接通后，乔园长在电话里告诉了关久"英勇"受伤的

经过，然后把手机递给了关久。

关云飞在电话里问了几句父亲的病情，然后为难地说："爹，我正在考博的攻坚阶段，恐怕不能回去看您了，您自己多当心！"

关久急忙说："我没啥事，你别回来了……注意增加营养，一定要多吃点好的！"

关云飞在电话里说："爹，您放心，我每天吃得很好，我体重都超过一百八十斤了！"

关久被留在医院里养伤。这天，他正在医院楼下的长椅上休息，就见乔园长大老远跑了过来，他上前一把拉住关久的右手，高兴地说："老关，给你涨工资的事，上面已经批准了！"

关久虽然高兴，但还是挺内疚，说："我给威亚订的减肥计划没成功，上面还给我涨工资，我心里有愧呀！"

乔园长兴奋地叫道："老关，威亚现在减肥已经成功了！"

原来，威亚暴怒之下，一掌拍昏了老朋友关久，待它清醒后，表现得后悔万分，这些日子吃东西很少，神情极度沮丧和自责，就这样它的体重已经降到了两百斤了。

关久送走了乔园长，他不由得泪流满面，嘴里不停地念叨："儿子不如猩猩，儿子怎么能不如猩猩呢？我是不是应该给儿子也减减肥了……"

（题图、插图：佐　夫）

半两蔗糖

□ 裴文兵

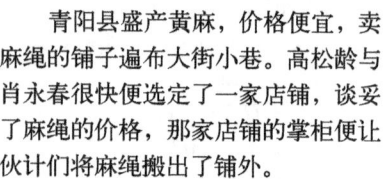

初试肖生

清朝乾隆年间，江南泾县县城里，有一家"高记"杂货店，掌柜名叫高松龄，他有个女儿，出落得花容月貌，上门提亲的媒人众多，可高松龄却都婉言谢绝。

原来，在高松龄的心里头，已经有了未来女婿的人选，可令他感到烦恼的是，人选不是一个，而是两个："肖记"杂货铺的少掌柜肖永春、"鲁记"杂货铺的少掌柜鲁家奎。肖家和鲁家，曾先后请了媒人，去高家说亲，而高松龄对那两位长得高高大大、一表人才的小伙子，也都很满意。所以，他决定选最擅长做生意者做女婿，日后女儿就不会受苦受累了。

主意拿定，高松龄当即赶到了"肖记"杂货铺，问肖永春，愿不愿意与他一道，去青阳县采购麻绳。肖永春自然求之不得。

青阳县盛产黄麻，价格便宜，卖麻绳的铺子遍布大街小巷。高松龄与肖永春很快便选定了一家店铺，谈妥了麻绳的价格，那家店铺的掌柜便让伙计们将麻绳搬出了铺外。

麻绳的卖法是按重量算钱，那家店铺的掌柜，拿出一杆大秤，正要给那些被搬出店铺的麻绳称重量，肖永春抬头望了望日头，道："先别忙着称重量，眼下时已过午，容我等吃午饭，再称重量不迟！"

在那家卖麻绳的店铺的旁边，有一家饭铺，肖永春说完话后，便迈着大步进了那家饭铺，高松龄领着那四位伙计，也进了那家饭铺。

简简单单的一顿饭菜，众人竟吃了半个时辰。接着，肖永春又领头喝

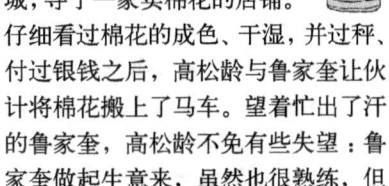

起了茶水，并不时地向那些被散放在街上的麻绳望一眼。

喝了半个时辰的茶水后，肖永春忽然道："这下不会吃亏了！"说着，他就走出了饭铺，与那麻绳铺掌柜一道，称起那些麻绳的重量来。麻绳铺掌柜冲着肖永春叹了一口气："我算是服了你了！唉……"

称完重量、付过银钱之后，一行人赶着马车往回赶。在路上，一位伙计忍不住问肖永春："肖少掌柜，刚才您为何不马上为麻绳称重量，而是急着去吃饭、喝茶，并吃喝了整整一个时辰？"肖永春回答道："麻绳铺的掌柜，为了多称些重量，已事先给那些麻绳淋了水，咱们要是当时称了重量，岂不要吃亏？所以，我便故意拖延时间，好让日头把那些被放在街上的麻绳晒干……"

在一旁的高松龄听了，微微一笑，心说：这肖永春，确实是一把做生意的好手！不过，若是就此把婚事定下，那对鲁家奎便显得不公平，待我也观察鲁家奎一番，再做定夺。

再探鲁郎

回到泾县城里，已是满天星斗。第二天上午，高松龄来到了"鲁记"杂货铺，问鲁家奎愿不愿意与他一道，去青阳县采购棉花。

鲁家奎一听，也是满脸兴奋。次日上午，高松龄与鲁家奎领着伙计，乘着马车，赶到了青阳县县城，寻了一家卖棉花的店铺。仔细看过棉花的成色、干湿，并过秤、付过银钱之后，高松龄与鲁家奎让伙计将棉花搬上了马车。望着忙出了汗的鲁家奎，高松龄不免有些失望：鲁家奎做起生意来，虽然也很熟练，但

比起肖永春那将计就计的表现来，似乎稍逊一筹。

就在这时，鲁家奎忽然走进了旁边的一家店铺。鲁家奎去那儿干什么？高松龄正在纳闷，鲁家奎已回转身来，道："高掌柜，我刚打听过了，青阳县的核桃价钱便宜，而我们采购的棉花重量轻，若是采购些核桃，马车肯定能载得动。"高松龄听了这话，先是一愣，然后连连点头。

采购完了核桃，一行人启程往回赶。一路上，高松龄都在想：别看鲁家奎年纪轻，但他在做棉花生意的同时，眼里还盯着另一桩生意，难得啊！他比起肖永春来，可谓各有千秋、不相上下啊……

两次青阳县之行，不仅没能让高松龄打定主意，而且让他更加拿不定主意了：两位小伙子都如此出色，究竟该选谁做女婿呢？

最终，高松龄决定把两个小伙子都叫上，去做同一趟生意，看看他俩做生意的表现如何。

才俊相较

当天上午，高松龄叫上肖永春与鲁家奎，去南陵县采购蔗糖。

到了南陵县，高松龄与肖永春、鲁家奎一道，寻了一家蔗糖作坊，然后，仨人各自拿起一把大铁勺，从那家作坊的蔗糖堆里，取出蔗糖，细细地看起成色、纯净度来。看过之后，仨人对那家作坊的蔗糖都感到非常满意，并很快就与那家作坊的掌柜，谈妥了买卖的价格。

称过重量之后，蔗糖被装入了一只只罐子之中，然后，罐子被搬上了马车。结账时，高松龄与肖永春很快便付清了银钱，而鲁家奎却对作坊掌柜道："请你把我该付的银钱，重新算一下。"作坊老板将账本一摊，道："鲁少掌柜，我算的账可没错啊！干吗要重新算一下？"站在一旁的高松龄，也感到很纳闷：重量已经称好、价钱已经谈妥，此时要重新算账，鲁家奎的葫芦里，到底卖的

是什么药?

鲁家奎一脸认真地冲着作坊掌柜道:"请给我购买的蔗糖的重量,加上半两。"作坊老板不禁感到更加奇怪:"干吗要加上半两蔗糖?"鲁家奎指着地面道:"那是因为,我在察看蔗糖时,风把铁勺里的一些蔗糖,吹落到了地面上,大约有半两重量,而这半两蔗糖,我应该付账,所以,请你把这半两的重量算上。"

作坊掌柜这才恍然大悟,于是提起笔,在账本之上,添上了半两的重量,而鲁家奎随即付清了银钱。高松龄正在心里感叹:难得鲁家奎如此细心。却听肖永春嘀咕了一句:"小题大作!"

一行人赶着马车,踏上了回程之路。马车刚驶出南陵县县城,蔗糖作坊的一位伙计,忽然气喘嘘嘘地追了上来,把一大块白布,扔到了鲁家奎的马车上,大声道:"鲁少掌柜,我家掌柜见今日的风向吹得不对,可能会下雨,于是,他特意让我把这块白布送过来,给你作防雨之用!"说着,那作坊伙计便转身走了。

高松龄把那作坊伙计的话,听了个清清楚楚,他不禁感到奇怪:明明是三辆马车,可作坊掌柜却只让伙计送来一块白布,并且偏偏送给了鲁家奎,这是为何?但很快,他便明白了过来:鲁家奎付了那半两蔗糖的银钱,所以,那作坊掌柜便对鲁家奎另眼相

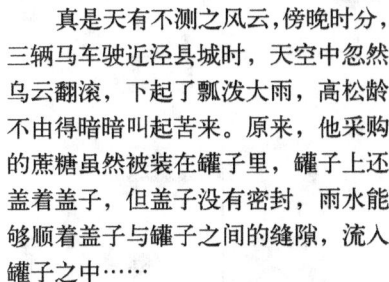

看,并投桃报李,命令伙计送来那块白布给鲁家奎。

真是天有不测之风云,傍晚时分,三辆马车驶近泾县城时,天空中忽然乌云翻滚,下起了瓢泼大雨,高松龄不由得暗暗叫起苦来。原来,他采购的蔗糖虽然被装在罐子里,罐子上还盖着盖子,但盖子没有密封,雨水能够顺着盖子与罐子之间的缝隙,流入罐子之中……

好不容易回到了自己的杂货铺,高松龄连忙查看起他的那些被装在罐子里的蔗糖,发现被雨水浸泡融化的蔗糖,竟有五十斤之多。第二天上午,高松龄听说肖永春所采购的蔗糖,也被雨水浸泡融化了五十多斤,而鲁家奎采购的蔗糖,却无一点儿损失,因为下雨之时,鲁家奎把作坊掌柜送给的他那块白布,严严实实地盖在了那些装着他所采购的蔗糖的罐子之上。那块白布不是普通的白布,而是被桐油浸泡过,能够防雨,所以,鲁家奎马车上的罐子里,没有流入一滴雨水。

半个月后,高松龄将闺女许配给了鲁家奎,因为他认为,鲁家奎比肖永春"技高一筹":鲁家奎做生意除了也不吃亏之外,还能为对方着想,让对方也不吃亏,从而赢得对方的投桃报李,而那才是做生意的最高境界……

(题图、插图:黄全昌)

□ 曾金

以毒攻毒

老刘的单位分管市容市貌。最近，老刘可是遇到了难题。什么难题？清理凤凰大桥下的流浪汉。

那几个流浪汉把市区凤凰大桥的桥洞当成"家"，这已经不是一天两天了，单位也组织清理过几次，可一直都没太见效。昨天，领导召开会议，全面部署了专项清理工作，明确要求节日期间绝不允许再有流浪人员夜宿桥下，这是死命令，谁完不成任务达不到要求，谁就卷铺盖回家。而且还特别强调，一定要注意工作方式方法，像网上曝光的那些在桥下修水泥锥、设隔离网等措施绝不允许，谁要是因为措施过激弄出了不良新闻，谁就后果自负。

领导又与各个行动小组签订了责任状，虽然作为小组长的老刘也在责任状上签了字，可他手下只有一个小张，而小张又是一个刚出校门的学生，难堪大用，这任务很难完成。

可难完成也得完成呀，毕竟那是死命令！老刘蔫头耷脑地往外走。小张却没认为有多难，他兴奋地给老刘提建议，说："领导说得对，就得人性化管理，和那些流浪汉推心置腹地交流，动之以情，晓之以理，完成任务没问题。"老刘考虑了半天，暂时也没有更好的办法，出于对年轻人工作积极性的爱护，他点头同意。

小张立即行动起来，当晚便和老刘一块儿到了凤凰大桥下，找到那几个流浪汉，席地而坐，和他们拉家常，聊人生，说责任。流浪汉一边大口吃着小张带去的水果，一边频频点头，表示第二天就撤离桥下，各自回家。小张骄傲地看着老刘——咋样？没那么难吧！

第二天傍晚，小张和老刘又来到桥下，那几个流浪汉竟然一个都没少。

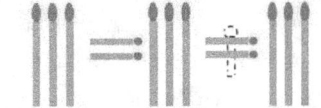

小张又给他们买来了一些食物，他们眼含热泪地吃着，承诺在最短的时间内离开。可接下来的三五天，小张天天到桥下，天天给他们买东西，他们的承诺也说了好几遍，可就是不走。小张这下对他们失去了信心，再说单位又一天三遍地督办，领导已经提出了口头警告，他气得瞪圆眼珠子，狂吼着就要冲上去对流浪汉动粗。

老刘一把拉住他，好一顿训斥，说这么冷的天，要是没安排好去处就把他们撵走，就等于是送他们上绝路。过节固然重要，可也不能让他们无处栖身，如今之计，是怎么让他们在桥下安稳过夜。一番话说得流浪汉们泪花闪烁。老刘还真不是耍嘴皮子，很快就送来了几床厚被子，他对流浪们说："过节嘛，有钱没钱都得像个样儿。"

小张实在忍不住，就在老刘又一次给他们送来面包之后，一把把老刘扯到旁边："组长，现在看来，咱一开始的方法是不对的，天天有吃有喝，现在还有被子，他们怎么舍得走啊。今天领导都给咱们挂黄牌了，您这么干，他们还能走吗？"

"难道这点道理我不知道？谁说让他们走呀？我压根就是想留住他们！"老刘看了一眼惊讶的小张，"知道领导为什么下命令撵他们走吗？我实话告诉你吧，这凤凰大桥是领导的朋友建的，有严重质量问题，他们已

经偷偷检测了，不出半个月就得塌。塌桥好办，可要是死人，麻烦就大了，所以领导给咱下了死命令！"

小张一愣："那……你怎么还留他们呀？"

"撵他们走，又给那么多限制，领导是想借此机会来个一石二鸟——把他不看好的人清理掉。他不仁，咱不义，把这些人稳在这儿，桥一塌，人一死，领导也就完蛋了！"老刘说着，一把捂住小张的嘴，扯着他匆匆离开桥下。

第二天傍晚，两个人再次来到凤凰大桥下，只见桥下空空荡荡，流浪汉早已不知去向。小张一竖大拇指："组长，您这假话逼迁的招儿真绝！"

"死逼梁山！死逼梁山！"老刘止住笑容对小张说，"记住，咱可不是靠假话把他们吓跑了，咱是靠真情打动了他们，真情！"

（题图：陆小弟）

2013年6月(上)动感地带答案

神探夏洛克：凶器就是被害人的长辫子。与死者一道淋浴的凶手，将长长的辫子绕在其脖子上，使其窒息而死。

疯狂QA：B。

思维风暴：

迈克尔·布鲁斯，加拿大小说作家，他的短篇作品时常让人感觉情理之中，意料之外，与欧·亨利的风格十分相似。

定夺生死

□ 迈克尔·布鲁斯

吴本慧 编译

奥拉姆少校在海军服役，是一艘潜艇的艇长。他奉命率部到指定海域执行任务。

潜艇到达了指定海域，突然，传来一声巨响，随之而来的是艇身剧烈的摇晃和下沉。

副手保罗上尉跟跟跄跄跑了过来，大声说："少校，不好了！一枚鱼雷爆炸了，把两个舱炸开了，我已经命令他们封住其它舱门，目前其它舱都没进水，只是潜艇现在不受控制，急速下沉，通讯系统尚且正常……"

保罗上尉还没说完，艇身又是一震，然后居然不再下沉了。经验丰富的奥拉姆少校明白，他们这是搁浅在礁石上了。

奥拉姆少校立刻跑到通讯设备前，亲自拿起对讲机，呼叫基地。伴随着刺耳的电波声，总算是接通了基地。奥拉姆少校汇报完情况，脸上紧绷的肌肉松弛了些。他转过身，对身后的全体水兵说："情况没有我们想象的糟糕，至少现在我们不再飞速下沉，而且基地已经派了一艘大型救援船来营救我们，很快就会到达。"

水兵们焦虑的神情都缓和了下来，现在只有等了。奥拉姆少校坐在大家中间，说起了一个个笑话，最后，他又说起了自己的妻子和可爱的小儿子，满脸洋溢着幸福。

一天过去了，大家都有些疲乏，突然，基地呼叫潜艇了，奥拉姆少校冲上去，拿起对讲机，对方说是救援船遭遇风暴，被吹向暗礁，还引起大火，别说救援船不能救援了，恐怕他们自己还要别人救援呢。

奥拉姆少校的脸再次绷紧，他说："那还有其他的救援船吗？飞机呢？"

基地的人员说："飞机要等到风暴结束后才能起飞，而且飞机带不了足够的救援设备，没有足够的救援能力。还有一艘救援船，在干船坞里呢，一个星期内绝对不可能到你那里。"

奥拉姆少校的身体微微颤了一下，对着对讲机大声说："明白了，谢谢！我们就等着你们了！"放下了对讲机。他转身对保罗上尉说："让小伙子们都到我这里来。"

十分钟后，水兵们集合完毕，奥拉姆少校站在他们面前，说："小伙子们，首先，我要说，你们是我见到过的最优秀的水兵。现在有一份非常困难的工作得干，让我们先一起来干一杯，暖暖身子，再配合基地的营救。"

少校的脸色像死人一般苍白。他给每一个人的酒杯斟上一杯烈酒，又把事先已装了酒的五只白酒杯分别递给保罗上尉、轮机军官诺丁和詹维、鱼雷兵普里斯，舵手斯佩尔。他自己则拿起最后一杯，把酒杯高高举起来。

所有人都一饮而尽，奇怪的事情发生了，除了奥拉姆少校、保罗上尉、普里斯、诺丁、斯佩尔和詹维，其他人喝下酒后，都发生了同样的情况，那就是同时僵直、窒息、倒下，马上死去，酒杯"哐啷"一声掉在地上。

几个活着的人被当时的情景吓呆了，连一句话也说不出来。

奥拉姆再次开口讲话，说："伙计们，海岸基地说我们的救援船遇险，另一艘还在干船坞里，到达这里救援我们，最快也要六七天时间。舱内剩下的空气还不够我们全体用两天。现在，将会有足够的空气供你们五个人用七天。请你们服从我最后的命令。保罗上尉，你负责指挥。"

保罗上尉说："为什么你不指挥，少校？"

奥拉姆少校平静地回答道："我写完报告就会自杀，我该和死去的水兵在一起，我对他们心怀愧疚。"

奥拉姆少校写完报告，郑重地签上了自己的名字。他让人把水兵们的遗体都移到艇尾一个船舱里，然后呼叫海岸基地。

奥拉姆少校用平淡、不带感情的声音说："我已经作好安排。保罗上尉、轮机军官诺丁和詹维、鱼雷兵普里斯，舵手斯佩尔五人生存下去，其余的人为他们的生存而死亡，包括我在内……"耳机里传来基地通讯官一阵阵恐惧的叫声。奥拉姆少校继续说："其他人完全不知道我的意图。我安排让有家室的人活下去。整个责任由我一个人承担……"

（题图：佐　夫）

彩蝶双飞

□李 诚

薛生献宝

柳贵妃貌若天仙，深得皇帝宠爱。眼下她的寿诞快到了，按惯例，文武百官都得敬献寿礼。

工部侍郎周文达为官清正，买不起像样的礼物，眼瞅着贵妃的寿诞一天天逼近，他急得团团转。就在这当儿，一个叫薛恺的后生来到了周府。

薛恺取出一只栩栩如生的蝴蝶风筝，对周文达说："如果周大人信得过我，请将这只风筝送进宫去，贵妃娘娘一定会喜欢！"

周文达把蝴蝶风筝端详了好一会儿，皱着眉说："这风筝虽然精美，但用料平常，贵妃未必看得上。"

薛恺却坚持己见，认为贵妃一定会喜欢这份寿礼。周文达觉得蹊跷，便追问缘故。薛恺微微一笑，道出了内中的玄机。

原来，柳贵妃名叫柳玉蝶，是山东潍坊人。她从小爱放风筝，尤其喜欢风筝王薛涛所扎的蝴蝶风筝。三年前，柳玉蝶被选入宫中，不久便当上了贵妃。柳贵妃曾派太监去潍坊，高价购买薛涛的风筝，可薛涛突然病故，太监只买到了一只蝴蝶风筝。薛涛有个独生子，继承了父亲的绝门手艺，等三年守孝期满，他重新做起了风筝。薛涛的儿子想把蝴蝶风筝献给柳贵妃，于是，他想借某位官员之手，实现自己的心愿……

听到这儿，周文达捻着胡须笑道："薛恺，如果老夫没猜错，你就是薛涛的公子！"

薛恺点头称是。周文达这才放了心，决定将蝴蝶风筝作为寿礼，献给柳贵妃。

风筝送进宫才三天，皇帝的圣旨便到了。圣旨上说：柳贵妃对蝴蝶风筝非常喜欢，皇上龙颜大悦，特赏薛恺黄金百两，命其常住京都，随时为贵妃制作风筝。周文达献宝有功，提升为工部尚书。

皇帝如此厚赏，周文达又惊又喜，当即设宴答谢薛恺。

席间，薛恺向周文达请求，说自己没找到合适的住所，想在周府借住几月。周文达满口答应，准备立刻腾出东厢房。不料薛恺连连摆手，称自己已看中北面的阁楼。

周文达皱着眉头说："这阁楼废弃多年，破败得很，怎好安顿贵客？"

薛恺解释道："我看中阁楼，是因为那儿特别幽静，最适合做风筝。"

这下周文达明白了：薛恺挑中高高的阁楼，是为了防止做风筝的绝活泄密。于是，周文达不再坚持，命仆人赶紧清扫阁楼，安顿薛恺住下。

打这以后，一连串诡异的事情发生了。

迷雾重重

薛恺天天窝在阁楼上，寸步不离。但他没有动手扎风筝，而是目不转睛地眺望北方，从早到晚一刻不停。

阁楼的北面是紫禁城，它被高墙挡得严严实实，里头的情形根本看不清。那么，薛恺如醉如痴，究竟在瞧啥呢？周府上下都很纳闷。然而，更蹊跷的事还在后头。

这天傍晚，薛恺匆匆离开周府，直到天黑才回来，背上多了个扁平的木匣。周文达问薛恺外出干啥，薛恺说做风筝的材料短缺，出去买了些。

次日一早，宫里的张太监来到了周府，他告诉薛恺：昨天傍晚，柳贵妃放风筝时不慎断线，那蝴蝶风筝飞走了。现在贵妃下令，让薛恺赶紧重做一个。

薛恺听后，立刻捧出一只崭新的蝴蝶风筝。

张太监笑嘻嘻地说："风筝很容易丢，你不如多拿几个出来，免得我一趟趟来回跑。"

薛恺解释道："这蝴蝶风筝非比寻常，选料和制作都耗时费力，一年也扎不了几个。"

听了这话，张太监只好留下十两黄金，悻悻然走了。

随后的日子里，薛恺仍躲在阁楼上凭窗远眺，只是神情更加忐忑。周文达越看越起疑，开始密切关注薛恺的一举一动。

一天黄昏，薛恺又匆匆出了周府，周文达立刻悄悄尾随。薛恺奔到一个小山坡，在草丛中捡起了断线的蝴蝶风筝。周文达大吃一惊，忙上前盘问。

薛恺很慌张，支支吾吾道出了实情：原来，薛恺从小好吃懒做，不愿跟父亲学手艺。薛涛猝死后，薛家做风筝的绝活无人继承，家道也迅速败落。正当薛恺走投无路时，听到了柳贵妃庆寿的消息，他灵机一动，琢磨出一条献宝骗财的妙计。薛恺找出家中仅存的一只蝴蝶风筝，连夜赶往京都，找到了周文达……之所以挑中周文达，是因为周府最靠近紫禁城。献宝成功后，薛恺天天在府的阁楼上眺望皇宫，等待柳贵妃的风筝断线，然后瞅准方向去寻找。风筝找到后，薛恺对它重新裱糊，一只崭新的蝴蝶风筝就又出现了……

薛恺捡风筝，只是为了骗钱，这让周文达长舒了一口气。在薛恺的苦苦哀求下，周文达同意他继续干下去，直到风筝的骨架摔坏为止。

第二天，张太监又来索要蝴蝶风筝，薛恺把昨晚捡到的那个交给了他。

此后，薛恺仍天天眺望紫禁城。一连数月，始终没见柳贵妃放风筝，薛恺成天坐卧不安，还常常暗自垂泪。

这天清晨，紫禁城上空终于又升起了蝴蝶风筝。不久风筝断了线，薛恺瞅准方向，迅速冲出了周府。

薛恺走后不久，阁楼上突然着了火。在救火的过程中，仆人们发现了两只新做的蝴蝶风筝。这说明，薛恺会做蝴蝶风筝，他先前所说的都是谎话！明白了这点，周文达大惊失色。

中午，薛恺神情忧伤地回到周府，周文达把他叫进密室，追问事情的真相。

薛恺见瞒不住了，便仰天长叹道："哎，反正她也活不长了，周大人又是难得的好官，我就如实相告吧！"

随后，薛恺含着泪，讲述了一段悲伤的往事：

薛恺和柳玉蝶早就相亲相爱，正当两人要完婚时，柳玉蝶不幸被选入宫中。当上贵妃后，玉蝶不慕荣华富贵，依旧爱着薛恺。她以购买蝴蝶风筝为由，派太监去潍坊打探薛恺的消息。

柳玉蝶会写一种状似花纹的女书，这种女书只在潍坊的闺阁中流传，外行根本看不懂。玉蝶

画了一张风筝草图，用女书在上面倾诉了自己对薛恺的思念，然后把草图交给太监，让薛家照此做蝴蝶风筝。

薛恺以前常看柳玉蝶写女书，熟悉这种隐秘的文字。接到草图后他泪湿衣衫，当即取出一只蝴蝶风筝，也用女书写下了自己的誓言，那就是一定要设法救出心上人。太监把蝴蝶风筝带回宫中，柳玉蝶读到了薛恺的决心，开始琢磨逃出皇宫的办法。

当柳贵妃庆寿的消息传出后，薛恺觉得机会来了。他赶往京都，选中了靠近皇宫的周府，怂恿周文达用风筝给贵妃送礼。计策成功后，薛、柳二人就通过蝴蝶风筝传递消息。柳玉蝶告诉薛恺，后宫有条排水沟，出口处的几块砖头松动了，自己可以从那儿出逃。她和薛恺约定，如果御花园上空的风筝整天飘扬，当天晚上就出逃，如果风筝断了线，说明事情有变，再看风筝上的说明。结果，薛恺等来的是坏消息，那条排水沟的破损被太监发现，当即作了修补。眼看唯一的出路被堵死，柳玉蝶忧心如焚，从此一病不起。

今天的这只风筝，是柳玉蝶托宫女代放的，她已病入膏肓……

彩蝶双飞

十几天后，柳贵妃病逝了。皇帝十分悲痛，命工部为她修建宏大的陵寝，由周文达全权负责。根据贵妃的临终遗愿，皇帝要薛恺制作一只蝴蝶风筝，作为陪葬。

第二年春天，柳贵妃的陵寝建成，蝴蝶风筝也做好了。可当周文达看见风筝时，不由惊呆了——那只"蝴蝶"竟然比陵寝的门还大！

周文达皱着眉头问："薛恺，这么大的风筝，怎么搬进墓室去啊？"

薛恺当即将"蝴蝶"拆成几段，对周文达说："到时候，我进入墓室，再把它组装起来。"

不久，柳贵妃的棺材下葬。当葬礼接近尾声时，薛恺最后一个进入墓室，开始安装蝴蝶风筝。

几个工匠守在外面，准备等薛恺出来后就按动机关，把墓室的石门彻底封死。可是，等了好久仍不见薛恺现身。工匠们着了急，一齐冲墓室大声呼唤。

就在这当儿，墓室的门突然关上了，紧跟着"轰"一声巨响，门后的大铁栓落了地！在场的人个个看得毛骨悚然，因为他们知道，这关闭的墓门再也打不开，薛恺被活埋进了贵妃陵！

人们都以为，薛恺退出时不小心碰到了机关，结果导致墓门提前封闭。只有周文达心里清楚，薛恺很可能是故意这么做的，因为他活着时不能和心爱的人比翼双飞，就选择死后与她相依相伴……

（题图、插图：谢 颖）

好哥们儿

□彭启殷

刘三和张民是好哥们儿，两人是同一批被招进公司的，很快都成了公司业务骨干。

最近刘三又忙起来了，因为公司订单一下子多了起来，老板孙达叫他在一个星期内招到两百名工人，并且还说了，每招一名工人就给他二十块的奖励，但是，如果完成不了，他刘三就要卷铺盖走人。

于是，刘三马上行动，打出招工广告，想在老板面前好好表现表现。然而，三天过去了，来应聘的人也就十来个，有几个还是一把年纪的。

刘三可愁坏了，最后，一个叫"小湖南"的打工仔给他出了个主意：在招工广告上加上这么一句"本公司已经招了一批年轻的姑娘，特别需要一批身强力壮的男员工"。刘三想想觉得这点子不错，于是照干了。

这新广告一打出，效果好得惊人，不到半天，来应聘的人足足有好几百！最后，刘三选定了两百名年轻的应聘者，并第一时间把好消息向老板孙达报告。

老板很高兴，叫刘三有空到财务部领奖金。同时，老板叫来张民，叫张民负责培训新员工。

"好的，我马上办。可是……"张民笑笑，欲言又止。

老板疑惑地看了眼张民，说："有什么问题吗？"

"恐怕不大好做工作。"张民又是笑笑。

老板愣了一下，问为何。张民说："老板您想，我们公司哪有新招一批年轻的姑娘？这不是骗人吗？我敢说，来应聘的很多是冲着这批年轻的姑娘来的，等他们发现并没有这么回事，这帮人可就不好说了。"

老板看着张民，说："难不成他们会走人？我给他们的工资可不低。"

张民忧心忡忡地说："您给他们开的工资是不低，可是他们会相信吗？连广告都是假的，那这家公司还可信吗？这可是咱们公司的信誉问题啊。"

老板听后不说话了，过了一会，突然对张民说："我差点被刘三这小子害了，那现在该怎么办？订单多，催货又紧，没工人不行啊，这批人一定要留住。"

看到老板着急的样子，张民忙说，"老板您放心吧，只要我们把假广告的事摆平了，他们是会留下来的。我们公司是没有年轻姑娘，可别的公司有啊。我们附近不是有一家制衣厂吗？我了解过了，这家制衣厂几乎是清一色的姑娘，我们可以跟这家制衣厂搞一些联谊活动……"

老板一听很高兴，拍了拍张民肩膀。张民正要离开去干活，老板叫住了他："张民，你到财务那里领五千块当活动经费，不够再说。对了，你顺便告诉财务，给刘三的四千奖金别发了。"张民应了一声离开了老板办公室，忙他的去了。

这一切，正在兴奋头上的刘三当然是不知情的，他还在想着等领了奖金要好好请小湖南喝一杯呢，要不是人家，他刘三可能要卷铺盖走人了。当刘三来到财务部听到奖金没了时，一下子懵了，大声质问财务为什么。

财务告诉刘三，张民刚刚来传达了老板的意思。刘三来气了，心里很不平，于是去找老板。看着刘三自己找来了，老板火气更大了，怒斥道："你还想要奖金？你小子净想歪主意，搞假广告，要不是张民，我公司的声誉都要被你给毁了。你听好了，以后你就给张民打打下手，看他有啥活帮着办，要不，你就另谋高就吧。"

离开老板那里，刘三心里可憋屈坏了，可是有气没地方发啊。说来也真巧，刘三没走多远，就被小湖南给叫住了，对方半开玩笑叫刘三请客喝两杯。刘三瞪着对方，把被老板骂的事说了出来。"看你出的鸟主意，还请客？"刘三低声骂了一句就匆匆走开了。

"等等，刘哥。"小湖南突然追上刘三，轻声地告诉对方，那主意不是他出的，是刘三的好哥们张民想到的，是张民叫他告诉刘三的。"你说什么？"刘三一听愣住了，一把抓住小湖南的双臂大声地问。小湖南吓住了，不敢看对方眼睛。刘三慢慢放开小湖南，一步步慢慢地走开，嘴里喃喃自语："好，好哥们儿，张民啊，真有你的……"

（题图：张恩卫）

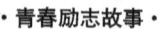

五个啤酒瓶

□ 徐美勤

陈娟今年二十五岁，在一家叫渔乐酒家的小饭馆当服务员。这天中午她正在大厅里为一桌客人点菜，忽然看见一个六七岁的小女孩，拎着个蛇皮袋，朝餐桌边走了过来。小女孩胆怯地朝陈娟瞄了一眼，快速弯腰将地上的空酒瓶拾起来往袋子里装。

这时，酒家的王老板怒气冲冲地跑过来，对小女孩恶语相加，又推了她几下，小女孩哇哇大哭起来。见女孩哭，陈娟赶紧把她拉出了店门，算是结束了一场以大欺小的战争。

陈娟下班时已经是晚上十点多了，当她走出店门时，却又看到了中午在酒店里捡瓶子的那个小女孩。看她衣着破旧不入时，想必也是穷人家的孩子，陈娟就上前一步问她："你叫什么名字？为什么那么晚了还不回家啊？"

小女孩怯生生地答道："我……我叫丫丫，我要捡酒瓶……"

"为啥要捡酒瓶？"陈娟又追问了一句。

原来丫丫家里很穷。妈妈死后，就随父亲和后妈从外地来到了这里。父亲和后妈在一家企业打工，收入并不多，丫丫年纪小，就靠捡垃圾赚点钱。丫丫很想去学校读书，可后妈却说如果丫丫能在这个夏天捡到3000

个酒瓶，就让她上学。所以，这段时间丫丫就起早摸黑地出来捡酒瓶。

听丫丫说完，陈娟心里很不是滋味，她想：大街上哪有那么多酒瓶让她捡啊？分明是后妈故意刁难，根本不打算让丫丫上学。

丫丫说，大街上捡不到酒瓶，有时候她就到小区里去，向好心的老奶奶们说明原因，求她们把家里的空酒瓶拿出来给她；有时候也偷偷溜进餐馆里……

陈娟心里酸酸的，说："今天已经这么晚了，我送你回去吧？"

陈娟陪着丫丫回到了丫丫父母租住的极其简易的房子，陈娟看到靠墙边整整齐齐地码起了一堆空酒瓶，丫丫说这里有1376个，还差1624个，这孩子把酒瓶当宝贝一样，一共有几个，她心里比谁都记得准。

陈娟算了算时间，离开学还有30多天，如果捡不到那1600多个，后妈就不让丫丫上学了。陈娟沉思了一会，对丫丫说道："这样吧，以后我把客人们喝空的酒瓶放到我们饭店东面的窗台上，你在外边悄悄推开玻璃窗，就能把酒瓶拿到手，这样谁也不会发现你。"

丫丫使劲地点头，又一脸感激地望着陈娟说："大姐姐，你真好！"

为了让丫丫上学，第二天开始，陈娟就把客人们喝空的酒瓶有意识地拿一些放到窗台上，中午放几个，傍

晚再放几个。丫丫就等在外边偷偷地把酒瓶取走。快餐店的生意好得不得了，老板似乎也没注意到酒瓶的问题。

一个月过得真快，一下就到了八月底，明天就是学校报名的日子了，不知道丫丫是不是已经攒够了3000个酒瓶，陈娟很着急。这天晚上，丫丫刚把渔乐酒家窗台外面的酒瓶装到塑料袋里，准备离开的时候，渔乐酒家的王老板不知从哪个角落里蹿了出来，一把夺过她装酒瓶的袋子，呵斥道："这回被我逮到了哦，小丫头片子，敢到我这来偷东西！滚！下次再让我见到，看我不打死你！"

其实王老板对丫丫的举动已经有所察觉，他想一定是店里有人故意把酒瓶放到窗台上的，这几天就留心观察，今天终于发现是陈娟所为，就立马出来逮人了。

赶走小姑娘后，王老板板着脸把陈娟叫过去："陈娟，没想到你吃里扒外。我这里不是慈善机构，你滚蛋吧。"

陈娟沮丧地从渔乐酒家走出来，看见丫丫蹲在离店不远的地方正哭得伤心，就赶紧走了过去。丫丫边哭边说："那五个酒瓶要是不被老板夺走，加起来正好3000个，明天我就可以上学了，可现在……"

陈娟不忍心告诉丫丫，正因为她自己丢了工作，只是对她说："你回

去吧，五个酒瓶明天早上一定给你送过去。"

与丫丫分开后，陈娟去了一家露天大排档，要了啤酒猛灌自己。可才喝了两瓶啤酒，肚子就已撑得不行。就在这时候，她发现邻座有个小伙子，戴副眼镜，文质彬彬的样子，可能是有什么心事，和她一样也正拿啤酒猛灌，不一会儿身边就扔了五个空酒瓶。陈娟想把他身边的酒瓶拿过来，可她刚伸出手还没抓到酒瓶，就被小伙子发现了："你干什么？"

陈娟不高兴了，看他把空酒瓶搅到身边护得紧紧的，冷哼一声道："亏

你还是个男人，几个空酒瓶看得那么金贵。"

小伙子却故意跟她斗嘴："我拿回去让女朋友灌酱油装醋，你管得着吗？"

"小气鬼！"陈娟气呼呼地嘀咕道，"就你这样的人，还女朋友呢！哪个女孩会愿意做你这种人的女朋友哦？起码我是不会的。"

"那倒不一定。"小伙子边说边站起身，向老板要了个塑料袋，把那五个啤酒瓶装起来，提着走了，气得陈娟对准他的背影"呸"了一声。陈娟没办法，只得又要了三瓶啤酒，喝不了，倒掉，最后总算弄了五只酒瓶，也要了一个塑料袋装了起来。

除了上班，陈娟从没在街上呆这么晚回去，更不会那么晚了一个人还在外面喝酒。她提着五个啤酒瓶壮着胆子往出租房赶去。从排档摊到租房的路需要经过一条小巷子，没有路灯。就在这时候，从暗处蹿出一条大黄狗，向她直叫唤。陈娟打小就最怕狗，她后退一步，迅速从塑料袋里抽出一个啤酒瓶握在手中，口中振振有词："你别过来啊，否则我就对你不客气！"可大黄狗哪听得懂她的话呀，叫声比先前更凶了，有扑上来咬人的势头。慌忙中，陈娟抡起一个酒瓶朝黄狗砸去，然后打算开溜，可大黄狗对她似乎有点不依不饶，吓得陈娟把还装着四个啤酒瓶的袋子一股脑儿砸向了大

黄狗，头也不回，撒腿就跑……

陈娟一口气跑回了出租屋，惊吓之余仍惦记着丫丫上学的事，可她那五个啤酒瓶在巷子里全被打碎了。唉，只能等明天再去买五瓶啤酒了。

第二天早上，陈娟去一家商店买酒时，经过一家文具店，想到丫丫马上就要上学了，就走了进去，想先给丫丫买点笔啊啥的。没想到冤家路窄，昨晚和她斗嘴的小伙子也在店里，更让她想不到的是，他身边还放着昨晚上他带走的那五个啤酒瓶。小伙子正在买书包，陈娟趁他付钱的工夫，提起五个装酒瓶的塑料袋朝他调侃道："嗨，这五个酒瓶先借一下啊！"然后转身就跑。

陈娟提着五个装酒瓶的塑料袋来到丫丫那儿，把那五个啤酒瓶交给她。丫丫高兴得不得了，欢天喜地地跑进屋去把这个好消息告诉她后妈。

就在这时候，屋外又传来一个声音："丫丫，快看我给你送什么来了！"陈娟和丫丫迎出来，只见一个小伙子肩上挎着书包，手里提着个塑料袋，里边装着正好五瓶啤酒。陈娟和那小伙子四目相对，两个人同时愣在了那里，因为那小伙子不是别人，正是夜排档和文具店里那位青年，陈娟带给丫丫那五个啤酒瓶的主人。

原来，小伙子叫张亮，也在一家快餐店打工，跟陈娟的情况一样，因为给丫丫提供方便，经常瞒着老板给

丫丫送酒瓶，被老板发现后给炒了鱿鱼。昨天当他得知丫丫还差五个酒瓶时，就去那家大排档喝啤酒，没想到与陈娟"狭路相逢"，刚才又被陈娟"盗"走了那五个空酒瓶，没办法，张亮就又去商店里买了五瓶啤酒给丫丫送来了。

丫丫的后妈不好意思言而无信，就算不情愿，也还是决定马上送丫丫去附近的学校报名读书。

这时，小伙子张亮指着他带来的那五瓶啤酒对陈娟说："走！为了庆贺丫丫上学，咱们找个地方喝几杯去！"

陈娟红着脸说："今儿个我请客！"

就这样，陈娟和张亮来到一家小餐馆点了点菜，边喝边谈，他们俩从丫丫的酒瓶谈到今后的工作，真所谓酒逢知己千杯少，话不投机半句多。有着同样经历的陈娟和张亮只一顿饭的工夫就成了知己，两个被各自老板炒了鱿鱼的青年男女商量着合开一家小餐馆，把顾客留下的酒瓶攒起来留给丫丫，好让她明年继续上学……

（题图、插图：陆小弟）

乌龟的心事

□ 何必加

一对大雁和一只乌龟结成了好朋友。每年天气一转冷，大雁就会朝南方飞去，只剩下乌龟独自一个留在了北方。

这年的春天又到了，枝叶又发绿了，天气一天比一天暖和了。乌龟盘算着，好朋友大雁马上就会从南方飞来，会给他带来许许多多的礼物，心里直感到美滋滋的。

大雁真的很讲信用，果然带着礼物来到了好朋友乌龟的身边，还给乌龟讲述了许多发生在南方的故事：那里没有冬天，一年四季，鸟语花香，舒服极了。

乌龟听着听着，开始觉得很新鲜，后来就有点不高兴了：那么美的地方，我只能听你们说，不能亲自去看，多没劲呀！

大雁就劝乌龟说："好朋友，别

难过，今年冬天来临时，我们带你一起去南方。"

乌龟一听更难过了："我爬得这么慢，你们飞得这么快，等我爬到那里，你们已经要飞回来了。"乌龟越说越伤心，不好意思地把头缩进了硬壳里，伤心地哭了起来。

大雁劝乌龟说："别着急，还要过很长时间，我们才会往南方飞去，我们总能想出一个好办法，带你一起去南方。"

春天过去了，夏天也过去了，秋天悄悄地来到了，天气也渐渐地变凉了，可乌龟的心里比北风更冷：担心着好朋友又要离他远去。

乌龟心里难过，但极要面子，装出无所谓的样子。这天，大雁喜气洋洋地飞到乌龟身边，拿出一根细细的棍子，问乌龟说："乌龟兄弟，你看，这是什么？"

乌龟没好气地说："这是什么？这是根棍子！"

大雁知道乌龟心里不高兴，也不计较，说："我们可是讲信用的，说好今年冬天带你一起去南方，就一定得说到做到。"

"你们明明知道我不会飞，怎么带我去南方？这可不是根魔棍，不可能随手一点，我就到了南方。你们去吧，别取笑我了。"

但大雁却一本正经地说："我们就是要用这根棍子带你去南方。你想，我们的本事，是会飞，你最大的本事，除了这身漂亮的盔甲，就是能紧紧地咬住一样东西不放。到时候，我们俩咬住棍子的两头向前飞，你只要咬住棍子的中间，我们就能一起往南方飞去。"

乌龟听了，当然高兴，但一想到让大雁托着自己往南方飞，要是被其他动物看见了多没面子呀？但乌龟挡不住南方的诱惑，这一天，在大雁的

带领下，乌龟飞上了蓝天。

乌龟第一次上天，别提有多兴奋了，高山、河流，尽收眼底，老虎、狮子，这些平时看不起自己的动物，也只能抬起头羡慕地看着自己。

这时，乌龟听到有动物说道："真没想到乌龟有这么大的本事，不仅能在水中游，还能在天上飞，你看，乌龟今天竟然托着两只大雁往南飞去！"

乌龟没想到动物们竟然会这样说，感到太有面子了，一得意，嘴一松，从天上掉了下来，幸亏有那身坚硬的盔甲，否则早就摔得粉身碎骨了。不过，那身光滑的盔甲都跌碎了，过了很长很长时间才长好，但再也不是光滑圆润的了，而是变得一块一块，像拼接起来一样。

自那以后，乌龟一想起这件事，就会羞愧地把头缩进硬壳里，感到很不好意思。

（题图、插图：刘为民）

工资要给够

□ 覃 旭

晚上，居委会主任杨慧珍在家看《新闻联播》时，突然听到敲门声。她开门一看，是低保户宋有金两口子，他俩拎着一袋苹果，一脸喜气的样子。

杨慧珍一边请他们进屋，一边责怪道："怎么还带东西！"

宋有金的老婆林大妹说："双喜临门，高兴！一个是我发工资了，一个是合同签了。"宋有金抢着说："这苹果是一点点心意，没有别的意思，感谢主任帮大妹找到工作。"杨慧珍心头一暖，看了一眼苹果，说："你们家里用钱的地方很多，不该这样浪费。"

宋有金说："应该的。大妹一下子领回八百块，买这点苹果不算什么。"大家聊了一会儿，宋有金夫妇就起身告辞了。

送走了客人，杨慧珍继续看电视。看着看着，忽然，她想起宋有金的一句话："大妹一下子领回八百块……"她猛跳起来，追到宋有金家。

杨慧珍叫林大妹把合同拿出来。她看了合同，恼火地说："好你个王广泉，揣着明白装糊涂！"王广泉是饭店老板，是杨慧珍介绍林大妹到他那里做工的。她马上打通王广泉的电话，说："王老板，你明知本市最低工资是一千元，合同也这么签了，为什么只给林大妹发八百？"

王广泉笑呵呵地说："我包她吃了！一天按十元算，一月就三百，三百加八百是一千一，超过最低工资了。何况现在十元哪够一日三餐？放心吧，她是你介绍的，我哪敢怠慢？"

杨慧珍想想也对，就不再说什么。不过，她还是不放心，又找林大妹核实，林大妹吞吞吐吐地告诉她，一日三餐很可能是客人吃剩的。杨慧珍不由得来了气，又打电话对王广泉说："王老板，拿吃剩的饭菜当工资应付人，你亏不亏心？按照劳动法，你必须给够她一千块钱。"王广泉无可奈何地说："杨主任很懂法啊！好吧，我就按你说的做！"

转眼又到了林大妹发工资的日子。那天，杨慧珍特地等在林大妹回家的必经之路旁，查看她到手的工资。一看，还是八百元。杨慧珍气愤了，立即找到王广泉，责问道："王老板，你怎么能言而无信？"王广泉说："没有啊，我帮她买养老保险了。一年差不多四千元，平均每月三百多，这可是实打实的现金，不信你去问她。"

养老保险金确实是实打实的现金，王老板这么做，应该没问题吧。

养老保险金算不算基本工资？杨慧珍还是吃大不准，于是她就去找律师，这一咨询她才知道又上当了。杨慧珍又打通王广泉的电话，不客气地说："王老板，我今天再给你上堂课！劳动法规定，养老保险是非买不可的，跟最低工资无关！"

王广泉这次真的感动了，说："我算服了你，非亲非故的，帮人家操那么多心！下个月再少她的工资，你直接过来砸我的招牌！"

一个月后的一天晚上，杨慧珍又在家里看《新闻联播》突然传来敲门声，她打开门，又是宋有金两口子。一见面林大妹就说："工资发够了，前两个月的也给补了，总共一千六百块。"杨慧珍说："够就不用来了，你看，跑得一头的汗。"宋有金说："有件重要的事情我得亲自来，不然让你为难。"

杨慧珍心里一动，问："什么事？"宋有金说："退保。我们一家三口，每月收入一千元，超过低保标准了。"杨慧珍望望宋有金，又望望林大妹，感动地说："你是我们社区第一个主动退保的人。要是个个像你们，我的工作就好做多了。"

律师点评：

《工资要给够》这则故事主要涉及的法律问题：劳动工资最低保障。根据劳动法有关规定："国家实行最低工资保障制度，用人单位支付劳动者的工资不得低于当地最低工资标准，不得克扣或者无故拖欠劳动者的工资。"同时规定缴纳养老保险是用人单位应尽的法律责任，不能计入个人最低工资中。

故事中王广泉老板所在地当年的个人最低工资是一千元，而他用缴纳养老保险作借口，仅发给杨慧珍工资八百元，其行为当属违法。

（题图：丁德武）

阿P看儿子

□ 梁 博

如今的高中，新学期开学都有专门的军训，而且还是全封闭的。最近，阿P的儿子小虎也轮到军训。不过这才离家十二小时，小虎的妈妈小兰就心疼得要命。起初，阿P还不以为然，劝道："小虎参加的是消防军训，意思意思，不太苦的。"可小兰还是不放心，说："你不是认识消防队长的吗？让他通融通融，咱去看看儿子吧。"

阿P倒真的认识消防队长，可儿子才离家十二小时，就要探望，怎么张得开嘴？小兰见阿P不吭声，就怒道："怎么？去看看儿子比登天还难？"一听到"登天"这个词，阿P眼睛一亮，拉着小兰道："走吧，我想起来了，学校附近的教堂塔楼正好可以看到操场。"

阿P带着小兰上了塔楼，举着望远镜四处张望，找了半天，总算找

到了晒得黝黑的小虎，只见他在烈日下立正、稍息，旁边一个消防队教官手里提着一桶水，防止有学生晕倒。小兰急了："这哪是军训啊，儿子也不是铁打的，晒出病怎么办。"阿P也心疼了，他想起自己认识学校看门的二胖，到了晚上就拎着两瓶酒去了二胖家。一进门，发现二胖也在愁，原来他儿子也在军训，校长已专门下了命令，军训期间家长一律不得进学校！

阿P见没戏，就当是来看二胖吧，便和二胖喝起酒来，等酒瓶空了，二胖也醉了，拍着将军肚吹道："这事要放在以前，学校这墙不可能困得住咱。寝室那边垫几块砖就翻出去了。"说者无意，听者有心。阿P又有了主意。

辞别二胖，天已经完全黑了，阿P在学校门前转了几圈，找到突破口，

于是他在超市买了点水果饮料，又怕小虎饿着，还买了一大包巧克力，然后借着月光，转到寝室外围墙边。墙有些高，但阿P翻过去还不是开水锅里伸胳膊——手熟。他踩着墙上的洞眼，腰一使劲，"嘿嘿，老婆等着好消息吧。"阿P翻过墙去，可脚一落地，就觉得不对劲——学校怎么有消防车啊，不对，还有几个战士在洗车。"八成是跳错了，跳到跟学校一墙之隔的消防队了。"阿P酒吓醒了几分，他准备再悄悄翻回去，但进来容易出去难。消防队地面比外面低三尺，墙面光滑翻不过去啊，这可把阿P急得抓耳挠腮。

也许是老天有眼，阿P看到了池塘边有棵歪脖柳树，正好可以帮忙翻出去。阿P猫着腰，踮着步子悄悄走过去，刚走到树下就被人发现了，有人喊道："站住，消防队的东西你也敢偷，不许动，再动我就开枪了！"阿P笑道："我可不是被吓大的，消防队有个屁枪，拜拜……"还没说完，消防队的水枪开枪了。阿P"嗷"的一声惨叫，"扑通"掉进了池塘……

五分钟后，浑身湿漉漉的阿P被押到了门卫室。一位教官问道："你好大的胆子，敢来我们消防队偷东西。"阿P被水一冲，酒也全醒了，忙解释自己是来看人的，走错了路。旁边一个瘦高个厉声道："别听他瞎说，武警队打来电话，说刚刚有

个人也是看儿子，误跳到武警队的院子里了。"阿P正不知如何是好时，消防队的王队长开门进来，看到了狼狈的阿P，奇怪地问："这不是阿P吗？怎么来这了？刚刚听人说队里来了小偷，不会是你吧？"阿P就像农民见到了红军一样握住王队长的手："王队长，可等到你了，我想来看你，他们愣说我是贼，你看……"王队长笑道："大家误会了，这是上次的救火英雄阿P呀。可是你怎么晚上来看我，干吗不走大门？"阿P眨巴着眼睛说："我是想给你个惊喜啊。""好了好了，没事了。"王队长向其他人挥挥手，说："你们去休息吧。"其他人忍住笑走了。

王队长叹了口气，拍拍阿P的肩膀，说："想看儿子就跟我说一声呗。至于跳墙嘛？"阿P咕哝道："王队长，你怎么知道？"王队长哈哈大笑："我刚从武警队回来，那边有个胖子跳墙看儿子也跳错了地方，不过那胖子可没你幸运了。跳到警犬窝里了，屁股上挨了好几口。"

阿P一听全明白了，自己比二胖强多啦，全当洗了个澡吧。他不住地点头保证："王队长放心，以后我看儿子一定走大门。"

阿P虽然没看到儿子，但毕竟是有惊无险，想到明天得去医院看看二胖，阿P又吹起了轻快的口哨……

（题图：顾子易）

江公招婿

□ 蒋子中

从前，江边住着一个三口之家。主人姓江，妻子唐氏，女儿叫秀英。他们会种田，能捕鱼，日子过得红红火火。

时间过得很快，这天，有人上门来提亲时，江公夫妇才意识到女儿秀英已长大了。

这晚，江公和唐氏躺在床上谈起了女儿的婚事。唐氏不舍得唯一的女儿出嫁，说要是秀英是个儿子就好了。江公说那简单，我们招个女婿回来就行，秀英长得俊俏，一定能招到一个好女婿回来的。老两口越说越高兴，唐氏问江公想招个什么样的女婿。江公说最好能招一个会打鸟的，江边水鸟这么多，家里再添一个会打鸟的，这样，天上飞的，水里游的，都能成为下酒送饭的美味佳肴……

真是屋里说话老鼠听，外面说话鸟儿听，老两口的谈话，不想被一个正在窗外准备行窃的小偷听在了耳里。

这小偷姓李名小年，家住十里开外的杏花村，他听了江公夫妇的谈话后，立刻动了心，江家的家底他清楚，秀英的长相他也见过，要是能混到此家来做上门女婿，还有比这更好的美事吗？

第二天一早，李小年就来到集市上，花尽口袋里最后一枚铜板，总算买到了一杆旧鸟铳和少量火药、铁砂，另外呢，他还买了两只被鸟铳打死的野鸭。

李小年还从没放过鸟铳呢，他买了武器弹药后，就来到一个偏僻处，装上火药，填上铁砂，冲着三米外一条不知谁家的狗就是一铳。结果轰的一声巨响之后，狗平安无事，李小年却一屁股坐到地上，右侧眉毛被灼掉了一半。也不知是火药放多了还是怎么回事，鸟铳不但反冲力奇大，从"奶嘴儿"处还喷出一股火花，要不是他眼睛眨得快，说不定眼珠子也被燎瞎了。

敢情这打鸟还是一危险的行当呢。李小年顿时想起以前听说的一些事故：凤凰村的老黄因打鸟被鸟铳炸瞎了一只眼；岔河村的老李因铳杆爆炸丢了左手三根手指……

李小年暗自后怕：要是成不了上门女婿却把自己玩残废了，跟谁说理去呀？得，还是安全第一，先来个猪鼻子插葱——装象来蒙蒙，蒙不过去则罢，要是能瞒天过海，当上了上门女婿，那再学打鸟不迟，到时候就是万一玩鸟铳玩残废了，也有老婆一家子伺候自己啊……

主意打定，当天下午，李小年就腹系旧牛皮围裙，斜挎竹筒牛角，肩扛鸟铳，一副打鸟行家的形象雄赳赳地自江家门前路过。

江家母女正在家中纺纱织布，唐氏看到李小年这副形象，不由多看了两眼。

两个时辰后，李小年去而复返，再次经过江家门口。他肩上鸟铳的铳尾处，明晃晃挂着两只野鸭。

唐氏看在了眼里，她从门里走出，目送李小年走远。

次日，李小年又故伎重演。

晌午时分，当李小年扛着挂着两只野鸭的鸟铳返回江家门口时，江公及时叫住了他："后生，进屋歇歇，喝口茶再走吧！"

李小年道过谢，随江公进了门。进屋后，他东看看西瞧瞧，嘴儿很乖巧地说起了奉承话："大叔大娘家好宽大啊！还有纺纱机、织布机，多好的家啊！"

唐氏端上茶，笑容满面地问："小伙子，哪里人啊？"

李小年知道，越把自己说得穷，说得孤苦无靠，就越能引起这家的同情，于是，他说："我是杏花村的，叫李小年。大叔大娘，看到你们，我就想起我父母。"说到这里，他眼圈红了，"我父母早早就扔下我一个人，双双离开了人世。我孤苦伶仃，靠左邻右舍和乡亲们施舍才长大的，现在只能靠打几只野兔野鸟度日……"

江公和唐氏对看一眼，唐氏问道："左邻右舍那么关心你，现在你长大了，又该关心你的婚事了吧？"

李小年说："是啊。他们是关心，可我这样的条件，哪有姑娘会到我门上呢？我邻居四大娘说了，我无牵无挂，是做上门女婿的最好人选……"

唐氏和江公再次对看一眼，江公开口了："小年，你以打鸟为生，想必打鸟的本事一定很高。这样吧，在我这吃了中饭，下午我划船带你去江中鸟洲打鸟，一定能满载而归。"

李小年一愣：糟糕，这是要考我打鸟的本事啊，岂不要露馅出丑？

他本想推脱说下午有事，但一转眼就看到了旁边秀英那期望的目光，顿时勇敢起来，觉得万万不能错过这机会，否则，要是被别人捷足先登，自己可哭都没地方哭去。于是，一口答应下来。

当即就做菜弄饭，李小年怕那两只已不新鲜的野鸭被看出破绽，亲自烧开水，将那两只野鸭弄干净，又亲自烹调，放了较重的调味料。江公一家看到他如此勤快，暗暗高兴。

吃饭的时候，唐氏一个劲地夸鸭肉好吃，说小年啊，你要是我们家的人就好了，我们就能经常吃到鸭肉了。

李小年压抑住心头的兴奋，感慨道："大娘，我一直过着孤苦伶仃的生活，今天到了你们家来，才真正感到了家的温暖和快乐，我打心里想有这样一个家，有你们这样的亲人呢。"

唐氏和江公听了，脸上都乐开了花。秀英也红着脸，羞涩地低下了头。

下午，江公领着李小年来到江边，他们上了小舟，向着江中的绿洲划去。

远远地，他们就看见了洲边有一大群野鸟。大概从没有人打过它们，这群野鸟的胆子很大，看到小船靠近并不惊慌，直到距离大约五十步时，才警惕起来，全都伸长脖子看着小船，做好随时起飞的准备。

李小年蹲在船头，端着鸟铳瞄向了鸟群。貌似从容不迫，实则紧张无比。因为刚才在往鸟铳里装火药和铁砂的时候，为了增加威力，他不由自主地加了量。但现在一想，这一枪的危险性就更大了，好像岔河村的老李被炸掉三根手指，就是因为火药装多了，结果鸟铳炸了膛……

李小年越想越怕，端着鸟铳的手也不由颤抖起来……

幸亏江公怕惊动野鸟，躲在他身后，看不到他的表情。

当小舟进入了三十步之内时，江公小声催促："可以打了，可以打了。"

李小年的手颤抖得更厉害了，额头上更是冒出了大颗的汗珠：如果扳机一扣，鸟铳炸了怎么办呀？

野鸟终于发现了危险，头鸟一声尖叫后，"轰"的一声，群鸟展翅而起。江公见状急了，扯了一把李小年的衣尾喊道："快打呀！"

这一扯，牵动了李小年颤抖的手指，"轰"的一声巨响，鸟铳走火了。

李小年怕炸到自己，吓得一闭眼，这一铳打在什么地方，他根本不知道。

还没等他在惶恐中回过神来，忽听到江公高兴地在喊："打了三只！打了三只！"

李小年大喜，睁眼一看，果然看到岸边浅水里有两只鸟一动不动，另一只还在扑腾挣扎，但已无法飞走了。

李小年顿时神气了起来。他对江公说："大叔，你要是不扯我那一把的话，我这一枪至少要打它五只！我为何迟迟不扣动扳机？就是在等鸟群起飞的那一瞬啊！因为鸟群在张开翅膀时最容易被打到！"

江公愧疚万分："在行！在行！怪我，怪我！"

唐氏和秀英见李小年打回了三只大鸟，都非常高兴。当晚的晚餐，天上飞的，水里游的，摆了一大桌。李小年一个劲地给江公唐氏敬酒，大叔大娘的喊得又亲又甜，一直聊到了很晚很晚。

见李小年会打鸟，人机灵，嘴巴甜，醉了的江公和唐氏，直觉得李小年正是他们想要招的人，当晚，他们就把这门亲事定了。

（题图、插图：刘为民）

□唐城一棵树

美丽的谎言

王老师是四（5）班的班主任。开学后，校长带着一位瘦小的女生来到王老师的面前，说："王老师，这孩子交给你了，辛苦，辛苦！"

王老师感到十分惊讶，因为这孩子的身高和长相，分明是一年级的新生！

校长似乎猜透了王老师的心思，笑着说："没错，她叫黄帅帅，开学要上四年级了。"

黄帅帅的身后还站着两位白发老人，一个劲儿给王老师作揖，还说着客气话。

开学没几天，奇怪的事情出现了。黄帅帅一下课，就没了影踪。王老师怕出意外，让班长悄悄盯梢，不久班长回来告诉王老师："老师，黄帅帅去操场了！"

王老师问："去操场干啥呢？"

"她围着操场一圈圈疯跑，也不嫌累。"

班长有时说话会夸张，王老师不放心，就亲自盯梢了一回。果然，黄帅帅下课铃一响，就奔向了操场。

操场离教室挺远的，天又出奇的热，学生们一般在课间是不去操场上活动的，所以空旷的跑道上只有黄帅帅一人在孤独地奔跑。她跑得小脸煞白，喘气像拉风箱一般，汗水湿透了校服。

没想到黄帅帅有跑步的爱好，好啊，小学秋季运动会就要召开了，让她报个长跑，准能拿个名次。

王老师放了心，不再去管这件事了。

很快，到了秋运会报名的日子。王老师看到班长递交的报名表上没有黄帅帅的名字，就把黄帅帅叫到办公室，问："帅帅，你这么喜欢跑步，为什么不报个跑步的项目呢？"

谁知，黄帅帅听了一脸惊恐，

使劲地摇着头，居然把眼泪也摇了下来。

过了几天，王老师召开家长会，黄帅帅的爷爷奶奶一起来了。开完会，王老师特意走到两位老人面前，刚夸奖黄帅帅爱跑步，两位老人脸色顿时变了，急忙说："王老师，您千万甭让孩子去跑步，她有先天性心脏病！"

王老师吓了一跳"啊，那她还这么玩命地去跑，不要命了？"

老两口互相对望一眼，叹息着，没搭王老师的话茬，但从他们闪烁的眼神中，王老师读出了他们似乎有什么秘密。

看他们不愿多说，王老师也不好强问。不过这事一直像个暗疮，长在王老师身上，拱得王老师好难受。

中秋节到了。晚饭后，王老师的手机响起，一接听，是黄帅帅的爷爷打来的："王老师，我们等孩子吃晚饭，可她一直没回家。"

王老师赶紧打电话询问了几位学生，都说没见黄帅帅。她能去哪里呢？

快到半夜的时候，学校门卫李师傅打来了电话："王老师，出事了！您快点过来吧！"

王老师不敢怠慢，打的到了学校。

李师傅一见王老师，就带王老师进了里面的卧室。王老师一眼就看见黄帅帅躺在床上，脸色发紫。

李师傅在一旁说了经过：他夜晚巡夜，在操场上，见一个影子在跑，披头散发，不停地跑，边跑边发出奇怪的叫声，他从没遇到过这事，吓死了。突然，影子倒了下去。李师傅壮胆跑过去，发现是位学生，不省人事。李师傅就把她背起，想送到医院，可快到门卫室，她就醒了，问她是哪班的，她答四（5）班，于是就给王老师打了电话。

王老师明白了，黄帅帅放了学，根本就没离开学校。

王老师问她为啥这么晚了还去跑步？黄帅帅不回答王老师的问题，反而心事重重地问王老师："王老师，您不是讲，校园操场里的空气比外面的好吗？可为什么我看不见……"

黄帅帅将后面的话咽回了肚里。

王老师确实在课堂上讲过，好像是谈城市污染问题时讲的，王老师说除了公园，学校操场算是城里唯一的净土了。但比起农村，空气质量还是差一大截。

黄帅帅又问："王老师，您今年回乡下过春节，能让我跟着一起去吗？"

看着她期盼的眼神，王老师重重地点了点头。虽然黄帅帅没明说，可王老师知道她跟自己去乡下，一定是肩负着某种神秘的使命吧。

光阴如梭，寒假到了。征得两位老人的同意，王老师带着黄帅帅回到了苏北农村。

城里的孩子对农村的一切都备感新奇。王老师领黄帅帅村里村外转了个遍，告诉她这是打麦场，那是果树园……

那晚，一轮明月爬上中天，黄帅帅举头望着明月，惊奇地说："今晚的月亮多亮啊！比城里亮多了！王老师，能带我去打麦场走走吗？"

"当然可以。"

王老师带着她踏着月光到了村南的打麦场。黄帅帅突然提出："老师，您能走远点吗，我想跑步了。"

"跑步？你的心脏？"

黄帅帅的两眼竟噙满了泪花。大概这孩子有"跑步情结"吧。于是王老师只好吩咐她："你心脏不好，慢点跑，行吗？"

黄帅帅答应了一声。王老师后退了二十多米，站定。借助月光，王老师看到黄帅帅围着打麦场一圈圈跑着，速度逐渐加快，一边跑，一边四处张望。骤然间一声尖叫，黄帅帅跌倒了。王老师刚想过去，她大叫："别过来，别过来，我快成功了！"

王老师看到黄帅帅竟飞快地脱掉了外衣，迎着寒风狂奔起来。

王老师不顾一切地跑了上去，将冰冷的小女孩紧紧裹进自己的怀里。

"哇"一声，黄帅帅酣畅淋漓地痛哭起来。

王老师赶紧帮她穿上衣服，等她止住了哭声，王老师才小心地问："现在你该告诉老师了吧，为啥要这样？"

"我想让爸爸、妈妈看到我。"

黄帅帅抽噎着，断断续续揭开了"谜底"：去年的中秋节晚上，她妈妈指着天上的月亮说，一个人要是在月光下奔跑，就能让过世的亲人看到自己，要是再呼唤过世亲人的名字，就会看到他们……可没过多久，爸爸妈妈在一次车祸中就双双离去了！

"爷爷奶奶至今瞒着我，可我早知道爸爸妈妈不在了！"黄帅帅顿了顿，接着说，"为了让爸爸妈妈看到我，我也能看到他们，我就要练习快跑，这样才能跟上他们的速度。上回中秋节，学校的月光不够明亮，他们看不到我，这次我要来乡下……"

王老师疑惑地问："可你大冷天的，为啥要脱掉外衣呀？"

黄帅帅说："我身上的衣服，他们不认识……老师，为什么爸爸妈妈仍旧没出现呢？"

王老师愣在那里，不知道如何回答。

黄帅帅突然很认真地说道："老师，我知道问题出在哪里了。爸爸妈妈从没来过你们村子，不认识路，怎么会跟来呢！"

王老师看着面前这位满脑子问题的小女孩，反复思考：要不要打破这个美丽的谎言？还是让她继续怀着梦想去成长……

（题图：陆小弟）

"穿越"一词，如今已是妇孺皆知了。在各种电视剧中，上演着一幕幕爱情穿越故事。爱情不是唯一，穿越可以更热闹……

去明朝捞一把

□陈效平

1.抢先穿越

汪力是文物走私集团的头头，他贪婪成性，诡计多端。可近年来，他却过得不爽。为啥？因为这些年文物行情不断看涨，但好货源却越来越少，汪力常常为无米下锅而犯愁。

有一回，汪力费尽周折，从盗墓者手中弄到一只釉里红春瓶。这种春瓶出自明代早期，工艺十分精美，存世量极少。汪力兴奋地立刻跟海外的买家秘密接洽。买家说此款春瓶原本是一对，单个儿卖不出好价钱，如果能找到另一只配对成双，总价可飙升至上亿元！汪力一

听，肠子都悔青了，因为他知道，另一只春瓶在盗墓时被打碎了。

亿元巨款诱惑得汪力垂涎三尺。可打碎的瓷器是没法复原的，除非回到明朝，才能给釉里红春瓶配对……想到这儿，汪力突发奇想：穿越！如果能研制一艘时空飞船，乘着它回到明朝，不仅可以给春瓶配对，而且想要啥文物就有啥文物……

汪力为自己的大胆设想激动不已，决心放手一搏。

说干就干，通过朋友引见，汪力找到了著名科学家俞秃子。

俞秃子长期从事时空学研究，是这一领域的权威。他搞科研出类

拔萃，但人品却极差，是个见钱眼开的家伙。当他明白汪力的来意后，跷起了大拇指，连声赞道："哎呦呦，好主意，真是好主意！"

汪力说："你别光顾着说好，先告诉我，这时空飞船究竟能不能造出来？"

俞秃子摸着灯泡似的光脑袋，沉吟半晌说："造是能造出来的，不过嘛，要花好多好多钱呢。"

汪力一听就乐了，拍着胸脯说："只要能造出时空飞船，钱不是问题，你要多少我给多少！"

接着，汪力找来铁哥们刘二胖，

向他兜售自己的穿越计划。这个刘二胖是个建筑商，他靠偷工减料赚足了昧心钱，发财后，这猪罗也附庸风雅，玩起了古董。

汪力跟俞秃子一唱一和，极力怂恿刘二胖为时空飞船投资。

刘二胖眨着一双蛤蟆眼，冲俞秃子狐疑地问："靠你一个人，能造出时空飞船？"

俞秃子的头点得像鸡啄米，赌咒发誓说："能，绝对能！如果我造不出，你把我的脑袋摘下来当球踢！"

汪力也在一旁帮腔："我把全部财产都投进去了，这还能有假？"

俞秃子和汪力轮番忽悠，把穿越计划吹得天花乱坠。刘二胖终于被说动了，决定拿出巨款参股。

三人商定，等穿越成功后，倒腾文物赚来的钱大家均分。紧接着，他们选了一处隐蔽地点，建起了飞船实验室。

在研制开始前，俞秃子告诉汪力：自己发明的时空飞船只能往一个来回，每穿越一百年成本将增加一倍，最远能回到唐朝。

汪力歪着脑袋琢磨了半天，觉得穿越到明朝最划算，因为那个时期的青花瓷很值钱。于是，他让俞秃子把穿越的目标定在了明朝成化年间。

这俞秃子果然聪明绝顶，经过

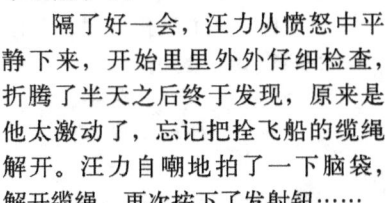

三年的不懈努力，时空飞船真的造好了。汪力和刘二胖得知后，乐得笑开了花：呵呵，十多亿的投资马上可以收回，上百亿的利润正在向他们招手！

经过一番精心准备，俞秃子决定，4月1日发射时空飞船，穿越的目的地是江西景德镇，时间是明朝成化七年。但让俞、刘二人没料到的是，汪力没等到愚人节，就提前一周下手了。他为啥这么着急呢？嘿嘿，他想独吞胜利果实呗。

汪力对此早有预谋，他的计划是：瞒着两个同伙独自穿越到明朝，去景德镇先给釉里红春瓶配对，然后买下大批青花瓷。等顺利返航后，再制造一起意外的火灾，把实验室和飞船统统烧光。这么一来，便神不知鬼不觉地抹去了所有的痕迹。哈哈，等到愚人节那天，让刘二胖和俞秃子哭个够吧！

当晚，汪力穿了一套明代服装，偷偷摸摸进了飞船实验室。

来到高高的发射架前，汪力爬上爬下地忙活开了。他把旅行装备以及许多金元宝搬进了时空飞船。等到一切准备就绪之后，汪力坐上飞船，朝夜空抛了个飞吻，然后兴奋地按下了发射钮。可是，等了半天，时空飞船仍停在原地，一点动静也没有。

汪力的额头顿时冒了汗，气哼哼地骂道："妈的，难道俞秃子在捣鬼，造一艘模型飞船要我们？若真是这样，老子非宰了他不可！"

隔了好一会，汪力从愤怒中平静下来，开始里里外外仔细检查，折腾了半天之后终于发现，原来是他太激动了，忘记把拴飞船的缆绳解开。汪力自嘲地拍了一下脑袋，解开缆绳，再次按下了发射钮……

只听"轰"一声巨响，飞船喷着火焰腾空而起，钻进了无边无际的时光隧道。

汪力又惊又喜，知道自己正向着明朝飞去。哈哈，梦想终于成真，梦寐以求的一批批珍贵的青花瓷即将到手了呀！

2. 购买瓷器

没过多久，时空飞船到达了目的地，降落在一个杂草丛生的山岙里。

汪力从驾驶室朝外看去，从四周的山峦草木来看，没瞧出这儿跟21世纪有啥区别。不过，当他走下飞船，只吸了一口气，就确信自己真的到了明朝，因为他觉得在二十一世纪的中国，绝不可能有这么清新的空气！哇塞，穿越成功！汪力乐得手舞足蹈。

他休息了片刻，便背起装满金元宝的褡裢，兴冲冲地走出了山岙。

可是，转悠了半天，没见到一

个人影，始终找不到去景德镇的路。汪力急得满头大汗，肚子也饿得咕咕直叫。他决定先找个地方填饱肚皮，顺便打听去景德镇的道路。

他转悠踅摸了好一阵子，才找到一家小酒店。他探头探脑地走了进去。

酒店掌柜是个三十出头的壮汉。他见来了生意，赶忙热情招呼。汪力说自己是外地客商，头一回来景德镇买瓷器。待酒菜上来，汪力便边吃边跟掌柜闲聊起来。

掌柜叫赵清，在这儿开酒店已有十多年。赵清告诉汪力，景德镇距此还有四十多里，如果不识路，等会儿可去前边雇辆驴车。

酒足饭饱后，汪力从褡裢里摸出一锭小金元宝，对赵清说："赵掌柜，请结账。"

赵清盯着金元宝，愣了半晌才嗫嚅道："您，您的酒菜只需半两银子，这，这个我找不开。"

汪力摆出一副气派的样子说："找不开就甭找啦，剩下的算小费！"

说完，抹抹嘴巴，打着饱嗝，出门上路。

走了约摸十分钟，猛地听见背后有人喊他，回头一看，只见赵清赶着一辆马车，风风火火追来了。

赵清追到跟前，说："客官，您如此慷慨，叫我实在过意不去，这驴车一时半会不好雇，就让我用自家的马车送您去景德镇吧！"

汪力听了喜出望外，立刻爬上了马车。

马车在崎岖的山道上颠簸，越走越偏僻，越走越荒凉。来到一片黑黢黢的松树林时，赵清忽然说肚子疼，迅速勒住马，跳下车方便去了。

可是隔了半晌仍不见赵清回来，汪力等得有些不耐烦了。就在这当儿，汪力脑袋突然被重重敲了一记，顿时昏了过去。

也不知过了多久，汪力被一阵掘土声惊醒，睁眼一看，发现自己躺在地上，脑袋上凸起了个大包。那掘土声是赵清弄出来的，他正挥着铁铲使劲挖坑，脚边搁着装满金元宝的褡裢。

汪力顿时明白了：赵清见财起意，把自己打晕，抢走了褡裢。看情形，这恶棍打算杀人灭口，把自己埋进坑里……想到此，汪力吓得浑身冒汗，迅速把手伸向了鞋底……

这时，赵清听见响动，立刻举着铁铲朝汪力扑来。可是还没等他扑到汪力跟前，自己却先倒下了。这是咋回事呢？原来，汪力的鞋中藏着一支袖珍麻醉枪，刚才他朝赵清开了一枪。呵呵，这一枪，够姓赵的睡上大半天呢。

汪力站起身，朝赵清狠狠踢了一脚，骂道："妈的，五百年前的狗东西，居然敢暗算老子！"

随后，汪力背起褡裢，赶着马车，出了树林，来到路口。他雇了个向导，驾车直奔景德镇。

五百年前的景德镇，虽然没有高楼大厦，却到处是大大小小的瓷器铺，显得热闹繁华。经过多方打听，汪力得知，一家名叫茂源瓷器店最负胜名，于是便赶着马车来到了那儿。

一进店堂，汪力就大大咧咧地嚷着要见掌柜。"茂源"的周掌柜闻讯，立刻从里屋迎了出来。

汪力掏出画着釉里红春瓶的草图，问周掌柜："周掌柜，这种春瓶，你们店里有么？"

周掌柜接过草图看了看，说："这是洪武年间烧制的春瓶，如今市面上已很难寻觅……不过，本店仓库里尚有少量存货，只是价钱贵了些。"

汪力听了大喜，忙接口道："价钱贵不要紧，有多少我买多少！"

见对方是个阔佬，周掌柜乐得眉开眼笑，立刻陪着汪力去了仓库。

在仓库，汪力不仅找到了七对釉里红春瓶，还发现了大量精美的青花瓷。这些青花瓷品种繁多，形状各异，随便拿一样去 21 世纪，

都能拍出惊人的天价！汪力摸摸这件又碰碰那件，两眼直冒贼光，恨不得把整间库房都搬走。

周掌柜瞧在眼里乐在心头，笑眯眯地说："这些瓷器都是上等货，如果汪老板大批购买，本店可以六折优惠。"

汪力听了连连摇头道："不行，不行，物以稀为贵，买多了就不值钱啦！"

周掌柜听得一头雾水，不解地问："这话是啥意思？"

汪力嘿嘿笑道："告诉你，你也不相信。"

随后汪力掏出放大镜，将各色青花瓷反复比较，最后他从一批精品中，每样各选十套，一分价没还就买了下来。周掌柜见汪力如此大

方，乐得嘴都合不拢。

等青花瓷装箱上车后，汪力看看时间尚早，就打算在附近欣赏一下明朝的风光景色。周掌柜说天水河风光秀丽，建议汪力去那儿泛舟，并自告奋勇当导游。于是，两人出了瓷器店，驾着马车直奔天水河。

来到天水河，周掌柜租了一艘游船，同汪力一起欣赏两岸美景。

此时正值阳春三月，到处鸟语花香，天水河畔更是风光旖旎。汪力环顾四周，看着明朝的天是这样蓝，水是这样清，不由感慨万千。

正看得高兴，忽然前方红光一闪，岸边出现了一个窈窕少女。那少女约摸十七八岁，生得粉面朱唇，貌若天仙。她手举一柄团扇，在花丛中追逐蝴蝶。汪力看得两眼发直，游船划出去好远，他仍频频回头，一副恋恋不舍的样子。

周掌柜见状，捻着胡须笑道："汪老板，莫不是看上了冯家小姐？"

汪力问："那姑娘姓冯？"

周掌柜点了点头，说："不错，她是冯员外的女儿冯玉兰，就住在对岸。"

听了这话，汪力的心猛然一动，一个大胆的念头顿时冒了出来。

3. 绑架美女

年近四十的汪力已经三次结婚又三次离婚，他对二十一世纪的女人伤透了心。刚才，他无意中瞥见冯玉兰，不禁怦然心动。汪力认为，明朝的女人，一定贤惠，而且还恪守妇道。如果能把冯玉兰带回二十一世纪，做自己的妻子，这收获将比青花瓷更大！汪力越琢磨越兴奋，一个鬼主意涌上心头，他决定绑架美少女。

过了一会儿，汪力推说时候不早，便匆匆跟周掌柜分手。他把马车赶到天水河畔，又另租了一只小船，独自划到冯玉兰捉蝴蝶的岸边，把小船拴好，拿着绳索和麻袋悄悄上了岸。可是，他东张西望却看不见冯玉兰的踪影。

汪力正急得抓耳挠腮，忽然瞅见对面有座十分气派的大宅院。他走过去一打听，果然是冯府。他知道美人儿就在里面，可自己却进不去，剩下的时间又不多了，这可咋办呢？汪力眼珠一转，有了主意。他回到船上，等到天黑时，就离船上岸，然后鬼鬼祟祟摸到冯府。

天太黑了，没有灯火，四下里静悄悄的。汪力沿着冯府院墙往前走，来到一棵大槐树下，停住了脚步。

那槐树紧挨着院墙，一半枝丫伸进了墙内。汪力看看四下无人，便使出当年做贼的本事，猴儿一般一纵一蹿上了树。接着，他攀着树枝，毫无声息地翻进了冯府。

汪力看过不少古代电视剧，知道大户人家的小姐通常都住在后花园，于是便打着手电寻找冯府的后花园。不一会儿，他发现了成片的花木和假山，中间果然有一座精致的绣楼。汪力喜出望外，立即蹑手蹑脚溜进了绣楼。

绣楼内有好多房间，冯玉兰到底睡在哪里呢？汪力吃不准，只得一间一间试探。

头一间屋里鼾声如雷，汪力断定，睡在里面的肯定是老妈子，他撇撇嘴走开了；第二间屋里传出磨牙声，估计是丫环发出来的，他也没理会；第三间屋里悄无声息，而且有缕缕幽香飘出，他觉得这很可能就是冯小姐的闺房。他认准了这一间，当即轻轻推开了房门。

屋内有张华丽的大床，床上躺着一个年轻女子。从侧面看很像冯玉兰。汪力正要仔细端详，那女子忽然一个翻身，睁开了眼睛。汪力担心女子叫喊，立刻掏出麻醉枪，朝她扣动了扳机……接着，他把昏迷中的女子装进麻袋，往肩膀上一扛，拔脚就走。

汪力刚摸到院墙边，不料一只大黄狗突然蹿了出来，冲着他汪汪直叫。紧接着，远处的几间屋子亮起了灯光。汪力吓坏了，赶紧用枪打倒黄狗，纵身爬上墙头，拽着绳子把麻袋拉了上去，转身翻出冯府，

扛起麻袋，拼命往河边奔跑。此时，冯府内已是锣声大作，捉贼声喊成了一片。

汪力一口气跑到河边，把麻袋放进小船，划动双桨直奔对岸。

当汪力气喘吁吁爬上马车时，河对岸已亮起了许多火把。汪力知道冯家人很快会追过来，就赶着马车拼命逃窜。

十几分钟后，马车驶上了蜿蜒的山道，离时空飞船越来越近了。汪力擦擦额头的冷汗，长长地吁了一口气。

不料，就在这当儿，背后突然响起一阵马蹄声，只见许多公差举着火把追了上来。汪力一看这情形，知道冯员外肯定报了官！

公差们一边追一边喊："喂，快停车！快停车！"

汪力大惊失色，慌忙举起麻醉枪，把冲在前面的几个公差打下马，但后面的很快又赶了上来。

赶上来的公差弯弓搭箭，冲汪力大喊道："再不停车，就放箭啦！"

汪力再次举枪，又打倒了几个。

马车暂时甩掉了追捕，向着山岙一路狂奔。经过那片松树林时，一团黑影突然从天而降，不偏不倚落在了马车上。没等汪力弄清是咋回事，雨点般的拳头砸得他晕头转向。

紧跟着，一个恶狠狠的声音响了起来："狗杂种，竟然用暗器伤我，

今天让你尝尝老子的铁拳！"

汪力听出，说话的是赵清。原来这小子刚苏醒不久，正打算回店时，却看见汪力赶着马车飞驰而来，他连忙爬到树上，瞅准时机猛扑下来……

好汉不吃眼前亏，汪力一边求饶，一边悄悄扣动了麻醉枪……然而，这回赵清没有倒下，因为麻醉弹已经打光！汪力顿时吓得瘫软如泥，赵清则骑到他的身上，挥拳如雨。

汪力把眼一闭，心想：完了！车上有仇敌，车后有追兵，这回我死定啦！可就在这时，只听赵清突

然惨叫一声，停住了拳头。汪力睁眼一看，只见赵清胳膊上中了一箭，鲜血正往外冒着。事情来了个一百八十度大转弯，汪力高兴极了，忙对赵清说："赵掌柜，公差把你当成了我的同伙，眼下咱是一根绳上的蚂蚱，不能再自相残杀啦！"

赵清咬牙拔下箭，回头瞅了瞅，见一个公差拉弓搭箭又向自己瞄准……赵清气坏了，顺手从怀里摸出一支飞镖，朝后面打去……只听哎唷一声，那公差中镖落马，被后面赶上来的马匹踩了个稀烂，山道上顿时乱作一团。

汪力见状，幸灾乐祸地说："赵掌柜，你亲手杀了公差，成了真正的罪犯，咱们得一起逃命喽！"

赵清这才省悟过来，但后悔已晚，只得跟汪力握手言和，成了难兄难弟。

接着，又狂奔了一阵，马车终于冲进了山岙。来到时空飞船前，赵清被这巨鸟般的怪物吓得愣在那里，说啥也不敢靠近。汪力好一番解释，赵清才渐渐打消了恐惧。紧接着，两人争分夺秒，把麻袋和青花瓷搬进飞船驾驶舱里。就在他俩忙得臭汗直冒时，一名都头带着几个公差赶到了。汪力一见，吓得魂飞魄散，急忙拉着赵清连滚带爬地钻进了飞船。但由于忙中出错，飞船的舱门怎么也关不上。

刚开始，公差们被这庞大而古怪的飞船惊呆了，都愣着，谁也不敢上前。愣了片刻，还是那都头壮起胆子，对手下说："快抓强盗，别让他们跑了！"

说着，都头举起大刀，一步步朝飞船逼近，其他公差也小心翼翼地跟了上去。汪力吓得脸色煞白，拼命用手拉门，这时都头走到飞船旁，用力拉开了舱门，伸手抓住了汪力的脚脖子。汪力拼命踢腿蹬脚，却挣脱不开。其他公差见状，也纷纷过来给都头帮忙。眼看汪力要被拽下飞船，在这千钧一发之际，汪力突然摸到了怀里的手电筒。他急中生智，急忙抽出手电，朝公差们照去……

公差们不知这雪亮的手电光是何法宝，顿时吓得全松开了手。汪力赶紧去关舱门，这回舱门倒是顺利关上了。汪力激动地迅速按下了发射钮。

只听"轰"一声巨响，飞船拔地而起，箭一般冲入了时光隧道。

汪力欣喜若狂，冲着下面的公差连连挥手，挤眉弄眼地喊道："别了，愚蠢的公差们！别了，可爱而又可怕的大明王朝！"

4. 金屋藏娇

天刚蒙蒙亮，时空飞船顺利返航，回到了俞秃子的实验室。

汪力打开飞船舱门，和赵清一起把明朝的宝贝统统搬出，装进自己停在那儿的汽车。然后，他让实验室的电线短路，制造了一起意外火灾。

当实验室被熊熊大火吞没时，汪力驾车悄悄驶离了现场。

一路上，汪力向赵清详细介绍了二十一世纪。等赵清大致听懂后，汪力聘请他做自己的助手，一起倒卖文物。赵清是个光棍，对明朝没什么留恋，听说汪力会支付他高额报酬，让自己过上快活的日子，他欣然接受了聘请。

回到家中，汪力把青花瓷藏进地下室，扛着麻袋兴冲冲进了屋。当他解开麻袋一看，顿时傻了眼，在他眼前的女孩不是冯玉兰，是一个二十多岁的少妇！这少妇刚刚苏醒，一脸茫然望着汪力。

汪力吃惊地问："你，你是谁？！"

少妇环顾四周，惊愕地反问："你是谁？这是什么地方？"

汪力说："这是二十一世纪，你在我的家里。"

接着，汪力从头至尾，把自己穿越到明朝的过程细细讲了一遍。少妇听得目瞪口呆，等她回过神来，捂住脸放声痛哭。汪力劝了好半天，少妇才渐渐止住眼泪。

少妇告诉汪力，自己叫张月

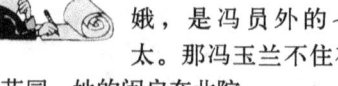

娥，是冯员外的七姨太。那冯玉兰不住在后花园，她的闺房在北院。

折腾了半天，结果竟绑错了对象，汪力气得直翻白眼。不过，这张月娥虽然是二手货，但模样和身材都还不差，尤其是她那双水汪汪的杏眼，有勾魂摄魄的魅力。更何况，张月娥来自明朝，明朝的女人贤惠呀！想到此，汪力转忧为喜了。

可是，张月娥想到自己再也回不到明朝，一个人孤苦伶仃地呆在这个什么都陌生的地方，又呜呜哭了起来。汪力劝她既来之则安之，并保证会好好爱她。一旁的赵清也

不住帮腔，要张月娥跟着汪老板好好过日子。在两人的劝说下，张月娥只得无可奈何地接受了现实。

当晚，汪力买来一对红烛，由赵清做司仪，和张月娥拜了天地。打这天起，他金屋藏娇，过起了神仙般的快活日子。

汪力在明朝人财两得，大捞了一把，可俞秃子和刘二胖正好相反，时空飞船被烧成灰烬，他俩血本无归，哭得死去活来。俞秃子经不起这沉重打击，当场就疯了。刘二胖大病一场，从此听到"穿越"二字就口吐白沫。为了遮掩，汪力也装出痛不欲生的样子，陪着俞秃子和刘二胖一起掉眼泪。

过了一阵子，渐渐风平浪静，汪力开始悄悄出售从明朝捞来的瓷器。他挑了一对釉里红春瓶和两只盖碗去卖，获利一亿多元。照此计算，剩下的那些瓷器总价将近一百五十亿元，汪力乐得差点晕过去。

更让汪力高兴的是张月娥。这女人不仅美丽温柔，而且聪明能干，才半个月，就学会了使用各种家电。

汪力觉得张月娥对自己百般体贴，既当老婆又当保姆，她的烹饪手艺，比一级厨师还要棒。最难得的是，张月娥成天窝在家里，大门不出，二门不迈。事实上，就算她想出去，她那双三寸金莲也走不远呀。呵呵，这样的老婆不会移情别恋，

更不会红杏出墙！

为了倒卖文物，汪力长年在外奔波，他的前三个老婆，都因耐不住寂寞而出轨离去。现在，张月娥让汪力绝对放心，就算自己去了南极，也可高枕无忧啦！

可惜好景不长，没过多久，汪力的麻烦就来了。

啥麻烦呢？嘿嘿，和汪力的前三个老婆一样，由于长期独守空房，张月娥也感到寂寞了。

张月娥对汪力说："在冯员外家，每天有许多丫环围着我，我从来不感到孤单。可在这儿，当你和赵清出门后，我连个说话的人都没有，长此以往，我会活活闷死的！"

汪力指着电视机说："宝贝，你可以看电视嘛，有上百个频道呢。"

张月娥连连摇头，抱怨那些现代剧五花八门，讲的故事说的话，自己根本就不懂。

汪力马上提醒："看古装剧呀，现在的古装剧不要太多哟！"

张月娥撇撇嘴，冷笑道："那些古装剧，从服装到背景，从人物对话到剧情设计，有哪点像古代，看了真叫我哭笑不得，实在是倒胃口！"

汪力叹了口气，无可奈何地说："唉，现在的导演就这水平！"

看电视没劲，出去散心又不行，这可咋办呢？汪力冥思苦想，终于有了好主意。

汪力把张月娥拉到电脑前，说："亲爱的，你上网吧。英特网比现实世界更精彩！"

张月娥看看电脑，又瞅瞅汪力，一脸茫然。

汪力呵呵一笑，解释道："等你成了网虫，就再也不会寂寞啦！"

接下来的日子里，汪力从基础讲起，手把手教张月娥学电脑。这张月娥确实聪明，很快就学会了上网。这下她真的不再寂寞，成天泡在网上，不是打游戏就是聊QQ，忙得不亦乐乎。

汪力见自己的妙招奏效，心里甭提多美了。不久，他带上一批青花瓷，和赵清安安心心出去倒腾了。

5. 鸡飞蛋打

三个月后，汪力带着大把钞票回到了家中。一进门，张月娥便扑到他怀里，扯开嗓门放声痛哭。

汪力搂着张月娥，关切地问："宝贝，出啥事了？！"

张月娥抹着眼泪，抽抽嗒嗒地说："老公，我想你了！"

汪力乐得眉开眼笑，在月娥的脸上用力亲了一口，安慰道："现在老公回来啦，你不要再哭喽。"

可是，张月娥仍呜呜咽咽哭个不停。汪力着了慌，忙进一步追问缘故。张月娥说自己想明朝了，想

爹娘了，好想好想。

汪力听了摇头叹道："哎，这可没办法，俞秃子已经发疯，再也造不出时空飞船，明朝回不去了！"

张月娥搂着汪力的脖子，娇嗔道："笨蛋，你为啥不想想别的法子安慰我？"

汪力问："有啥法子？快说来听听，只要我能办到的，一定满足你！"

张月娥道出了自己的办法：她想看看汪力穿越买来的瓷器，以此排遣对明朝和家人的思念。汪力觉得这个要求很简单，答应晚饭后就去地下室，陪月娥好好赏玩那些明代瓷器。

晚饭后，汪力打开地下室的铁门，挽着张月娥走了进去。

从明朝买来的瓷器，多数仍陈列在地下室。张月娥走上前，一件件仔细观赏。

看着看着，张月娥好奇地问："这些瓶瓶罐罐，都很值钱吗？"

汪力不住点头，他告诉张月娥：这些青花瓷，至少值一百亿元，折算成银子，能装满好几间大仓库。

张月娥听得直咂舌，不无担忧地问："这么值钱的东西，搁在这儿安全么？"

汪力的回答斩钉截铁，他说这间地下室的墙壁是用钢板焊成的，连炸药都奈何不得，大门的指纹锁只有他本人能打开，因此绝对安全。

张月娥又问："那么，如果有人被反锁在这里面，他能出去吗？"

汪力的脑袋摇得像拨浪鼓，道："别说是个活人，连只蚂蚁都出不去！"

张月娥若有所思地"哦"了一声，继续把玩手中的青花瓷。

这时，汪力突然觉得头晕目眩，还没等他弄清是咋回事，就两眼一黑，倒了下去……

约摸过了个把小时，汪力渐渐从昏迷中苏醒过来，睁眼一看，只见自己正躺在冰冷的地下室。他挣扎着站起身，打量四周，发现那些青花瓷统统不见了，铁门也被人从外面牢牢锁住！

汪力意识到，自己碰上了劫匪。他仔细回想，觉得张月娥刚才的那番问话，分明是在打探地下室的情况。很显然，她早有预谋，精心设计了抢劫的圈套。怪不得，晚饭时这婊子一个劲劝酒，那酒里肯定下了迷药。幸亏自己喝得不多，所以很快就醒了过来……想到这儿，汪力恨得咬牙切齿，决定找张月娥报仇，弄清事情的真相。

换作别人，困在地下室只能等死，但汪力有办法逃出去，因为他知道这儿有条秘密暗道。暗道开在北面的墙壁上，他是为了以防万一设计的。

汪力走到北墙下，打开了指纹锁。片刻，墙角出现了一个圆溜溜的黑洞，汪力猫着腰钻进洞里，朝出口爬了出去。

几分钟后，汪力回到了地面。到家一看，整座别墅被翻得乱七八糟，许多贵重物品不翼而飞。就在这时，一个熟悉的声音从窗外传了进来。

汪力奔到窗前，伸长脖子往下看去，只见停车场有辆正在发动的面包车，开车的竟是刘二胖，旁边还坐着赵清！

刘二胖从驾驶室探出脑袋，冲后面催促道："走快点，小脚女人真他妈累赘！"

不远处，一个小伙子搀着张月娥，正跌跌撞撞往面包车赶来。张月娥拎着一只大号旅行包，累得满头大汗。

汪力顿时明白了，抢劫的幕后黑手是刘二胖，赵清、小伙子和张月娥都是帮凶！眼看自己要人财两空，汪力怒火中烧，他抓起一把手枪，箭一般冲出了别墅。

刘二胖眼尖，瞅见了疯狗般扑来的汪力，立刻冲小

伙子喊道："阿龙，快上车，别管这明朝女人了！"

小伙子见势不妙，一把推开张月娥，慌慌张张钻进了面包车。刘二胖猛踩油门，面包车呼啸着朝前冲去。汪力对准车轮连开几枪，可全都打偏了。眨眼工夫，面包车消失在茫茫夜色中。

汪力气得直跺脚，可干瞪眼没办法。一回头，他瞅见了躺在地上的张月娥，立刻凶神般扑了过去。张月娥吓得浑身发抖，口里直喊饶命。汪力揪住她，劈头盖脸就是一顿耳光。

打够了，汪力用枪抵住张月娥，恶狠狠地威胁道："臭婊子，你是咋跟刘二胖合谋的，快把真相都说出来！"

张月娥抹了一把脸上的血，哆

哆嗦嗦讲出了事情的经过：

刘二胖一直觉得，飞船实验室那场火烧得蹊跷，后来见汪力不断出售明代瓷器，他更起了疑心。经过一番侦察，刘二胖决定从赵清身上打开缺口，弄清火灾之谜。赵清是个唯利是图的家伙，很快就被刘二胖收买，把汪力穿越到明朝、金屋藏娇等秘密和盘托出。得知真相后，刘二胖气得暴跳如雷，发誓一定要报仇雪恨。

随后，刘二胖雇了一个叫阿龙的帅小伙，让他去勾引张月娥。

阿龙在 QQ 上结识了张月娥，迅速向她发起爱情攻势。张月娥没能挡住诱惑，一头栽进了帅哥的怀抱……不久，阿龙又唆使张月娥私奔，在刘二胖的指使下，设计卷走了汪力的明代瓷器……

汪力听得两眼冒火，他做梦也想不到，明朝女人同样经不起网恋的诱惑！自己出生入死捞来的财宝，就这样毁于一旦……汪力越想越窝火，飞起一脚朝张月娥踹去……

只听"咚"一声，张月娥脑袋砸在石头上，顿时鲜血直流。

汪力吃了一惊，赶忙俯身查看，发现张月娥已经断气身亡。出了人命，汪力吓坏了，他环顾左右，见四下无人，立刻抱起张月娥，慌慌张张朝地下室奔去。

6. 罪责难逃

汪力把张月娥的尸体放进地下室，然后开始清除沿途的血迹。正当他忙得满头大汗时，一辆警车鸣着警笛，开到了他家门前。两个巡警跳下车，拦住汪力盘问起来。

原来，汪力踢倒张月娥这一幕，被住在对楼的一个老太太看见了，她当即向 110 报警。

地上的血迹还没干，现场又有目击者，汪力知道无法抵赖，只得承认自己过失杀人。巡警在地下室找到了张月娥的尸体，汪力当即被拷上了手铐。

在审讯过程中，汪力说张月娥是明朝人，自己杀死她不负刑事责任。

办案人员被气乐了，拍着桌子训斥道："这是公安局，汪力，你少装疯卖傻！"

汪力扑通一声跪倒在地，赌咒发誓说："警察同志，张月娥确实是明朝人！如果我撒谎，请你们重判我！"

办案人员哪里肯信，反复劝诫汪力如实交待。可汪力一口咬定，说张月娥就是明朝人。办案人员怀疑汪力脑子有毛病，就请来专家，给他作精神鉴定。鉴定结果证明，汪力的精神没有任何问题。

这下啥都甭说了，汪力被公安机关定性为过失杀人，案子移交给了检察院。检察院又向人民法院提起公诉。

汪力知道，自己浑身是嘴也说不清，唯一的办法是请律师作辩护。于是，他不惜重金，请来了当地最著名的朱大律师。

朱律师当天就会见了汪力。

汪力把自己穿越到明朝的经过，原原本本告诉了朱律师。最后，他流着泪说："朱律师，您一定要替我讨回公道啊！"

朱律师点点头，解释道："对杀死古人的定罪，我国《刑法》尚无相应条款。根据法无明文则不罪的原则，如果张月娥确实是明朝人，你不必负任何刑事责任。"

汪力听了两眼放光，以为终于找到了救星。

这时，朱律师忽然话锋一转，一字一顿地问："汪先生，你说张月娥是明朝人，有人证和物证吗？"

汪力苦着脸说："俞秃子是人证，可惜疯了。刘二胖和赵清也是人证，可恨他俩双双跑了。另外还有几个证人，都在明朝。"

朱律师遗憾地耸了耸肩。

汪力继续诉苦："本来物证也是有的，就是那些明代瓷器，可全被刘二胖抢走了！"

朱律师两手一摊，摇着头说："这么古怪的案子，既无人证又无物证，我实在回天乏术。"说完这一句，他站起身，拍拍屁股走了。

律师指望不上，接下来汪力只能为自己辩护。可是，拿什么去证明张月娥是明朝人呢？琢磨了几个通宵，汪力终于捞到了一根救命稻草。

开庭那天，面对一双双怀疑的眼睛，汪力使出了自己的杀手锏。他告诉法官：张月娥的脚码只有三寸，对当代成年女性来讲，这根本不可能。除非从小缠足，否则不会出现这样的小脚。由此可以证明，张月娥确实来自明朝！

半路突然杀出个程咬金，公诉方措手不及。他们请求暂时休庭，

对张月娥重新尸检，测量她脚码的大小。法官同意了这个请求，宣布暂时休庭。

第二天，汪力过失杀人一案继续开庭。

公诉方出示了最新的验尸报告，证明张月娥的脚码是四寸半，而不是三寸。这下，汪力的谎言不攻自破。

汪力一听就跳了起来，声嘶力竭地争辩道："张月娥的脚刚好三寸，我亲手量过，绝对不会搞错！"

但是，法官和陪审员无动于衷，他们一致判定，汪力过失杀人罪成立。汪力被关进了监狱，将在铁窗内度过整整十五年。

刚开始，汪力认为公诉方迫害他，故意夸大张月娥的脚码，但经过一番冥思苦想，他终于明白了其中的奥妙：在古代，女子从三岁开始缠足，一直要缠到咽气为止。如果长时间松开裹脚布，脚板就会慢慢变大，所以坊间有"老太太的裹脚布又臭又长"的俗语。张月娥来了一年多，在此期间，因为没有继续缠足，她的双脚就不断变大，成了四寸半！

恍然大悟后，汪力挥着拳头，咬牙切齿地喊道："该死的明朝，我恨你，一辈子恨你！"

（题图、插图：杨宏富）

·本刊信息传真·

故事会■新浪 微故事大赛

6月征集主题：宝贝

篇幅最短、含"金"量最高的故事，等待你的挑战！

《故事会》杂志和新浪微博（weibo.com）联合主办微故事大赛继续进行，邀请各路故事名家、草根英雄和世外高人展开较量！

本次大赛所有作品通过新浪微博平台征集（搜索＃微故事大赛＃），每月一个主题，当月设金奖1名，奖金1字10元（字数低于120字的按120字计），银奖2名，奖金1字5元，另设年度奖项。优秀作品将在每月的《故事会》上刊登，并结集出版。@jlsclxlhw获得4月金奖，5月病的故事结果已经揭晓，详情请登录故事中国网（www.storychina.cn）查看。

6月微故事征集主题：宝贝。有的宝贝价值连城，有的宝贝分文不值，有的宝贝苦苦寻找也不见踪影，有的宝贝就在身边却视而不见，本月请你讲讲宝贝的故事。正文字数在130字以下，力求情节出人意表，立意隽永深远，文字鲜明生动。本月的微故事达人或许就是你！截稿日期：6月21日。（本期刊物特别选登5月微故事大赛优秀作品，详见P81）

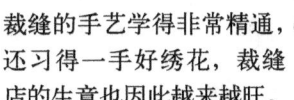

本期主题：酒的故事

中国是酒的王国，美酒也有着自己的传说。美酒飘香，传承千年，让我们闻着酒香，聊着经典的故事。

女儿红

从前，绍兴有个裁缝师傅，娶妻后一心想要儿子传宗接代。不久后，他的妻子就怀孕了。裁缝高兴极了，兴冲冲地酿了几坛酒，准备得子时摆宴庆祝，款待亲朋好友。不料，事与愿违，妻子却为他生了个女儿。

裁缝师傅气恼万分，哪还有心情摆宴庆祝？气呼呼地将酿就的那几坛酒埋在后院桂花树底下了。

光阴似箭，女儿渐渐长大了，她生得花容月貌，心灵手巧，不但把裁缝的手艺学得非常精通，还习得一手好绣花，裁缝店的生意也因此越来越旺。

而且，女儿同样能传宗接代，裁缝把自己最得意的徒弟招为上门女婿，高高兴兴地给女儿办了婚事。成亲之日摆酒请客，裁缝喝酒喝得高兴之余，忽然想起了十几年前埋在桂花树底下的几坛酒，便挖出来请客。结果，一打开酒坛，香气扑鼻，色浓味醇，极为好喝。

于是，大家就把这种酒叫作"女儿红"酒，又称"女儿酒"。

此后，隔壁邻居，远远近近的人家生了女儿时，就酿酒埋藏，嫁女时就掘酒请客，渐渐形成了风俗。

荷香酒

宋高宗赵构建都杭州后，终日花天酒地，特地在西湖建了一所曲院，酿制美酒，供自己享用。

曲院造得十分讲究。前面挖了一口大池塘，种植各种名贵荷花，四周造起曲折回廊，亭台水榭。一日，一位书生走进曲院，见满池荷花，清香沁人，心旷神怡，不由遗憾地感慨："荷花虽好，可惜缺少美酒助兴。"

恰好旁边一位酿酒师傅听到，他素来尊敬读书人，就端来一大碗刚刚酿制美酒，请书生享用。书生端起碗，刚好一阵南风吹过，卷起满池

荷瓣，恰巧有一瓣掉在酒碗之中，酿酒师傅正要替他取掉荷瓣，书生却已一饮而尽，连声赞道："好酒，好酒！正有一股荷花香味儿呢！"

酿酒师傅说："我们这曲院制的酒曲，常常有荷花粉吹落进去，酿出来的酒，还真有点荷香哩！"又为书生斟上一碗酒。

书生连饮三大碗酒，趁着酒兴讨来笔墨纸砚，将宣纸往桌上一铺，望着满池荷花，饱蘸浓墨，向纸上一泼，又添上几笔，一片水墨荷花，跃然纸上。书生又举笔画上曲院小屋，题上"曲院风荷"四字，写上自己的名字，却是南宋四大画家之——马远。

从此，曲院风荷便大大出名，成为"西湖十景"之一。曲院酿制的荷香酒，也成为杭州一大名酒。

加饭酒

加饭酒被喻为"神酒"。据说，是因为有个"一坛解遗三军醉"的故事。

春秋末年，吴越两国交兵，越国兵败，越王勾践卧薪尝胆，经过十年的励精图治，决定发兵攻打吴国。

大军出征前，百姓们前来送行，祝愿越王旗开得胜，马到成功。一位名叫王全的酿酒名师，带来一坛陈年老酒，献给越王，说此酒名叫加饭酒，是我祖先所造，今献给我主，以壮行色。祝愿我主出师大吉，早日凯旋！

越王听了心中大喜，谢过老者，收下了这坛寄寓子民心意的陈年老酒。

可是，好酒只有一坛，三军将士怎能同饮呢？越王经过一番思索，想出一条妙策，吩咐将士将这坛好酒倒入江中，让三军将士沿江迎流痛饮。

将士们欢喜雀跃，争先恐后地拥到江边痛饮。说来也怪，喝过这种大量搀水的酒，将士们仍然感觉到酒的力量，只觉得热血沸腾，豪情满怀。来到战场后，个个精神抖擞，以一当十，奋勇杀敌。

越王率军一路势如破竹、所向披靡，攻入吴国都城姑苏，创造了"三千越甲吞吴"的神话。自然，这激励斗志的加饭酒，功不可没。

杜康酒

话说杜康在白水康家卫开了一个酒店。

东晋竹林七贤中的名士刘伶，以饮酒闻名天下。一天，刘伶从这里路过，看见酒店门上贴着一幅对联：猛虎一杯山中醉，蛟龙两盅海底眠。横批：不醉三年不要钱。

刘伶看了，不禁哈哈大笑，心想，我这个赫赫有名的海量酒仙，哪里的酒没喝过，从未见过这样夸海口的。且让我把你的酒统统喝干，看你还敢不敢狂？

于是，刘伶进了酒店，杜康举杯相敬。谁知，三杯下肚，刘伶只觉天旋地转，果然醉倒了，跌跌撞撞地回家而去。

三年后，杜康到刘伶家要酒钱。

家人却说，刘伶已死去三年了。刘伶的妻子听到杜康来讨酒钱，又气又恨，上前一把揪住杜康，哭闹着要和杜康打人命官司。杜康笑道：刘伶未死，是醉过去了。

他们到了墓地，打开棺材一看，刘伶醉意已消，慢慢苏醒过来。他睁开睡眼，伸开双臂，打了一个大呵欠，吹出一股喷鼻的酒香，得意地说：好酒，真香啊！

有诗云：天下好酒数杜康，酒量最大数刘伶，饮了杜康酒三盅，醉了刘伶三年整。

状元红

绍兴黄酒到了苏州，被称为状元红。这是因为，清朝同治年间，苏州城出了个状元，名叫陆润庠。

陆润庠的父亲早离人世，家里很穷，他读书十分用功，却有一个癖好，喜欢喝绍兴黄酒。陆润庠住处附近有一条都林巷，巷口有一爿酒店。陆润庠天天要到这家店里去喝黄酒。因为没有铜钿，不好意思到店里坐着喝，只好站在柜台边喝。喝完了，付不出酒钱，只好欠账。喝一次，欠一次，几年下来，账簿都记满了。酒店老板为啥肯赊酒给陆润庠？因为，他见陆润庠一表人才，满腹文章，相信他将来一定会发迹。后来，陆润庠上京赶考，没有路费。酒店老板索性又借给他一大笔路费。

陆润庠果然金榜题名，中了状元，后衣锦还乡，在状元楼大摆宴席，宴请苏州的文人学士和官僚士绅。当然，也请了酒店老板。酒席上喝的仍然是绍兴黄酒，陆润庠不忘酒店老板的恩情，说自己能有今日，全凭这绍兴黄酒和店主老板的照应。当众拜谢老板大恩。

有人就拍马屁说：状元公喝了黄酒中状元，这黄酒也红啦，就叫做"状元红"吧。酒店老板回到店里后，立即叫人做了一块金字招牌，上书：名

酒状元红。酒店老板把招牌挂在店门口，并说陆润庠考中状元，就是喝了名酒状元红的缘故。

于是，酒店里的生意就更加兴隆了。

后来，苏州城里的读书人，喝酒都要喝状元红，图个吉利，以期在殿试中一举成功，走上仕途，飞黄腾达。

桂花酒

有一位酿酒的寡妇，为人豪爽善良，酿出的酒，味醇甘美，人们称她"仙酒娘子"。

一年冬天，天寒地冻。清晨，仙酒娘子刚打开大门，忽见门外躺着一个骨瘦如柴、衣不遮体的汉子。酒仙娘子摸摸此人的鼻口，还有点气息，就把他背回家里，先灌热汤，又喂了半杯酒，那汉子慢慢苏醒过来，感激地说："谢谢娘子救命之恩。我是个瘫痪人，出去不是冻死，也得饿死，你行行好，再收留我几天吧。"

仙酒娘子为难了，常言说，"寡妇门前是非多"，把汉子留在家里，别人会说闲话的。可是总不能看着他活活冻死，饿死啊！便点头答应，留他暂住。

果不出所料，关于仙酒娘子的闲话很快传开，大家对她疏远了，到酒店来买酒的人一天比一天少了。

仙酒娘子忍着痛苦，尽心尽力照顾那汉子。忽一日，汉子不辞而别。仙酒娘子放心不下，到处去找，在山坡遇一白发老人，挑着一担干柴，吃力地走着。仙酒娘子正想去帮忙，老人突然跌倒，干柴散落满地，老人闭着双目，嘴唇颤动，微弱地喊着："水、水，给我水……"

荒山坡上哪来水呢？仙酒娘子咬破中指，顿时，鲜血直流，她把手指伸到了老人嘴边。老人清醒后就离开了，他送给仙酒娘子一个布袋，里面盛满纸包，一张纸条上写着：月宫赐桂子，奖赏善人家。福高桂树碧，寿高满树花。采花酿桂酒，先送爹和妈。吴刚助善者，降灾奸诈猾。

纸包里包的是桂子。仙酒娘子回家把桂子种下，很快长出了桂树，开出了桂花，满院香甜，她把桂花加在了自己酿的酒里，酒奇香无比，从此就有了桂花酒。

后来传说，那瘫汉子和担柴老人，都是吴刚变的，是仙酒娘子的善行，感动了月宫里管理桂树的吴刚大仙，才把桂子撒向人间。

(本栏插图：安玉民 梁 丽)

绿版编辑部各编辑邮箱：
吴 伦：wulun54@126.com
朱 虹：zhong98305@sina.com
刘迎曦：liuyingxi1203@163.com
颜轶超：yanyichao1004@sina.com
黄美舟：huangmeizhou@163.com
陶云韫：taoyunyun1101@163.com

@ **洹水鹿鸣**　老爸耳聋，要大喊才能听见。我领他去配助听器，试戴各种型号时，为测试效果，医生每次都会小声问："大爷，听得见吗？"老爸都生气地回答说："听不见，一律听不见。"医生一脸苦笑，问我怎么回事，我说："他眼神还好，看得清价目表。"

@ **山高人为峰5699**　哥哥、妹妹带着孩子到我家做客，妹妹提议："孩子平时多是一个人呆在家里，应该给他们创造一个同龄人交流的机会。"我们于是决定：大人去看电影，让三个孩子在家。晚上，我问儿子："今天你们兄妹怎么玩的，开心吗？"儿子说："开心啊，我打电脑游戏，姐姐看MP4，弟弟玩iPhone。"

@ **赢　知**　家人围着6岁的儿子问他的理想，儿子说他想当医生。外婆说医生好，社会地位高。奶奶说待遇也不错。爷爷说除了工资还有其他的收入呢！外公说更重要的是以后找对象方便。我听后，满意地问儿子为什么想当医生。他说："不是说医生可以治病救人吗？"

@ **1045游戏人间**　又被老妈的敲门声吵醒，我埋怨道："妈，你以后周末能不能晚点来？好不容易能睡个懒觉……"老妈很不高兴："一大早赶来还不是为了给你洗衣拖地，兔崽子……"又到周末，我醒来已是中午。完了，老妈生气没来，我有些愧疚地掏出手机，电话刚接通就传来老妈的声音："你醒了？我这就上楼……"

@ **鲤鱼笑天下**　我在小区开个诊所。二月底，一向硬朗的张老汉来拿了些感冒药，说过些日子会感冒。不久，张老汉喷嚏连天地来了，说真是重感冒，药不顶用，打吊针吧。我问张老汉怎么预知会感冒。张老汉说，三月五日一到，学雷锋的都来慰问他这个孤老。上午来三个洗头的，下午来两个洗澡的，不感冒不成啊。

@ **亳州李景强**　朵朵病了，妈妈喂她喝药，她嫌苦哭着不喝。一旁奶奶劝她："喝吧，好了领你去超市，想买啥买啥。"她哭着摇头。爷爷劝她："喝吧，好了领你去公园，爱玩啥玩啥。"她还是哭着摇头。"朵朵，喝吧，喝了药周末就不送你去兴趣班了。"爸爸话音刚落，朵朵擦着泪把药咽下……

@ **lingting_66970**　两口子要出门，男的说："煤气阀你都检查3遍了，还不放心啊？"两人终于下楼了。刚到楼下，男的又说："不行，我还得再回去看看门到底锁好了没有。"女的说："你都回去看8回了，还有完没完？对了，你再替我看看煤气阀到底关好了没有。"

重口味

□黄荣俊

刘涛是个单身汉，一日三餐常到公司附近一家叫做"格外香"的餐馆解决。这家餐馆别看不大，但炒菜的味道真的像餐馆的名字——格外香，特别适合刘涛的口味。

最近，刘涛出了趟远差，这天晚上回来后，第一件事，就是去"格外香"吃饭。

到了餐馆，他在老位置坐下，点了最喜欢的两个菜。不料，第一个菜上来后，刘涛刚吃了一口，就觉出味道有些不对，他皱皱眉，等第二个菜上来，一尝，味道还是不对。他放下筷子，喊过服务员小丽，问：你们餐馆是不是换厨师了？

小丽说没有啊，还是以前的老宋。

刘涛奇怪道："那怎么今天菜的味道跟以前不一样了？是不是今天的原料有问题啊？"

小丽断然否认："不可能，这些原料都是今天刚进的。"说到这里，小丽突然记起了什么，说，"我知道了，

我忘了告诉你，我们餐馆昨天刚换了老板。"

"换老板？"刘涛好奇地问，"老板又不掌勺，怎么饭菜的味道都变了呢？"

小丽解释说："今天的菜都是新老板去采购的，还有油盐酱醋啥的，进货渠道大概跟以前都不一样，所以味道可能就有差别了。"

是这样啊，刘涛听到这里，心念一闪，忽然想起最近新闻里常说的地沟油问题，菜的味道变了，最大可能就是用的油不一样了，那会不会是用地沟油炒的啊？

他越想越可疑，就让小丽去把新老板喊过来，打算给他上一课，讲讲诚信经营的道理。

片刻后，一个彪形大汉从后面出来，黑铁塔似的往刘涛跟前一站，鼓着眼睛问："我就是老板，你找我什

么事？"

刘涛一看他这粗鲁形象，心里立刻感到发虚，心说自己又没有真凭实据，对方要是说自己诬陷他怎么办？还是委婉一点吧，便说："也没什么事，我就是觉得菜的味道跟以前不一样了。"

老板骄傲地说："当然不一样了，我们现在做菜用的原料都是最好的，绿色无污染。"

对方说得越好听，刘涛就不由越是怀疑，心说这是贼喊捉贼，谁会承认自己用的是地沟油啊？就说："我相信，不过……我还是喜欢以前的味道。"

老板问："你是老主顾吧？"

"是，我是这里的常客，习惯了这里的口味。如果你们变了口味，那我以后只能另换一家餐馆吃饭了。"

老板盯着刘涛看了一会儿，忽然笑了，说："你这口味可挺重的。好吧，顾客就是上帝，既然你习惯以前的口味，我们保证让你满意，今天这菜重做，以后你来，也特殊照顾，完全按照你的口味来做。你觉得怎么样？"

刘涛松了一口气，说太感谢了。

老板转身就去了后厨，关上门，问厨师老宋："老宋，我让你扔掉的那半桶油你扔了没有？就是你们以前剩下那桶掺杂了香精的地沟油。"

老宋说没有，还没来得及扔呢。心念一闪，悄声问："老板，是不是咱们不换好油了，接着用啊？"

老板摆摆手，说："该换还得换，不过，也别扔了，外面有个客人，吃习惯了，口味重，这桶油，以后就留着给他专用吧。"

新书推介：《以案说法：100则生活中的法律知识故事》

由司法部法宣司与《故事会》编辑部共同编写的《以案说法：100则生活中的法律知识故事》正式出版。本书选编的100则作品，是从历年的法律知识故事征文里甄选出的，它们有以下特点：一是故事通俗、精彩，贴近百姓生活；二是个案典型，在法理上明辨是非，让读者读一篇故事，明白一个道理；三是分析权威，注重现实性、实用性。本书在每则作品之前，均标明了该故事的知识点与法律类别；而在每则作品末尾，又附有专业律师对这则故事的深入点评。

俺娘爱吃肉

□ 滕 飞

轮胎厂有个工人叫陈二，自打结婚后有了新家，一年到头也难得回去看望爹娘一趟，大伙都说他娶了媳妇忘了娘，背后没少戳他脊梁骨。

这天，陈二媳妇说，别人都骂咱俩不孝顺，咱得想个办法，改变改变大伙的看法才行。两人商议了一下，正好媳妇明天休息，就让媳妇回去看望婆婆。

第二天，小媳妇打扮得花枝招展，穿着一双细细高高的高跟鞋，故意"咯噔咯噔"地在小区里走来走去。有熟人见了，问她打扮得这么漂亮要干啥去？她就大声说："这不今天休息嘛！回家看望婆婆去。"一直转到大伙差不多都知道她要去看婆婆了，这才骑上电动车驶出小区。

来到婆婆家楼下，正遇到婆婆的邻居张大妈和一群老人在楼道里打牌，张大妈这人嘴上不饶人，看

到陈二媳妇来了，就不冷不热地奚落道："今天这是刮的什么风啊！怎么把陈二的俊媳妇吹到这儿来了？"小媳妇听了脸一红，讪讪地说："这不是趁着休息回来看望婆婆嘛！"张大妈看了看她，不满地把嘴一撇："真是个孝顺媳妇啊！一年到头难得回来一趟，好不容易来一趟吧！就甩着十个手指头回来看婆婆？"旁边的老人"轰"的一声笑了。把小媳妇脸臊得通红，气得她楼都没上，骑上电动车就回来了。

没想到出师不利，小两口在家一商议，觉得一定要挽回这次不好的影响，于是他们决定，等过两天陈二休息时，再回家去一趟。这次他们吸取教训，先让陈二去买了两斤猪肉，用绳拴着挂在车把上，不紧不慢地围着他们小区转来转去，遇到熟人问他干

啥去？他就一本正经地说："这不！俺娘爱吃肉，趁着今天休息，买几斤肉给俺娘送去。"就这样，按照事先商量好的，陈二足足在小区里转了一上午，到了下午才拎着两斤猪肉去了母亲小区。

不巧的是，陈二来到母亲小区，一直走到母亲楼下，竟然一个熟人也没遇着，连以往热闹的楼道里也看不见个人影。陈二赶紧给媳妇打电话汇报，请示是不是直接上楼给母亲送去？媳妇一听急了，你个猪脑子啊！没人看见那肉不是白送了吗？尤其是那个张大妈，无论如何也得让她看到。

陈二只好继续在母亲小区里转来转去，先后遇到了几个熟人，人家问："陈二，回家来看看？怎么不上楼？"陈二就把手里的肉一抬："这不嘛！俺娘爱吃肉，刚去买了几斤肉，正打算给俺娘送去。"人家呵呵一笑，原来是回来给娘送肉吃，挺孝顺的嘛！

陈二转悠了半天，遇到了几个熟人，可唯独没见到张大妈，于是他又给媳妇打电话："媳妇，我觉得差不多了，就剩张大妈没看到，还是把肉给娘送去吧！"没想他媳妇的态度很坚决："不行！就数张大妈笑话咱最厉害，一定要让她看到才行。"

陈二只好听媳妇的话，找了个风凉地方，一边抽烟一边等着张大妈出来。也真是奇怪，这张大妈是个在家呆不住的人，平时整天和一帮老人在楼道里乘凉、打牌，可今天楼道里静悄悄的，一下午也没见到她的人影。一直等到日落西山，才看到小区里驶进来一辆大巴车，原来张大妈一早就和一些老人出去一日游了。

看到张大妈和一些老邻居纷纷走下车，陈二高兴坏了，能让这么多人看到他回来给母亲送吃吃，等这一下午也值了。眼见这帮老人就要各自回家，陈二赶紧拎着肉凑过去，热情地和这些大爷大妈打招呼。这些老人一看见：哟！陈二回来了，还给爹娘买了东西？陈二赶紧把手里的肉一抬："这不嘛！俺娘爱吃肉，回来给俺娘送肉吃。"有几个老人就说，谁说陈二娶了媳妇忘了娘？这不是还能想着回来给娘送肉吃吗？

这时候，张大妈满头大汗地走过来，陈二赶紧把手里的肉抬起来，差点贴到张大妈脸上，大声说："张大妈，你知道俺娘爱吃肉，我今天特意回来给俺娘送肉吃！"张大妈看了看他，又瞅了瞅那块肉，却生气地皱起了眉头，她抹了把头上的热汗，愤愤地说："真没见过你们两口子这样的！来家不买东西就不买吧！也用不着拿块臭肉来糊弄你娘啊！"

离婚理由

□ 王祥英

在一列火车的车厢内，有两个素不相识的女子认识了。那个身穿华贵服装，皮肤保养极好的中年妇女叫玛利亚，另一个身材苗条、容貌超群的年轻女子叫爱丽丝。爱丽丝性格活泼，自从进了车厢就塞着耳机，唱个不停，玛利亚却一声

不吭，愁容满面地坐在那里，偶尔还会发出一声叹息。

爱丽丝见她这个样子，就把耳机摘掉，上前问："是什么事情把您愁成这样？能否告诉我一下，说不定我能帮您解忧呢！"玛利亚说："我和我的丈夫结婚十五年了，可我这次回家是要和他离婚的！"爱丽丝问为什么，玛利亚说："我的丈夫长相英俊，是亿万富翁，可他生性风流，我已经对他忍无可忍了！"爱丽丝说："男人生性如此，你就把他当成不懂事的孩子来看待，宽容一点吧！"

玛利亚说："我也想忍，可他做得实在是太离谱了。有一次，他看上了一个比他小十五岁的女人，给她买了一辆价值二十万美元的跑车……"玛利亚越说越气，声音都颤抖起来："最让我不能容忍的一次，他喜欢上了一个三流歌星，为了讨好她，他竟然给她买了一套价值两百万美元的别墅……总之，他见了年轻女子就想追到手！"

爱丽丝待玛利亚发泄完毕，说："这样的男人确实不值得你去爱，我支持你和他离婚。不过，我想问你最后一个问题，"说着，爱丽丝拿出小镜子照了一下自己姣好的面容，说，"你能不能告诉我你丈夫的名字还有他的住址，当然，如果能告诉我他的手机号就更好了……"

新 手

□ 张仰发

小王刚刚拿到驾驶证，就迫不及待地买了一辆新车，每天开着车上下班。

这天下午，小王接到老家父亲打来的电话，说是爷爷病危，怕是不行了。老人临终前想最后见孙子一面，父亲让他马上赶回来，满足老人最后的愿望，并再三交代，一定要快点，慢了说不定就见不上了。

接到父亲的电话，小王赶紧开车出发。回家的路有两条，一条是走国道，路远费时。一条是走高速公路，路近省时。小王是新手，按规定他是不能单独上高速公路的，要上的话，副驾驶位必须要有一个驾龄三年以上的人坐在那里陪同。可小王想早一点赶回去，让一向疼爱他的

爷爷不带着遗憾走。思前想后，小王心一横，方向盘一转，开车上了高速公路。走在高速公路上，小王心里一直忐忑不安，怕被交警发现。

还好，一直到出口，都没碰到交警。小王心里很是得意。交完过路费后，关上车窗向前驶去。谁知就在这时，一个交警跑了过来，把他拦了下来："同志，请出示驾驶证。"

小王一听，顿时呆了，没想到自己九十九关都过了，却在这最后一刻栽了。

没办法！小王只好乖乖地掏出驾驶证，接受处罚。

可小王实在想不明白，眼前这位交警是怎么看出自己是一个新手的。他憋不住问道："同志，我又没有违反交通规则，你怎么看出我是新手的？"

交警哈哈笑了起来："你看你，大白天的，一直打着远光灯，一看就知道驾驶员是个刚刚拿证不久的新手。"

没文化的老板

□ 杨福成

位书法家到外地采风，接待的朋友知道他喜欢古字画，就带他到了当地一家非常有名的画廊。

老板见来了客，连忙迎了上来，书法家只看不语。

老板说："我这店是百年老店，绝对没有什么赝品，如果您发现一件

假东西，我把这个店都给您！"

书法家说："那好那好，你先拿件好些的书法作品给我看看吧。"

"明末清初的行吗？我这儿有件极品，一般人我是不给他看的。"老板生怕别人听见似的，小声地说。

"好，那我就开开眼。"书法家说。

老板从多宝格上方拿出一个木盒子，他小心地打开盒子，拿出一个纸卷，轻轻将作品一展，问："您看这作品怎么样？"

"不看了，不看了。"老板还没有将作品完全打开，书法家就轻轻按住他的手说。

"怎么了，为什么不看啊，您是不是瞧不起我啊？我这百分百都是真品啊！"老板有些激动。

说完老板又小心地将作品打开，书法家一眼扫过，轻声地问老板："你懂文学吗？以后得加强点文学方面的修养。"说完，书法家就出了店门。

接待的朋友非常惋惜地说："您还没好好看，怎么就走了？"

书法家气呼呼地说："他不懂文学！"

接待的朋友一头雾水，奇怪地问："人家是卖字画的，和懂不懂文学有什么关系？"

书法家无奈地说："你知道那幅作品写的是什么内容吗？毛泽东的《沁园春·雪》！他居然还说是明末清初的，这家伙，也太没文化了！"

有 缘

□ 鹰翔狼啸

小王、小李、小刘上大学时便是死党，毕业后他们同时进入县文化局工作。小王和小李能说会道，很快和领导、同事们打成一片；而小刘不善言谈，他的人际关系处理得相对差些，为此他也常常苦恼。

这天傍晚，小王他们三人相约逛街。没逛多久，他们碰巧遇上局长一家人出来遛狗，三人忙上前打招呼。局长笑着将夫人和女儿介绍给他们。夫人礼貌地向三人问好，小王忽然像想起了什么，他问道："夫人可是济南人？"

夫人有些吃惊："你怎么知道？"

小王笑道："我舅舅是济南人，我以前每逢寒暑假都去他家住一段时间，对那里的方言很了解。"说这话时，小王已用上了济南话的腔调。

夫人很高兴，在这里已有很长时间没人用家乡话和她交谈了，不由和小王多聊了几句。他们这聊得热闹，小李也不甘人后，他很快就和局长的女儿熟络起来。当他知道小姑娘是"育英小学"的学生时，不由惊呼："真巧，我也是在那里上的小学！"接着他问起一位曾经教过他的老师，局长女儿很兴奋地说："太巧了，她就是我现在的班主任！"

局长在旁边听了，也不由呵呵笑了起来："真没想到你们两人和我家人还挺有缘的。"

小刘在一边始终插不上话，眼看局长一家人要走了，心里很懊恼：好不容易有个接近领导的机会，偏偏又没什么表现。他忽听到局长在喊那只小狗："虎子，咱们走。"

小刘突然激动起来，他猛地冲到局长面前，把所有人都吓了一跳！只听小刘声音都变得颤抖："局长，咱们真是有缘，我小名也叫虎子！"

（本栏插图：包丰一　顾子易）

越 狱

·神探夏洛克·

一天，神探夏洛克接到急电，是从全国保安系统最先进的监狱里发来的，说一个罪犯不留蛛丝马迹地越狱了！

夏洛克赶到监狱，发现罪犯的单人房里面条件很好，有看书的地方、睡觉的地方，还有一间单独的厕所。经了解，罪犯在这里的三年表现也很好，从不违反规定。

很快，夏洛克在罪犯床底下找到一条通往监狱外长达 20 米的地道。根据测算，挖一条如此长的地道，要挖出的土达 7 吨，可附近连一捧土也没找到，难道他把土吃了不成？夏洛克陷入了沉思，亲爱的读者朋友，您知道该罪犯是如何越狱的吗？

思维风暴　无人湖心岛

无人湖心岛中央有一颗古树，据说在树下许的愿能够实现。湖很深，半径 80 米。湖畔陆地上，长着另外一棵树。有一个不会游泳的人，很希望去湖心岛的古树下许愿，但他手头只有一条 300 米长的绳子。他该怎么做，才可以达成心愿呢？

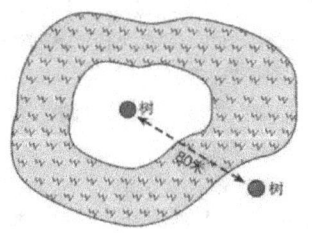

想知道答案吗？方法一，直接扫描二维码。方法二，登录 http://url.cn/Gev9j0，查询"动感地带"答案的同步更新。方法三，购买2013年7月上《故事会》！动感地带，与您不见不散。上期答案见本期P35。

疯狂Ｑ Ａ　（本题可加《故事会》微信参与有奖竞猜！）

一列客车上有三位乘客：老张、老陈和老孙。客车上的司机、副司机和司炉恰好和这三位乘客的姓一样。已知以下条件：第一，乘客老陈家住天津；第二，乘客老张是工人，他有 20 年工龄；第三，副司机住京、津之间；第四，客车上的老孙经常和司炉下棋；第五，三位乘客之一是副司机的邻居，他也是一个老工人，工龄正好是副司机的 3 倍；第六，与副司机同姓的乘客家住北京。

请问副司机姓什么？ A 孙 B 陈 C 张

超级视觉　果核与脸

摄影师 Dean Pellerz 拍下了这张照片，除了苹果核，你还发现了什么？

538

2013

SEMIMONTHLY
上半月刊

7月

STORIES

欢迎登录本刊主办的"故事中国网"（www.storychina.cn）

笑话14则	阿 门等	4
我的故事		
爱做游戏的年轻人	王瑞霞	8
新传说		
风雪夜归人	王兴荣	13
当一回妈妈	杨 格	17
给我一对顺风耳	无字仓颉	21
奇迹，只需五毛钱	周长宇	25
外国文学故事鉴赏		
活人消失	邓 笛	29
传闻逸事		
送礼送鹅毛	天宗健	32
情感故事		
爱情骰子	刘振涛	36
经典传递		40
阿P系列幽默故事		
阿P送快递	梅永远	44
东方夜谈		
蚂蚁的故事	谢丰荣	49
海外故事		
母子复仇	老 三	53
法律知识故事		
窗户上的广告	月 生	57
中篇故事（精编版）		
绕不开的"她"	千小霞	59
一个铜钱买知县	梅旁吹笛	69
诙段子		77
3分钟典藏故事		79
微博故事		81
漫画故事		82
幽默世界		
《免费午餐》等6则	安 勇等	83
动感地带		90
本刊信息传真		
		12、35

故事会

STORIES

2013年7月
上半月刊·红版

社 长·主 编：何承伟
副社长：夏一鸣
常务副主编（兼绿版负责人）：吴 伦
副主编（兼红版负责人）：姚自豪
本期责任编辑：丁娴瑶
电子邮箱：dingxianyao@126.com

红版发稿编辑：
姚自豪 吕 佳 李 丹 石莎莎
美术编辑：王怡斐
电脑制作：郭瑾玮
本社办公室电话：021-64375030
上半月刊编辑部电话：021-64310547
下半月刊编辑部电话：021-64336469
（上海市绍兴路74号 邮编：200020）
主管：上海世纪出版集团
主办：上海故事会文化传媒有限公司
出版单位：《故事会》编辑部

发行范围：公开

出版、发行总监：张 凯
电话：021-64313938
广告业务：上海故事会文化传媒有限公司
广告总监：张 淮
广告业务：021-34010383
广告投诉：021-64333738
广告经营许可证
沪工商广字3100320080016号
发行：中国图书进出口上海公司

照着做

阿明暗恋一个女生很久，但迟迟没有行动。室友看不过去，劝他说："人一辈子得有两次冲动，一次是奋不顾身的爱情，一次是说走就走的旅行。你懂吗？"

阿明恍然大悟，决定第二天就去表白。

第二天，室友问他进展如何。阿明苦着脸说："我对她奋不顾身的时候，正好赶上她说走就走了。"

（阿　门）

（本栏插图：包丰一）

妈妈的话

同学聚会，大家让小林谈一下年年拿奖学金的学习经验。

小林说："就因为我妈一句重要的话激励了我。"

大家好奇了。

小林笑着解释说："我妈说，'你现在不好好学习，以后找对象就是填空题；学好了，那么以后找对象就是选择题……'"

（平　仔）

玩扇子的童年

阿明跟朋友聊起小时候，朋友说："我小时候常和小伙伴们一起像楚留香那样，以扇子功对决，但这么一来，扇子坏得很快。"

阿明说："呵，巧了，我小时候也常用扇子演戏玩，但我的扇子倒不常坏。"

朋友问："你演的是哪一出啊？"

阿明说："我演济公……"

（李从渊）

大太忙

大刘平时工作很忙，他和朋友抱怨说自己常常忙得想跳楼，但办公室在五楼，担心摔不死。

朋友开玩笑地说："你就不会爬高点再跳啊？"

大刘叹了口气，说："太忙啊，没时间爬高啊！"

（幺　儿）

赚　钱

最近，公司总有人用完厕所不冲水。于是，领导公布了一条管理条例：如有上厕所不冲水被发现的，罚款50元；有积极举报被查证属实的，奖励100元……

小李眼珠一转，一拍同事小刘的肩，兴奋地说："哥们儿，以后你就负责故意不冲水，我就负责举报。咱俩配合，净赚50元，午饭钱有着落啦！"

（秋　棉）

小口吃枣

柿饼一脸无辜地问枣子："为什么人们吃我的时候，总是肆无忌惮地大口咀嚼，而吃你的时候，却小口试探有所顾忌？"

枣子意味深长地说："嗯，拥有核武器很重要。"

（迎　风）

业主证明

晚上，一个酒鬼喝得醉醺醺地回家，连进楼的密码也想不起来了，便喊来保安开门。保安严肃地问："你怎么证明是业主？"

酒鬼不理，说："别废话，给老子开门！"保安不买账："给老子证明！"

双方僵持了一会儿，突然酒鬼灵光一闪，抬头朝楼上喊道："梅茜——梅茜！"

于是，立刻有一条狗窜到了阳台上，大叫起来。这一叫，引得隔壁的狗也叫了，对面的狗也叫了，转眼间，全小区的狗都叫了起来。

保安看得目瞪口呆，立马给酒鬼开了门。

（小　会）

和尚的媳妇

有个卖豆腐的小孩，总认为尼姑是和尚的媳妇。这天，一个尼姑去买豆腐，小孩叫她"和尚媳妇"，尼姑气得没给钱就走了。

这时一个和尚路过，小孩指着前面的尼姑，对他说："你媳妇买豆腐不给钱！"

和尚笑了笑，说："你叫她大姑姑，她就会把钱给你了。"

小孩高兴地去找尼姑，说："大姑姑，你把豆腐钱给我吧。"

尼姑见小孩改口了，爽快地给了钱，问："是谁让你这样叫的？"

小孩回答道："大姑父。"

（佚 来）

晚归的理由

老王是个妻管严，平时一下班就回家了。

这天下班后，他和几个好友聚会，一高兴，喝酒喝糊涂了，半夜才回到家。

老婆冲他吼道："你死哪儿去了？"

老王一惊，急中生智道："朋友们都听说我家有个出了名的贤妻，就一定要我说说夫妻和睦相处的经验，这哪是一两下就能说完的，所以就回来晚了。"

（太阳树）

她终于嫁了

小芳情路不顺，老大不小了都没结婚，大家都说她有一张克夫的脸。

突然有一天，小芳告诉朋友她结婚了。

朋友开玩笑地说："快说说，是哪个男人那么大无畏，敢把你给娶回家了？"

小芳不动声色，翻出一张老公的照片给朋友看："你看看他穿的是什么？"

朋友不明所以，看了半天才明白："原来一身上下，都是'耐克'牌！"

（秦 好）

没有摄影机咋的

村里要拍一段宣传片，村长急着把阿刘叫来。阿刘说："村长，没有摄影机，你叫俺来拍啥？"

村长说："没有摄影机咋的，咱就不能演广播剧？"阿刘说："没有广播稿，咋演？"

村长说："没有广播稿，咱就不能耍猴戏？"阿刘急了："猴呢？"

村长也急了："有猴，我还叫你来？"

（王世全）

幽默老妈

一对母女在聊QQ。

妈妈："闺女，你中午吃的啥？"这时，女儿正好有事，便回："==（意思为等一等）"

妈妈："噢，吃的面条呀！"

（芷彩卓）

医生

一个患了健忘症的病人来看病，医生告诉他："您每天都吃饭吧，我姓范，就叫我小范医生吧。"

几天后，医生又见到这位病人，就问："您还记得我吗？"

只听这位病人喃喃自语："记得，吃饭的吃，你是小吃医生呀！"

（孤山夜雨）

·笑口常开 轻松一刻·

五个酥饼

一天，妈妈买了五个酥饼准备送人，哥哥想偷吃，但没胆，妹妹却说，她有办法。

第二天，哥哥看烧饼一个没少，便嘲笑妹妹道："你果然也没敢偷吃啊！"

妹妹不屑地说："你凑近点看看。"

哥哥凑近一看，烧饼还是一模一样的五个，但个头都小了一圈。哥哥恍然大悟，不禁赞叹道："真是技术活啊！"

（土豆泥）

（本栏欢迎来稿，读者、作者可将有新鲜感、有精彩细节的笑话佳作投寄给我们。来稿一经采用，最高稿费为100元。本期责任编辑电子信箱：dingxianyao@126.com）

爱做游戏的年轻人

□ 王瑞霞

我的宝贝女儿炎炎，已经到了谈婚论嫁的年龄。有一天，有人给炎炎介绍对象，对方小伙子在北京一家五金店打工。那小伙子挺有诚意，没几天后，还特地从北京赶到我这儿。我便跟女儿打了招呼，趁午休时，带小伙子去她单位附近见个面。

炎炎在一家幼儿园做幼教，我带着小伙子到的时候，她正带着一群孩子在院子里玩，小伙子径直走到孩子们中间，说道："小朋友，和叔叔一起做个游戏，好不好？"孩子们立刻欢呼起来。小伙子微笑着看看炎炎，问："那——老师同意吗？"

炎炎不假思索地回答："同意啊，只要孩子们玩得高兴就好。"

小伙子挥着手，说："好，大家都听好了，我们来做个'口香糖'的游戏，大家都围成一个圈儿，绕着圈走。我喊'口香糖'，大家一起应'粘什么'，我如果答'粘左手'，相邻的两个人就把左手握在一起。如果有人落单了，将被淘汰出局。"

紧接着，游戏开始了，"粘左手"、"粘右脚"、"粘左膝盖"之后，小伙子突然喊"粘嘴唇"！呵呵，这一下，有的孩子头碰头撞在了一起，有的捂着嘴"哈哈"大笑，情急之下的炎炎则抓住离她最近的小伙子，嘴唇都要亲上去了，这时候，小伙子却一本正经地说："谁让粘别人嘴唇的？占女生便宜呀？粘自己的嘴唇，多方便啊！"小伙子说着，轻轻地让自己的上下嘴唇碰了碰，"哗"的一声，孩子们都乐得仰天大笑，炎炎也松开小伙子，笑得前俯后仰。

我站在一旁，看着也忍不住乐了。笑过之后，小伙子大方地说："我叫李杰，你是炎炎吧？"炎炎的脸"腾"一下红了："你好……"

看到这里，我不由舒了口气，不用说，这事儿，准成！

不出我所料，相处的时候，李杰总能玩一些新花样儿，逗得炎炎开怀大笑。一年之后，炎炎做了新娘。结婚之后，李杰想自己在北京单干，我拿出二十万元给了他。虽说不多，但已经是家里全部的积蓄了。

一晃三年了，李杰的生意渐渐风生水起，越做越大，可他的电话却越来越少了。我果断催促炎炎去了北京。之后想想，我还是不放心，在炎炎走后没几日，我也跟着去了。

那天，女婿请我在饭店吃饭，饭吃到一半，炎炎突然说："妈，虽说结婚三四年了，可李杰还跟婚前一样，老陪我做游戏。"

李杰疑惑地看着炎炎，炎炎接着又讨好地说："咱这几天就不玩游戏了，我好好陪陪我妈，好吗？"李杰却有点儿不耐烦："赶快吃饭，晚上我还有应酬。"

这天半夜里，我被隔壁女儿房里的动静给惊醒了，看来是李杰回来了。我听到女儿低声的哀求："别闹了，我求你了！"李杰却高声吼着："去把你妈喊来，让她看看！"女儿的声音急切起来："你疯啦？"

我再也忍不住了，闯了进去："深更半夜的，你们这是干啥？"女儿挤出一丝笑，说："妈，没事儿，李杰让我做游戏呢，你回屋睡吧。"我在沙发上坐下来，不急不躁地说："妈要看看，他到底要你做啥游戏。"

李杰一身酒气，指着一张桌子，大着舌头说："桌子底下我撒了一碗豆子，让炎炎一粒一粒捡起来，捡不完，不许上床睡觉，我监督！"炎炎赶紧说："妈，这是你女婿从网上看来的最新游戏呢。我来北京以后，每天都玩的，还可以减肥呢。"李杰接着说道："是啊，你得减肥，看看你现在的腰身，都赶上孕妇了！"

接下来，炎炎钻进桌子底下，一粒一粒把豆子捡起来，放进碗里，和豆子一起落进碗里的，是炎炎一滴一滴的泪珠。就算是傻子也能看得出，李杰是瞧着炎炎不顺眼，借着三分酒意，用这个游戏在作践我女儿呢！

我上去一把拉起炎炎，伸手擦着她脸上的泪，炎炎却含着泪安慰我："没事儿，妈，做游戏呢。"我

摇摇头说:"傻孩子啊,哪有流着泪做游戏的?"接着,我把女儿护在身后,直盯着李杰的眼睛,问:"你说,你想咋的吧?"李杰眼神躲躲闪闪的:"没、没想咋的……"

我一字一顿地说:"今晚,咱就把事儿说清楚!"女儿赶紧拽住我的手,说:"妈,咱回你屋里说去。"我一把甩开女儿:"不,咱今晚就打开窗户说亮话,不藏着掖着。"

炎炎"哇"地一声哭了出来:"妈,他还欠咱二十万呢,那可是你和我爸一辈子的辛苦钱啊,只要他还咱钱就行,他的钱,我一分也不贪!"

我一把抱住女儿:"傻孩子,千不该万不该,不该为了那二十万块钱,受人的窝囊气啊!只要你幸福,别说扔那二十万了,就是再花个三十万、五十万,妈也心甘情愿啊!你不开心,哪怕守着金山银山,妈也愁啊!"我说完,回头淡淡地对李杰说:"我对你,没啥说的,要真是钱的问题,那可真不算个问题。明天,我就带炎炎走,以后,咱各走各的路!"

李杰"腾"地从椅子上跳起来,愣愣地站在地上。我拉着女儿回屋,"砰"地关上门,把李杰关在了门外。

第二天清早,我一开门,李杰竟还站在门口。我没理他,他又站到炎炎跟前,炎炎只是看了他一眼,

就直掉泪。看着他俩这个样子,我忍不住发话了:"要不,临走前,妈也让你们做个游戏,成吗?"

那俩年轻人分明有些意外,盯着我看。我没理会他们满眼的疑惑,接着说:"过来吧,听我说规则。这就算咱家最后一个游戏了,好聚好散。"

我转身去厨房,找了三个玻璃杯,倒了三杯水,示意他们过来。两人低着头,走近我。我说:"规则很简单,这里并排着三杯水,我数一二三,我们一人选一杯,干了!"

李杰和炎炎听了,都一脸茫然,我接着说:"这三杯水,看着都一样,其实滋味各不同,尝的是酸甜还是苦辣,就看老天爷的意思了。"

李杰选了最右边的一杯，炎炎则选了最左边的一杯，于是，我便端起中间的那杯一口干了，说："咱们也算以水代酒，敬一敬过去是一家人的日子！"我的这杯水，清清凉凉，喝在喉咙口，感觉心都是凉的。

李杰没说话，面色凝重，他像是喝下一杯烈酒那样，喝完了他的那杯水，随即，他的眉头忽然一松，略带惊异地看着我。没错，他的那杯水，就是一杯普通白开水。

接下来，就是炎炎了，她脸上挂着泪，慢慢端起杯子。我知道那杯水的滋味，我不愿炎炎去尝了，可我刚要阻止她喝，没想到，李杰却一手夺下炎炎手里的杯子，说："看妈的表情就知道这杯水味道够呛，我来喝！"还没等我开口，这小子就咕噜咕噜把杯中水干了。然后，他的眼睛瞪得更大了："嗯？这杯也没味道啊？"

我坐下来，解释道："咱们农村以前有个说法，喝点生水，一般没啥事，但如果把生水往熟水里一掺，那叫阴阳水，喝了就要闹肚子。我想着，这家呀，就和水一样，每个家庭都不同，但不管是生水，还是熟水，感情就得要纯粹，不能掺和别的。要是把生水、熟水倒一块儿，表面上还是一杯清水，没什么变化，实际上里面已经变了质，喝不得了。就像炎炎刚才那杯……"

我说到这，炎炎急了，重重捶了李杰一下："让你乱喝！赶紧去吐出来啊！"

李杰顺手抓紧了炎炎的手，脸和眼眶早已通红，他低着头说："妈，我错了……是我不懂得珍惜，自己家的'一杯水'喝腻味了，没管住心思……不瞒妈说，最近，我身边……确实有一个女孩子。我对她有过好感，但绝没做出格的事，更没想过要离婚！退一步说，就是真要离婚，我也没想到——炎炎和您，居然都不谈钱！而我一直都觉得，那个女孩子就是冲着我的钱来的，我太糊涂了……"

我听到这里，叹息着说："妈也年轻过，犯点儿小错，妈能理解……"

李杰将炎炎拉近身边，又对我说："妈，您放心，我不会让炎炎再受委屈了。我真的错了！我……"

不知道是不是心理暗示的作用，李杰的肚子一阵不适，狼狈地冲进了厕所。

炎炎看了看我，忍不住扑哧一声，破涕为笑了。我心里也长长舒了一口气，这小子啊……

（题图、插图：安玉民 梁 丽）

我的故事　我的梦

全国优秀故事征文大赛隆重启动

　　人生如船，梦想如帆，扬帆起航，故事为伴。"安亭·国际汽车城杯——我的故事我的梦"全国优秀故事征文大赛即将拉开帷幕，我们诚邀有梦有故事的你，用优秀作品分享追梦人生的精彩一刻。

　　一、主办单位：上海故事家协会、《故事会》杂志社、上海市嘉定区安亭镇人民政府

　　二、承办单位：故事会·中国故事创作与讲演安亭培训基地

　　三、参赛稿件要求：

　　1．题材不限，风格不拘。内容可涉及社会万象、人生百态、生活热点、民生点滴，以及个人际遇中的难忘足迹、精神追求上的可藏财富等。本大赛诚邀广大学生朋友参与，欢迎用故事记录精彩的校园生活。

　　2．体裁须是"故事"，可以第一或第三人称叙述。要求情节可读，人物鲜活，语言生动，故事性强。

　　3．尚未公开发表的原创作品。

　　4．作品一般在3000字左右，内容精彩、篇幅精短的小故事尤为欢迎。

　　四、奖项设置：一等奖：2名，奖金各5000元；二等奖：5名，奖金各3000元；三等奖：10名，奖金各2000元；鼓励奖若干。

　　五、参赛办法及截稿时间：

　　1．可通过电子邮件或邮局投寄方式参赛，本期责任编辑电子邮箱：dingxianyao@126.com；本刊地址：上海绍兴路74号《故事会》杂志社，邮编：200020。已和我刊有联系的作者可直接将稿件发给编辑。请注明"'我的故事我的梦'参赛稿件"字样。

　　2．应征稿件均需标明作者真实姓名、通讯地址、邮政编码及联系电话。

　　3．应征稿件一律不退，请自留底稿。

　　4．第一阶段征稿时间即日起至2013年8月31日止。

　　六、评奖事宜：

　　1．所有应征稿件，均以作品质量为衡量标准，不论资历，公平竞争。

　　2．征稿活动结束后将邀请有关专家组成评审委员会，在广泛听取读者反馈的基础上进行评比。

　　3．部分优秀作品将在《故事会》杂志上优先刊发。

　　4．部分优秀作品的作者将优先参加由《故事会》杂志社举办的笔会。

风雪夜，等亲人，亲人无影；风雪夜，送关爱，关爱留痕……

风雪夜归人

□ 王兴菜

王大路的家乡在偏僻的山沟沟里，快五十的人了，为了生计，他还常年外出打工。腊月二十九这天，王大路刚回到家，就听到门外传来卖豆腐的吆喝声。王大路把行李一扔，拿着盆就往外走。

一听到卖豆腐就要往外走，王大路这是干吗？事情是这样的：卖豆腐的人叫憨丫，这女人智商有点低，命还不好。五年前，憨丫的丈夫二根去河南挖煤，也是春节前，遇到了矿难，送了命。当时，憨丫正怀着孕，医院诊断出憨丫是高危妊娠，稍有不适，后果不堪设想。村里人一见这情况，只得骗憨丫说，二根在外忙着给她娘俩多挣点钱呢，暂时就不回来了。

接着，憨丫顺利生产，母子平安。有人半真半假地说："憨丫，二根在外边打工不回来了，你可咋办啊？"当时，憨丫正在奶孩子，一听这话，不管不顾地把孩子往床边一放，"哇哇"大哭起来，说："那我就不替他喂孩子了，我死给他看！"大伙一看这情形，谁也不敢说实话，最后商量着把二根的抚恤金存起来，隔三差五地给憨丫寄回来一点，就装作二根给家里寄的。就这样，一晃五年过去了。憨丫人傻，但手勤快，

一边带孩子，一边还学会了做豆腐。豆腐做得不咋样，但村里人都争着买，算是暗地里帮衬她。就因为这么回事，王大路才会一回家就要去买豆腐。

这时，媳妇开了口，说："憨丫的豆腐我昨天刚买过，买得还不少，你说这年就咱俩过，哪吃得了那么多豆腐啊，要不，就别买了吧？"

王大路一听这话，立刻就不高兴了："昨天买了，今天就不能再买了？你说说憨丫娘俩容易吗？再说啦，乡亲们都瞧见我回来了，我不去买几块，那还像样吗？"说完，他一甩手，气呼呼地出了院门。

到了路边，王大路看到憨丫的三轮车旁围着不少人买豆腐，心里顿时热乎乎的。很快，轮到王大路了，他见憨丫的豆腐还剩下不少，手一伸，大声说："憨丫，给我来五斤。"

憨丫一见王大路，眼睛顿时一亮："大路哥，你回来了啊，你在外头可看到俺家二根？"

王大路本是个实诚的人，冷不丁地被这一问，慌里慌张地说了句："哦，见了……"说完，他马上知道自己说漏嘴了，赶紧又说："不过是去年年初见的，后来他就去另外一个地方挣钱了，二根呀，他太能干了！"

憨丫听了，高兴极了："他是能干，明天就要过年了，二根今天晚上就要回来看我们了。"

王大路一听这话，紧张地问："你咋知道二根要回来了呢？"

憨丫脖子一梗，说："去年腊月二十九，二根就回来了啊！"

王大路吓了一跳："怎么可能？"

"怎么不可能？他还买了我最喜欢吃的腊肉、烧鸡和一堆东西呢。"说着说着，憨丫得意起来，"不过，二根他太忙了，只把东西放在门口，就赶回去了，还给我留了个纸条呢。"

王大路听迷糊了，说："不可能。"

这时，背后一声喊："当然可能，憨丫你别听他的，二根今晚还会来看你呢。来，给我来十斤豆腐。"

不用回头，王大路就知道是自己的冤家对头来了——住在王家隔壁的李送电。十年前，两人为争宅基地，大打出手，自此以后算是结下了疙瘩。一听李送电这么说，王大路气得肺都快炸了，加上李送电张嘴就买了十斤豆腐，比自己多一倍，那明显也是买给自己看的。

王大路气呼呼地往家走，没走多远，他隐约听见憨丫还在问："送电大哥，你说二根今年会回来啊？"

李送电信誓旦旦道："当然会回来，还会给你买烧鸡、腊肉呢！"憨丫一听，欢呼起来。王大路听着就恼火，这个李送电呀，憨丫是有点傻，可也不能这么骗她啊！

这天夜里，外面下起大雪来，

不一会儿，雪就落了厚厚一层。王大路翻来覆去睡不着，临近天明，他发现雪不知何时已经停了，望着院子里的雪，他犯难了：憨丫早上起来，发现门口雪地上连个脚印都没有，该多难过啊！

想到脚印，王大路灵机一动，自己何不装一回二根呢？想到这，王大路赶紧把媳妇叫醒，说了自己的主意。媳妇一听，也夸王大路的主意好，还拿来了纸笔，两人"咬文嚼字"，商量着写了个纸条。

于是，王大路拎着自家过年用的腊肉、酱牛肉、熏鱼等，踩着雪，朝憨丫家走去。到了她家门口，王大路怕野狗过来啃，就把东西往门梁上一挂，把纸条塞在熏鱼嘴里头，

转身往回走。没走出几步，王大路猛地收住脚，看着自己留在雪地上的脚印，顿时一个"咯噔"：这下可坏事了！

原来，憨丫家住在村的最东头，进村的唯一一条路，就是从她家门口往西走，如果二根回来，那他也应该从东边过来，而王大路住在村西，脚印也是从西边过来的，这不是穿帮了吗？帮人帮到底，王大路当即决定，不回家了，朝东边走，等天一亮，憨丫一起来，就知道二根回来过了。

想到这里，王大路裹紧棉袄，冒着寒气向东走去，一口气走到十里外的那条大道上。这时，天已经微微亮了，王大路站在路边，跺着脚，搓着手，等天明了，人多了，回村的大路上脚印杂乱了，他再往回走。

过了个把钟头，突然，王大路看到村子方向隐约出现了一个人影，朝自己这边走来。他不由吓了一跳：不会是憨丫顺着脚印跟来了吧？这可咋办啊？王大路急了，他连忙猫着腰，钻进了路边的一个草庵子。

王大路蹲着，眼瞅着那人越走越近，等看清那人的模样时，王大路觉得好笑了：那人冰天雪地中居然倒着走路！等走得更近了，王大路惊呆了：那人居然是李送电！

李送电冲着草庵子喊了声："大路，你出来吧！是我，不是憨丫！"

王大路没想到李送电倒着走，竟然还能知道自己躲到草庵子里！

王大路走了出来，这一回，李送电没把他当外人了，笑呵呵地说了事情的缘由：去年给憨丫家送年货的人，其实就是李送电。今年他想"故伎重演"，可等他拎着年货到了憨丫家门口时，发现门口梁上已经挂了一堆东西。他赶紧顺着脚印看了看，最后发现那行脚印是从王大路家过来的，于是便明白了七八分；再一看，还有一行长长的脚印，顺着憨丫家往东出村了。一开始，李送电没明白王大路这是干啥，想着想着，就想通了，可一看脚印，差点笑出了声：这个王大路也太傻了点吧，如果是二根连夜回来，即使不进家门就回去，也是一来一回两串脚印嘛，

眼下，只有走出去的一串，没有来家的那行啊！如果憨丫一会出来看见了，咋办？于是，他把军大衣一裹，倒过身子，就这么倒着走了十里路，这一下，一来一回两行脚印算是凑齐了。

说完这一切，两个男人都会心地笑了。

李送电说："老哥，十年前咱两家争宅基地那事，有点对不住你了，按说这几年孩子都在城里，我早不想回这个院了。今年回来，就是为了再装一回二根……你说说，憨丫孤儿寡母的多不容易啊，咱能给她留个念想、有个盼头，也好啊！"

王大路连连点头，这时，他腰上那个破手机响了，是他媳妇打来的，媳妇含着泪说："大路，你这一次扮得太好了，憨丫早晨一开门，看见那些年货，高兴得大喊大叫，还找人把咱们写的那张纸条读了一遍。她抱着孩子，指着往东的那两串脚印，一个劲地说——'瞧瞧，这是你爹的脚印，半夜他从东边进村，因为太忙，老板又让他赶回去了，你爹去城里挣钱给咱们花的啊……'"

听到这里，王大路的眼窝子湿漉漉的，这时，电话那边传来一阵欢快的鞭炮声，看来性急的村民已经迫不及待地要庆祝新年了……

（题图、插图：安玉民 梁 丽）

16

□ 杨格

当一回妈妈

一举两得

魏力生和林小芷是一对恩爱夫妻，可林小芷由于身体原因，一直没怀上孩子。

这天，电梯口的一则小广告引起了他们的注意——"我儿不满周岁，温顺可爱，因我夫妻俩将出差三个月，现有偿聘请符合条件之人士代养三个月。要求代养者暂无子女，心地善良，爱小孩。我方愿支付报酬及小孩营养费计六千元。若我们提前结束工作，会在第一时间内接回小孩，但不索回余款。"

林小芷心里一动，感觉这广告就是为她量身定做的，于是对魏力生说："老公，我们领养那个小孩一段时间如何？老家不是有个说法吗，不能生育的人，抱养个小孩，或许就能生育了呢。再说了，人家还给报酬，我们岂不是一举两得？"

魏力生一口答应："行，反正你最近刚辞工，现在也闲着没事，就当提前试演妈妈这个角色吧。"

林小芷按照广告上留下的联系方式，打电话过去，接电话的是个男子，叫张志高。林小芷说明意图后，张志高表示要实地考察一下林小芷家的情况。林小芷对此很理解，哪个家长会把孩子送到"虎口狼穴"呢？

第二天，张志高和妻子朱芳带着儿子张翼展来到林小芷家。孩子

不满周岁，粉嘟嘟的脸上有两个小酒窝，别人一逗就咯咯笑。林小芷当即就喜欢上这个小家伙，她伸手抱过他，小家伙黑葡萄般的大眼睛直愣愣地看着她，看得林小芷心里暖洋洋的。

随即，双方仔细拟定了条款，明确了责权，签订了合同，张志高一次性支付了六千块钱的费用。

当天，张志高夫妇就把张翼展留在了林小芷家，小家伙正式进入到这个家庭。

和大多数孩子不同的是，张翼展不认生，他老老实实地依偎在林小芷的怀里。平时，林小芷就这么抱着他，痴迷地看着，越看越喜欢。

星期天，林小芷有急事要出去一趟，临行前，她对着魏力生千叮咛万嘱咐，交代照顾孩子的注意事项。

林小芷走后，魏力生抱着孩子，张翼展还不会说话，咿咿呀呀的，魏力生却像听得明明白白。忽然，魏力生的大腿上一阵温热——宝宝开"水龙头"了！魏力生看着傻笑，没有恼火，还伸手摸了一下，他惊讶，原来婴儿的尿真是热乎乎的，还带着香。

就在这时，林小芷风风火火地又回来了。她一进门，就冲到魏力生身边，抢过张翼展抱在怀里，上下左右地看着。魏力生问她怎么了，

林小芷说："我还是不放心，你看，我的担心不是杞人忧天吧，宝宝现在要撒尿，不是用哭来表达了，而是咿咿呀呀的，小家伙现在学说话呢。"

魏力生笑着说："怪不得，你闻闻，我这满身的芬芳。"

看着林小芷麻利地给张翼展换尿布，魏力生心里不是滋味，林小芷多么希望做一个母亲啊！可是命运弄人，老天不给她机会。还有一个多月，合同定下的期限就满了，张翼展会被接走，到那时，别说林小芷舍不得，自己也舍不得。

可魏力生没有料到，忧心的事情提前到来了。

难分难舍

这天，张志高打电话给林小芷，说他和妻子的外派任务提前完成了，要把孩子接回家，他现在就在楼下。

林小芷大惊失色，脱口而出："怎么这么快？不是说好三个月吗？"正说着，眼泪就下来了。

可张志高真的来了，林小芷紧紧地搂着张翼展，可怜巴巴地看着张志高，像在乞求。魏力生看在眼里，痛在心上，他把张志高拉到一旁，说："张先生，我想和你商量点事情。你也看到了，翼展在这里过得很好，我们很爱他。尤其是我老婆，她已经完全把翼展当成了自己的孩

子。本来我们的思想准备是代养他三个月，现在忽然中断，我和老婆一时在心理上接受不了。我想请你按合同行事，让我们代养三个月。"

张志高笑了笑说："我理解你们的心情，可也请你们理解我们当父母的心情，我们也想孩子啊！"

魏力生尴尬地点着头，说："理解理解，但你们和翼展相处的日子长着呢，是不？"见张志高的神色有所松动，魏力生趁热打铁："要不这样吧，我们把六千块钱全部退给你，好不？"

张志高矛盾着，说："这不是钱的事情。"但又看到林小芷楚楚可怜的样子，一咬牙说："好吧，我答应你们，让翼展再陪你们一段时间吧。"

林小芷紧紧地搂着孩子，又催促魏力生赶紧退钱，唯恐张志高变卦。魏力生把六千块钱塞给张志高，做贼心虚地端茶送客。

可一个星期后，张志高又登门了，他面有愧色地说："翼展的爷爷奶奶过来了，他们要带孙子。所以，我想把孩子接回去。"

林小芷故伎重演，紧紧地搂着张翼展不放手，她可怜巴巴地看着张志高，哀求道："张先生，我们不是说好的吗？让我代养三个月。你瞧，这是我请专家给我拟的抚养计划，为期三个月，不能半途而废啊！"

张志高摇着头，说："妹子，我理解你的心情，也感谢你这么爱翼展，可孩子的爷爷奶奶都飞过来了，我总不能让他们再飞回去，一个月后再飞回来吧？这么来来回回地折腾，我经济上也受不了啊！"

"飞机票我们出还不行吗？"林小芷哀求道，又向魏力生使眼色。

魏力生会意，赶紧塞给张志高五千块钱，小声地说："哥们儿，你就再牺牲一次，也拜托爷爷奶奶牺牲一次。三个月期满后，我们一定归还孩子。"

"这——不好吧？"张志

高左右为难。

"张先生，求你了，我马上要给翼展听音乐了。"林小芷居然下了逐客令。

张志高一跺脚，说："好吧，我再回去和老爸老妈好好商量。"

魏力生和林小芷如同逃过一劫，他们紧紧地搂着翼展……

悔不当初

三个月的期限不可阻挡地到来了，这天早上，张志高和朱芳来接孩子了。林小芷抽泣着把翼展送到朱芳怀里，可这时，翼展忽然挣扎着又扑到林小芷的怀里，两只大眼睛一眨一眨地望着林小芷，喊出两个清晰的音节："妈——妈。"林小芷顿时傻了——翼展会说话了！他会喊妈妈了！

林小芷泪水决堤，她紧紧地抱着翼展，一遍遍地亲着他粉红的小脸蛋，哽咽道："儿子，我的宝贝！"魏力生站在一旁，眼泪汪汪，而朱芳的泪水也哗哗落下。

分别的时候到了，林小芷擦干泪水，掏出一千块钱塞到翼展的怀里，朱芳不肯收，林小芷正色道："这是给我儿子的，求求你们收下吧。"

张志高和朱芳只得收下钱，抱着一步三回头的张翼展离开了。

回到家，张志高数着钱，说："老婆，这笔生意真划算。"朱芳却阴着脸，不说一句话。这是怎么回事呢？

张志高和朱芳在城里打工，两人的工作忙，收入低，没有条件请保姆，甚至没有条件允许父母来帮忙，朱芳只好辞工回家带孩子。

有一天，张志高看到一则新闻，一对不能生育的小夫妻，因为太爱小孩，居然从人贩子的手里买了一个孩子。张志高顿时想到了一个馊主意：如果能找到一对不能生育的夫妻，把孩子给他们代养几个月，他们肯定会对孩子产生感情，乃至难以割舍。到时候，再不断地以要回孩子为名，逼迫他们出钱。

朱芳说："有谁愿意做冤大头？"张志高说："试试嘛，大不了就当请个保姆，我们也清净几天。"

朱芳整天带孩子，也想透口气，就同意了，而他们最终把目标锁定在魏力生和林小芷身上……

张志高喜滋滋地说："老婆，你看人家白白地帮咱们养了三个月的孩子，还给了我们六千块钱，天下有这样划算的生意吗？"

朱芳暴怒："你出的什么馊主意？没错，我们是清净了三个月，还骗了六千块钱，可儿子的第一声妈妈叫给谁了？不是我这个亲妈，是林小芷！如果时光能倒流，我愿意付出所有，让我儿子的第一声妈妈喊给我！"

（题图、插图：佐 夫）

公司里的"机关"

给我一对顺风耳

□ 无字仓颉

这天，安通建筑设计公司总经理魏利民接待了一位不速之客，客人是商场上一位朋友推荐的。

来人走进总经理办公室，立刻将门紧掩，又反复查看了一下，这才上前握手。握手后并不说话，用手指了指桌上摊开的纸，意思是用纸笔"说话"。魏利民被他奇怪的举动弄得云里雾里，不知他葫芦里卖的什么药。

来人开始在纸上写字，自我介绍说："我叫秦德柱，是神鹰侦探社的私家侦探。最近商业圈里相互窃听成风，魏总有没有听说过这事？"魏利民点点头，又不以为然地摇摇头。点头的意思是这种事他偶有所闻，摇头的意思是这种事跟自己毫无关系——那些都是不正当竞争的小人手段，他魏某人根本不屑一顾。

秦德柱见状，写道："魏总，您先别忙着表态。您不去窃听别人，难保别人不来窃听您！"魏利民吃了一惊，下意识地环顾了一下四周，难道自己的办公室被装了窃听器不成？

秦德柱在纸上写道："我来为您检查检查？"魏利民点头表示同意。

秦德柱当即从挎包里掏出一个罗盘模样的仪器，打开，上面的指针立刻跳动起来；接着，一个红色

指示灯亮了，并发出"嘟嘟嘟"的报警音。秦德柱四下里看了看，目光落在空调柜机上。他打开吹风口，用手在里面摸索了一阵，摸出来一个纽扣电池般的物件，魏利民的脸顿时煞白了。

秦德柱又从"纽扣"里抠出张手机卡模样的东西，魏利民一看，疑惑着：这玩意儿能窃听？

"您可别小看了它！"秦德柱说道，"它是张监听卡，内存一个号码，只要用电话拨打这个号，就会自动进入监听状态。十米之内的讲话声，都能听得清清楚楚。"

魏利民听了，脊梁骨一下子"拔凉拔凉"的。这会是谁干的呢？老婆？还是自己的生意对头——龙都公司？最近两家公司正在竞争大鹏房地产公司天水湾楼盘设计开发的标，不得不防啊！

想到这里，魏利民问："我能不能知道里面的内容呢？"

"不行，只有知道号码，拨打这个号才能现场监听。"

魏利民沉吟了一下，掏出皮夹，点出一千块钱给秦德柱，说是今天的辛苦费，然后，魏利民凑在秦德柱耳边，说："你能不能帮我做件事？"

"什么事，您尽管吩咐！"

于是，魏利民如此这般地交代了一番……

机关算尽太聪明

现在要说说秦德柱这个人。他可不是什么神鹰侦探社的私家侦探，而是一个被单位解聘的社会闲散人员，成天游手好闲不务正业。这段时间，他抓住生意场上一些竞争对手相互猜忌攻讦的心理，拿着一台假测定仪，编了个假名"秦德柱"——"擒得住"，诱骗单位负责人上当，从中捞取不菲的酬金。

这次从魏利民办公室找到的"窃听器"，其实是他事先暗藏在手心里的，那不过是一张废弃的手机卡。他原想捞点好处费拍屁股走人，没想到魏利民进一步提出了要求：在龙都公司总经理刘再道办公室安装窃听器，事成之后，愿付万元酬金！

面对这个天上掉下来的发财机会，秦德柱却有点傻了，他是个假侦探，一切的"技术"都是假的，怎么去干真侦探做的事儿？秦德柱苦苦思索，终于决定，干脆去真的私家侦探社里请个高人帮忙。除去佣金，自己大概还能赚不少。

主意拿定，秦德柱从墙体小广告上找到一家叫"鸿鹰"的私人侦探社，与他编的"神鹰"仅一字之差，让他多了几分亲切感。

来到"鸿鹰"，秦德柱说明来意，双方一拍即合，讲定包括器材在内的所有费用是五千，并指派一位叫

"小刀"的年轻侦探配合秦德柱行动。

秦德柱和"小刀"马上制定好行动方案：到龙都公司找到刘总，照例由秦德柱出面"检测"窃听器，鱼儿上钩后，便由"小刀"上前操作，偷偷将真窃听器装进空调里。这样，不仅魏总的酬金到手，说不定还能额外得到刘总的一笔感谢费呢。

这套方案实施顺利，果然，刘总诚惶诚恐地拿出两千块钱聊表谢意。临别时，刘总还将秦德柱拉在一旁，对他耳语了几句。

秦德柱没想到，刘总也拜托他到安通公司魏总的办公室装上一个窃听器，并说事成后有重谢！

秦德柱故作镇静，说问题不大，只是可能收费较高。刘总问多少，秦德柱伸出一个指头：一万。刘总

笑了笑，说："没问题。"

接着，秦德柱和"小刀"商量下一步怎么办。最后，秦德柱决定趁去魏总办公室领钱时，伺机安装刘总委托的窃听器。

"机关"里的"机关"

两天后，秦德柱带着"小刀"来到魏总办公室，秦德柱介绍了"小刀"，说是自己公司的技术人员，特意安排给魏总调试窃听器来的。打过招呼，"小刀"便开始动手拆桌上的电话机，说是需要在听筒里内置一个部件，才能顺利窃听。

不多会儿工夫，"小刀"说了声"好啦"，并将一个写有电话号码的纸条递给魏利民："需要听的时候，拨打这个号码即可，系统会自动开通，那边不会有丝毫察觉，这样，您就相当于有一对顺风耳了！"

第二天，两人又来到龙都公司刘总办公室，如此这般，依样画葫芦。两趟下来，秦德柱和"小刀"都乐得合不拢嘴，这钱也来

得太容易啦！

这次得手后，秦德柱将手机号码换了。他深知，一旦魏、刘两人因窃听事件打起官司来，势必会将自己牵扯进来，到时候恐怕要吃不了兜着走。

一个月后的一天，秦德柱在街上溜达，不知怎么的，就摸到了大鹏公司的天水湾楼盘开盘仪式现场。他起初只想看看热闹，可仔细一看，楼盘的设计单位，并非"安通"和"龙都"，而是"瑞璞"，那可是一家不起眼儿的小公司呀，这怎么回事？

正疑惑间，秦德柱的肩被人拍了一下，回头一看，是"小刀"，秦德柱惊叫了一声："你怎么会在这里？"

"嘘——""小刀"做了个手势，"找个地方说话。"

两人来到附近的一个茶馆，喝着下午茶，"小刀"慢慢道出了一个让秦德柱吃惊的秘密——

原来，早在秦德柱找"鸿鹰"之前，就有一位神秘来客找来，委托事由是：窃听安通总经理魏利民和龙都总经理刘再道。正在"小刀"考虑怎么下手之际，秦德柱找上门来了，于是"小刀"顺水推舟，一石二鸟，将两人套了进去。

"我不明白，"秦德柱说，"他们俩互相监听了对方，应该掌握对方的底细。二虎相争必有一伤，胜者应该中了大鹏房地产公司的标啊！"

"哈哈……""小刀"突然笑起来，"对不起秦哥，有件事我瞒了你。"

秦德柱惊异万分："什么事？"

"小刀"得意地说："我给他们装的窃听器，分别对应他们自己手里的号码。"

"什……什么？"秦德柱瞪大了眼睛：这么说来，魏利民和刘再道原本想窃听对方，不想却窃听了自己！不过，秦德柱想想又觉得不对：他们窃听时，听到的是自己这边的动静，难道不会察觉？

"小刀"一笑："秦哥，你想啊，他们窃听时，会留外人在场吗？"秦德柱摇摇头。

"那么他们窃听时，是不是都大气不敢出的？"秦德柱又点点头。

"那么安静的环境，他们自然分辨不出这里还是那里，听不到声音，他们只会认为对方没讲话嘛。"

"哦，高，实在是高！"秦德柱这才豁然开朗，继而他做出了推断，"这么说来，你是将装在他俩办公室里的监听器号码，都给了委托你的人——这次的中标方瑞璞公司？"

"正是。"

秦德柱这才明白，自己不过是一只小小的螳螂，"小刀"和"瑞璞"才是身后的黄雀！想到这里，秦德柱一口茶下肚，顿时觉得苦涩无比……

（题图、插图：张恩卫）

奇　迹，
只需五毛钱

□ 周长宇

王丫是个山村里的小女孩，今年四岁，她随父母一起，来到城里的医院陪小弟弟看病。

那天，小弟弟在病床上"哇哇"哭个不停，王丫小声地哄着。这个时候，父母正蹲在病房门外，窃窃私语。王丫凑着门听，只听父亲叹着气，说："手术费太贵了，咱们掏不起！"母亲带着哭腔道："老天保佑，出现个奇迹，救救我们的儿子吧！"

过了一会儿，父母好像走开了，王丫立刻乘机出了病房，跑着来到医院大门的拐角处。

拐角处是一家卖水果食品的商店，店里有一位中年老板娘。王丫直勾勾地盯着柜台上的一个塑料盒，塑料盒上插满了各样各色的棒棒糖。

老板娘笑呵呵地问："小姑娘，是不是想吃糖呀？"王丫看了老板娘一眼，怯生生地伸出一只脏兮兮的小手，往柜台上递了一卷皱巴巴的钱。

老板娘一看，是一块钱。小姑娘的意思很明白，是要买一块钱的棒棒糖。老板娘赶紧从另外一个纸盒里拿出一根普通的棒棒糖给王丫，可王丫并没有接，只是用眼睛盯着那塑料盒上的棒棒糖。

老板娘解释说："这塑料盒上的糖贵，你才一块钱，买不到的。"听到这话，王丫在口袋里又摸索了一阵，拿出了一个小纸包，放在柜台

上。老板娘打开纸包一看，是一枚亮闪闪的五毛钱硬币。

老板娘皱了皱眉，说："这才五毛钱，还不够，那个棒棒糖得两块钱。"这下，王丫缩回了放在柜台上的小手，低着头。

"孩子，吃这个也一样，就拿这个吧。"老板娘把手中那根普通的棒棒糖重新递了过去，可王丫的头摇得像拨浪鼓，一副不情愿的样子。

老板娘不耐烦了："小丫头，一分钱一分货，你连这道理都不懂？"

王丫受到了惊吓，眼泪瞬间流了出来，她咬着牙，忍着，没哭出声来。

这时，旁边的人议论纷纷，有人说："你们瞧瞧，这丫头嘴还怪刁的！"还有人说："现在的孩子金贵，被宠得不像样子。"但也有人劝道："老板娘，你就赏她一根得了，差几毛钱而已。"

老板娘突然动了恻隐之心，说："好吧，别哭了，就给你一根，但我有个条件。"听到这话，王丫眼睛瞪得大大的，好像看到了希望。

老板娘从货柜上拿下一瓶矿泉水，说："你把这瓶水送给二楼的张医生，他就在楼梯口的第一间房子里，送到了，我就把糖给你，行不？"

王丫二话不说，接过水，就跑了出去。

王丫找到了张医生，其实，这张医生正是为王丫弟弟做手术的。王丫把水交给他，然后就要走，可张医生给了她一块钱，说是矿泉水的钱。

王丫出了门，突然，她看了看张医生给的钱，像是想起了什么事，犹豫起来。她想了想，还是转回身，又来找张医生，可张医生有事出去了，王丫只好下了楼。

回到商店，老板娘果然没有食言，她从塑料盒上拔下一根棒棒糖。那糖包裹着红色的纸，漂亮极了。老板娘把糖递给王丫，但王丫没有接，这下老板娘疑惑了，说："我没骗你，这可是两块钱的……"

"阿姨，我要一块钱的。"王丫终于开了口，老板娘一听，更疑惑了："怎么了，一会儿就变了卦？是不是谁说你了？没事，拿着吧！"

"我就要一块钱的。"王丫把手中的钱往柜台上一放，拿起那根一块钱的棒棒糖就跑开了。

老板娘迷茫地看着王丫的身影，心想：就一会儿工夫，这小姑娘怎么就改了主意呢？

再说王丫回到病房，拿出糖，剥开纸，把糖放到弟弟的嘴唇上，弟弟喥着糖，慢慢地停止了哭泣。等弟弟睡着了，王丫把糖重新包好，放在口袋里，趴在床边，也睡了起来。

父母回来时，见到姐弟俩睡得

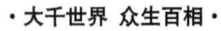

香甜，愁苦的脸上倒添了几分安慰。

这时候，老板娘却找了来。老板娘把刚才的事告诉了王丫的父母，可话还没讲完，父亲揪起王丫，就要打。可不是么，大人为弟弟的病正焦虑，这丫头还惦记着偷偷出去买糖！

老板娘赶紧把王丫护在身后，气呼呼地说："你这个当爹的，不把话听完就发火，我只想弄清一件事，如果你女儿做错了，你打，我不拦着。"

这会儿，王丫半梦半醒，不知发生了啥事。老板娘俯下身，把她抱在怀里，低声说："你跟阿姨说实话——后来你怎么只要一块钱的？"

"因为……因为我的钱不够。"

"我不是都答应给你了嘛！"

"可钱还是不够，张医生只给我一块钱，而那水是一块五的，我和奶奶一起收破烂时，我知道那样瓶子的水，得一块五毛钱。"

老板娘听到这里，表情变得凝重起来，她站起身，对王丫的父母说："你们不要责怪她，她是个好孩子。"

老板娘这才把事情原委向王丫父母说了一遍。原来，市面上售价一块五的矿泉水，老板娘卖给张医生，只算一块。可王丫不知道，她以为那水是一块五的，由于张医生只给了一块钱，王丫就把自己的钱垫出来，作为水钱给了老板娘，因为这个原因，她只能要了一块钱一根的棒棒糖。

这时，母亲开口问道："丫丫，糖给谁吃了？"母亲知道女儿牙不好，早已不吃糖了。

王丫红着脸，说："电视里，魔术师让小朋友舔了一口手里的棒棒糖，一会儿，棒棒糖变成了很多钱。魔术师说，只要有信心，就

会有奇迹。妈妈也说，只有奇迹才能救弟弟，所以我就想买贵一点的棒棒糖，好给弟弟变出更多的钱，来治病……"

听到这里，父亲红着眼眶把王丫拥在身旁，问："那——弟弟吃完后，有奇迹吗？"这么一问，王丫赶紧掏自己的口袋，可掏出来的，只是一根孤零零的棒棒糖，没有像电视里变魔术那样，变出钱来，王丫顿时大哭起来："原来电视是骗人的……"

王丫正哭着，老板娘走了过来，轻轻拍着王丫，说："孩子，那不是骗人的，不信我给你变个试试。"说着话，老板娘拿出一根棒棒糖，手轻轻一晃，手指渐次张开，棒棒糖上裹着一卷鲜红的钞票！

王丫又蹦又跳，兴奋地嚷着："是真的，是真的，我弟弟有救啦！"

过了一天，医院通知王丫的父母，要给孩子动手术。正当王丫父母为手术费发愁时，医生说，已经有人替他们交了费，让他们放心。

王丫弟弟的手术很成功，父母坚持要向那个好心人当面道谢，他们还打算分期归还那笔钱，毕竟好几万块钱呢！可那个好心人始终没有露面。

出院那天，一家四口来到张医生家，感谢他救了孩子的命。刚一坐下，从厨房里走出一个人来，这人正是老板娘。王丫欢喜地嚷着："阿姨，我说那水咋卖得这么便宜，原来你是卖给自家人的呀！"听到这话，老板娘有点不好意思地笑了。

这时，张医生开了口："呵呵，咱们能走到今天这一步，还得感谢王丫，她是我们的大媒人呢！"说着，张医生把王丫揽到了怀里，一旁王丫的父母却不明所以。

张医生笑吟吟地说："我就不瞒你们了，以前我们就是夫妻，那时家境不好，她又下了岗，还背着我做了许多缺德的事，于是我就和她离了婚。后来，她在医院门口租了店面，做些小本生意。因为这次有人暗中为你们捐助医疗费，我就留心调查了一番，谁知帮你们的，竟然是她。其实，我早应该看到她的转变，我以前手术忙的时候，水都顾不上喝一口，而她一直坚持送水给我，可我还坚持着要给她一块钱，和她划清界限。"

听到这，王丫父母赶紧跪在地上向老板娘表示感谢，老板娘急忙把他们扶起来，说："别谢我，是丫丫这孩子的纯真爱心，叫人感动！"随后，她从口袋里掏出那枚五毛的硬币，放在王丫的手心里，语重心长地说："丫丫，这枚硬币你要好好保管，不管对你，还是对我，它都是一个奇迹啊！"

(题图、插图：谢　颖)

G.K.切斯特顿，英国作家。他的作品涉及范围很广，涵盖传记、推理小说、历史、神学论著等，最著名的作品有《异教徒》《回到正统》《永恒的人》《布朗神父》等。

活人消失

□ 邓　笛 编译

奥本肖这个人，最大的兴趣就是研究灵异现象，而对身边的人却是漠不关心，甚至连正眼瞧别人一眼的工夫都不想花。奥本肖有一个自己的工作室，里面就两间，一间是接待室，一间是他的办公室。他还雇用了一个秘书，名叫贝内吉。

一天，奥本肖接到一位传教士的信，信上提到一件活人离奇消失的事情。奥本肖很感兴趣，于是和传教士约定：第二天在工作室见面。

到了约定的时间，奥本肖来到工作室，秘书贝内吉正趴在接待室的办公桌上整理材料。得知传教士还没来，奥本肖坐进办公室等着。

过了一会儿，传教士来了。奥本肖仔细打量着来人，这是他的习惯，他可以无视身边的人，可对那些声称经历灵异事件的人，他则会特别关注。眼下这个传教士，目光炯炯，奥本肖判断他不是一个说谎的人。

两人很快进入正题，传教士说，他有一个朋友，是一位船长。一次，一位乘客带了一本皮封面的书上船，这乘客说，这是一本具有魔法的书，任何人打开它之后，就会离奇消失。船上的人都笑他睁眼说瞎话。可是船上的大副，硬说要用事实反驳这乘客的谬论，就当场把书打开了……

结果——突然之间，船舱的壁板上轰然出现了一个大洞，几乎与此同时，大副消失得无影无踪。

船长亲眼目睹了这一切，又惊又怕，于是带着这本书找到了传教士，传教士对他的描述根本不信。船长急了，便当着传教士的面打开了书……结果，突然之间，墙壁上出现了一个大洞，船长随之不见了。

传教士非常惶恐，他立刻将书藏了起来，不允许任何人碰它。后来，他听说有奥本肖这么个人，便决定来碰碰运气，寻求解释。

听了传教士的叙述，奥本肖的头脑飞快运转起来。他知道，整个事件的关键就是那本书。

奥本肖问书在哪里，传教士答道："刚才我在接待室交给您的秘书了。"说完，传教士立刻变得紧张起来："您的秘书会不会将书打开呢？"

奥本肖笑道："你放心，我的秘书是一个安分守己的人，你的东西他是不会动的。"说着，他们一起来到接待室，可刚进门，立刻被眼前的情景吓呆了：秘书贝内吉已经不见了，桌子旁边的地上有一本皮封面的书，接待室的窗户坏了，上面有一个大洞，大小刚好够一个人穿过去……两个人站在那儿，呆若木鸡。还是传教士先缓过神来，他抓起电话，打算报案，但他想了想，

马上又问："你能向警察描述秘书的长相吗？"

奥本肖听了，一下子愣住了，自己的秘书到底是什么模样呢？好像个子不高，戴一副深色镜片的眼镜，脸长得……奥本肖惊讶自己竟然不知道自己秘书的具体长相！

奥本肖决定去找他为数不多的还有来往的朋友布朗，商量商量，毕竟当局者迷，旁观者清嘛！

布朗就住在附近不远的地方，于是两人很快赶了过去。一见面，奥本肖就惊魂未定地说了事情的经过，而传教士则有点儿神经质，他一进门就将手中的书放到一张桌子上，好像那不是一本书，而是一块烧红的烙铁。

布朗好奇地看了一眼书的封面，封面上写着这样一句话："谁打开这本书，谁将进入神秘世界。"

传教士似乎精神快要崩溃了，他说，他心中很乱，想一个人静一静，先走一步，奥本肖答应了。传教士临走前，把桌上那本书带走了。

随后，奥本肖就把几件事情告诉了布朗：大副、船长、秘书，三个人都离奇地消失了……正说着，奥本肖的电话响了，打来的是传教士，电话里，传教士的声音显得十分急切："先生，我实在忍不住了，我要亲自打开书看一看……我就要打开书了，我……"

接着，奥本肖从话筒里听到轰然一声，然后就没了任何声音。奥本肖神情恍惚地说："又一个人消失了……最让我难过的就是贝内吉，他是那样的一个老实人……"

布朗要奥本肖别难过，然后，他不冷不热地笑了。奥本肖惊诧地问："你笑什么？"

布朗说："或许压根儿就没有任何人失踪，因为没有一件事情是你亲眼看到的，你没有看到大副失踪，也没有看到船长失踪，这些全是那个传教士说的。你相信传教士的话，是因为发现你的秘书贝内吉也以同样的方式失踪了，然而，你就没有想到会有另一种可能……"

奥本肖瞪大了眼睛，就像听到了天方夜谭一样："什么可能？"

布朗不紧不慢地解说着："这种可能就是——你先是在接待室里看到了你的秘书，等你走后，他就弄坏了接待室的窗户，然后摘掉眼镜，以传教士的装扮出现……"

奥本肖觉得这一切匪夷所思，他疑惑地问："你凭什么这么说？"

"你从来没有好好关心过身边的人，所以贝内吉这样简单的乔装打扮就能把你糊弄了……"

奥本肖愤怒地吼道："可是，他为什么要跟我开这样的玩笑呢？"

"我猜，因为你从来没有重视他，他要证明自己的存在。不过，你不要责怪他，就当他是上帝的使者吧，让我们明白应该多关心身边的人。"

奥本肖沉默了很长时间，然后问道："你告诉我真话，难道你听我说了这件事后，对那本书一点儿也没有感到畏惧吗？"

"你可能没有注意到，"布朗说，"那本书一放到我的桌子上，我就打开过了。我当时还奇怪，怎么里面一个字也没有……"

（题图、插图：佐　夫）

延伸阅读

　　您想阅读这位作者的其他精选作品和创作感言吗？请扫描右边的二维码。更多精彩，立刻体验。

送礼送鹅毛

□ 天宗健

清朝年间，邓州有个吹糖人的小贩叫林范，他四处讨生活，流落到洛阳一带。这天他在街上吹糖人，忽然听到一个熟悉的乡音："小范子！"

他抬头一看，不禁又惊又喜：这人是邻村的吕永。只见吕永身穿绸衫，脚蹬锦鞋，像个有钱人。林范不禁想：这吕永原本只是一个钉锅补锅的手艺人，怎么突然间就发达了？

两人难得在他乡遇到，吕永热情地邀请林范去了一家酒馆吃饭。吃得正高兴，林范问起吕永怎么发的财，吕永说："咱们邓州有个老乡叫高震环的，在这里当大官了，听说是知府，我找他卖绸缎。"

原来找到靠山了！林范暗自感慨，望着吕永说："永哥，你能不能给我引荐一下，我……我也想找他。"

吕永犹豫了片刻，说道："这样吧，我给你指指路，你自己去见高大人。只要讲明你是邓州人，再带点儿礼，他一定会帮忙的。"

饭后，两人作别，林范就带上积攒的十两银子去知府衙门拜会高震环。到了衙门，见过门房，他递上帖子，言明是高知府老家的人。

那门房接过帖子转身去了里边，很快传话回来："老爷说了，不见。"

什么，不见？林范大吃一惊，心想：他都见吕永了，为啥不见我？

难道我带的礼太少了吗？林范说道："我是大人的家乡人，烦请再通报一下。"

门房说："老爷都说不见了！你回去吧！"林范又失望又疑惑：吕永又是通过什么门路见到高震环的？

三个月后，林范又去见吕永，把自己送礼碰壁的事讲了出来，最后说道："我都说了是家乡人，还带了礼，他怎么就不见呢？"

吕永说："高大人清正廉洁，听说是家乡人求见，难免要避嫌。"

林范反问道："那他怎么见你了？难不成是嫌我礼送少了？"

吕永一听，又笑了，说道："实话告诉你，我可连一个铜板都没送。俗话说'千里送鹅毛，礼轻情义重'，我只是给他送了一根鹅毛而已。"

林范半信半疑地说："鹅毛，真的是送了一根鹅毛？为什么呀？"

吕永说："我也不知道。我爹临死前，说高震环在洛阳这里做了大官儿，要我来投奔他。并说如果他不愿帮忙，可以送他一根鹅毛。我想高震环一定是重情义甚于金银。"

听罢吕永此番说辞，林范心里有谱了。等了几天，他真的又去衙门拜会高震环，在拜帖上写明是老家邓州人，并且附上了一根鹅毛。

那高震环果然是重情义之人，这次竟然亲自来迎接林范了。

到了客厅，高震环命人倒茶，问道："你哪里人啊？"林范答道："林家村的。""哦！"高震环点了点头说："我们是高楼的，离林家村并不远。"

就这样，两人谈了很多家乡的事，让林范暗喜的是，高震环在他这个老乡面前没有一点儿官架子，非常随和。最后，林范直言，吹糖人赚钱少，并且人生地不熟，希望能够贩点玉器，请高大人多多帮忙。

高震环沉吟道："我们为官的，应该上对得起天子，下对得起百姓，要是帮你了，那就是徇私……"

林范说："我是做正当生意的，你是大官儿，只要让手下人多照顾我的生意就可以了，反正这个钱分摊到每个人身上不会太多。"

"让我想想……"高震环又低头深思，良久，好像下定了决心，"好，谁让我们是老乡呢？我就帮帮你。"

闻听此言，林范起身欣然告辞，高震环却拦住了他，说道："别慌，明天我要在郊外的高风山庄宴请咱们邓州老乡，到时你可一定要来。"

看看，人家答应帮忙，还要请自己，这份深情厚义多难得！林范欢喜地问："咱们有多少邓州老乡？"高震环笑了，说道："不多，十七位。"林范听了，一阵感慨。

回去后，林范越想越高兴，晚上就美美地喝了一顿，喝得晕晕乎乎的，竟然一觉睡过了头。眼看要

失约了，林范赶紧一路小跑，朝十几里外的高风山庄赶去。

高风山庄是高大人在郊外置办的一座庄院，门楼高耸，林范老远就看到了，可是他却猛然一惊。

高风山庄上空火舌飞腾，浓烟滚滚，阵阵人喊马嘶之声如狂涛一般传了过来。"怎么着火了，怎么着火了？"林范喃喃自语。

附近的人见山庄着了火，都赶着来救火，可大火熊熊，岂是几盆几桶的水就能浇灭的？无奈，他们只能眼睁睁地望着山庄在大火中一点点坍塌。

林范吓傻了，突然，火光中蹿出一个身影，"小范子……"

林范一惊，急忙叫道："永哥！"

这个从火光中蹿出来的人正是吕永，吕永蹿出来后立即扑倒在地上，左右翻滚，林范也赶紧脱下自己的衣衫帮他扑灭身上的火。很快，吕永身上的火熄灭了，但他的脸上却黑乎乎的。

林范着急地问："怎么了？"

吕永扭头看看四周，满脸恐惧地说："快跑，快扶我跑！"

两人朝无人的远方跑去，身后，熊熊大火，吞噬着周围的一切……闻讯赶来的高大人似乎正在指挥众人救火。

吕永见后面无人追赶，这才

让林范停下来："停下……停下……"说罢呼呼直喘粗气。

林范焦急地问："这到底是怎么了？"吕永又回头朝高风山庄的方向望去，恶狠狠地说道："他……他真是人面兽心！"

林范一惊，问："谁？"

"高……震……环。"

"他？"林范疑惑了，心想他不是热心帮老乡、是个重情义的人吗？

吕永喘口气说："我才知道……他把所有给他送过鹅毛的人都请进山庄，说……说好是请老乡，其……其实是想杀人灭口……"

"杀什么人，灭什么口？"林范更加奇怪。

吕永惨然一笑，说道："杀我们这些给他送鹅毛的人……"

"给他送鹅毛的人？那不是也包括我？"林范甚是不解。

吕永说："不错……"说着就讲出了一件很可怕的事：高震环在邓州老家时只是一个穷酸书生，屡试不第，后来连进京赶考的盘缠都没有。无奈之下在三年前的一个晚上，他伙同自己的几个表兄弟扮作蒙面土匪，烧杀抢掠了附近的几个村子，吕永家的吕庄和林范家的林家村都在其中，随后他就捐了一个知府在此做官。可是他扮土匪的事情被吕永他爹和几个邻居知道了。因为高震环他们烧杀抢掠时曾经头插鹅毛，扮作鹅毛帮，以掩人耳目。吕永他爹知道高震环在洛阳一带做了大官儿，就命儿子前来投奔他，说如果他不愿帮忙，就送以鹅毛。

"此举并非是'千里送鹅毛'之意，而是暗含威胁：如果不肯帮忙，就要告发他。我以前不知道此中秘密，就让你和其他老乡都给高震环送鹅毛，唉……那高震环见前来送鹅毛的人越来越多，愈发不安，便起了杀心。"

林范感慨：幸亏自己昨晚喝醉了酒，睡过了头，否则只怕也要在山庄丧命了。

后来，林范和吕永去巡抚处告状，那巡抚经过查证将高震环革职查办了。之后，吕永还钉祸补锅，林范还吹他的糖人，他们都感叹以后做人不可太贪心……

（题图、插图：谢　颖）

· 本刊信息传真 ·

故事会■新浪 微故事大赛

7月征集主题：对手

篇幅最短、含"金"量最高的故事，等待你的挑战！

《故事会》杂志和新浪微博（weibo.com）联合主办微故事大赛继续进行，邀请各路故事名家、草根英雄和世外高人展开较量！

本次大赛所有作品通过新浪微博平台征集（搜索#微故事大赛#），每月一个主题，当月设金奖1名，奖金1字10元（字数低于120的按120字计），银奖2名，奖金1字5元，另设年度奖项。优秀作品将在每月的《故事会》上刊登，并结集出版。5月病的故事结果已经揭晓，详情请登录故事中国网（www.storychina.cn）查看。

7月微故事征集主题：对手。学习、工作、恋爱、商场、战场、官场、买菜、乘车、下棋，人生处处有对手，对手可以是动力，是伙伴，是恩人，也可以是……正文字数在130以下，力求情节出人意表，立意隽永深远，文字鲜明生动。本月的微故事达人或许就是你！截稿日期：7月21日。（本期刊物特别选登5月微故事大赛优秀作品，详见P87）

缘分，天注定？不，不，缘分，掷骰子决定……

爱情骰子

□ 刘振涛

雅楠是个离异的女人，有个四岁半的女儿，叫晓晓。周末，她带晓晓到公园玩，没想到撞上了一家婚恋网站在线下举办的户外相亲活动！

一位礼仪小姐给雅楠递过来一张传单，雅楠一看，笑了，上面写着参加这个活动的男性要收费，女性参与互动是免费的。想想自己离婚两年多了，加上礼仪小姐积极鼓动，雅楠心动了，便同意试试。

可一细看，雅楠呆了：这里竟然是掷骰子选对象，这不是撞运气吗？礼仪小姐给了雅楠一个核桃大小的骰子，没想到被女儿一把抓过去，当成玩具了！

这个骰子六个面，每一面都刻

有一只鞋子，有军靴、运动鞋、布鞋、皮鞋、凉鞋和拖鞋，不同种鞋代表着不同群体。礼仪小姐笑吟吟地解释说，婚姻如穿鞋，合不合适只有脚知道，雅楠想想也对。

礼仪小姐见孩子不撒手，就建议说："不如让孩子掷骰子吧，其实呀，说是给自己找另一半，实际上这一半也是给孩子找的，您说呢？"

雅楠听了一怔，听似随意的一句话，其实很有道理，她上两个男友，就是因为不喜欢孩子而和她分手的。

雅楠哄着女儿晓晓将骰子往大红绒布上扔去，骰子滴溜溜转了几圈后，停下，朝上一面的是一只布鞋！小姐说："布鞋代表着农民，您如果不喜欢，可以重新掷一次，每人只有投掷两次的机会。"

雅楠心想：这碰运气的事怎么能认真呢？她笑着说："我女儿选的，就不改了。"随后，晓晓在另一场地，把骰子投向滑道。一阵碰撞后，一枚标有数字"40"的骰子被撞了出来，礼仪小姐拿起骰子递给雅楠："看来跟您很匹配，这个数字是对方的年龄，我们去下一个场地吧，再有几个环节，你就会和对方面对面了。"

最后一个环节，晓晓手里换成了一颗带着点数的骰子，足有小碗大小。礼仪小姐带着她们来到喷水池旁，水池边上有六个男士在等待着。这六个男士都是西装革履，他们齐刷刷的目光全落在雅楠身上。雅楠面对六个男人，脸顿时红了，因为这是最后一个环节，她将和其中一个男子把关系发展下去。

礼仪小姐向雅楠介绍规则："这是最后一关了，具体是……"没等小姐说完，晓晓就动手了，可没想到这一回晓晓扔偏了，骰子在盒子边打了个转，飞向了喷水池，"扑通"一声，掉到了水池里，几个人忙上前察看。

雅楠距离喷水池最近，她看到那枚骰子落在水里的台阶上，显示的点数是"3"。可等他们围过来时，

那枚骰子随着水流滚落到了深处。就在这时，晓晓已经从栏杆里钻了进去，站在水池边，伸手要去抓骰子。

雅楠大惊失色，这个水池少说也有一米半深，掉下去可不得了，她急得大喊："晓晓，别往前走……"

糟了，晓晓"扑通"掉进了池子里。说时迟那时快，只见一个男子衣服也没脱，越过栏杆跳了下去，好一会儿才抓住晓晓，把她托上来。可是晓晓没了动静，呛水对孩子来说很危险。男子二话不说，抱起晓晓，直奔医院。因为被及时送到医院，晓晓没有生命危险了，雅楠这才想起男子，对他说："真不知道该怎么……"

男人笑笑，摆了摆手，脱下西装用力拧着水，嘴里不由自主地嘀咕着："倒是衣服还是借的，这怎么还给人家啊？"

雅楠马上想到，骰子选择的是农民，只是没想到他拮据得连衣服都是借的。雅楠踌躇了片刻，说："我在干洗店工作过，交给我吧，洗好后明天我给您送过去，行吗？太对不住您了……"男人似乎很大度，说："没关系，孩子没事了，我就回去了。"

雅楠再三道谢后，来到医生办公室，准备去交款，可医生说："刚才你老公不是交了1500元吗？孩子

不严重，估计明天就可以出院了。"

雅楠很感激，但她奇怪一个借衣服穿的农民，身上怎么会带那么多钱？医生又说，男子是刷卡交费的。

第二天，雅楠刚收拾好东西，准备出院，就见那个男子进来了："孩子好些了吗？怎么不多住几天观察观察？"雅楠知道，他关心的是他垫付的钱，也难怪，不知道是怎么省吃俭用攒的呢。雅楠急忙说："一会儿我们一起去银行，取了钱就还你……你也不容易，真不知道该怎么谢你。"

男人一愣，表情很复杂地答应了一声。雅楠马上补充道："我不是那种势利的女人，无论你是穷还是富，我都当你是朋友，你人真的很好。"

出了病房，雅楠拦了一辆出租车，正要上车，身后一阵喇叭声，一辆簇新的别克停在跟前，那男人从车窗里伸出脑袋："自己有车干吗还打车？晓晓，快跟妈妈上车。"

雅楠愣住了："你的车？"男人点点头："是啊，怎么了？"

雅楠又问："你不是农民吗？"男人又点点头："没错啊，我是农民。"

雅楠穷追不舍："那……衣服是你借来的？"雅楠的意思是：你连一件衣服都是借的，怎么会有车？

男人笑了："平时我不修边幅，可是昨天朋友硬是让我穿他的西装，说是相亲现场一定要庄重些。"

雅楠卡壳了，她没再说话，抱着晓晓上了车。车上，男人对雅楠说："你把我当成很穷的农民了吧？我有个火鸡场和一个养猪场。"

雅楠有些闷闷不乐："我不大喜欢和有钱人来往，晓晓的爸爸一有了钱，就跟一个年轻女人走了。"

男人看雅楠眼里有了泪花，便想解释："雅楠，你别……"

雅楠一时疑惑，问："我没……你怎么知道我的名字？"

男人苦笑了一下，说："你还记得一个月前，你给人送过机票吗？"

雅楠怎么能不记得呢？就是因为那件事，她被公司辞退了：一个月前，雅楠在一家大型连锁干洗店上班，她无意中在客人送来的一堆衣服中，发现了一张机票。她看到上面距离登机的时间只有不到两个小时，着急了，她一咬牙，跟单位请了一小时假，花了八十多元钱打车赶去了机场。

很快，机场播音室不停地重复着寻找失主的广播，终于，一个男人匆匆赶来，在他接过机票时连连道谢："太感谢了，我已经补不到票了，如果我今天赶不过去，就违约了，后果严重啊！"说着，他掏出一叠钱塞给雅楠，但是她无论如何不肯

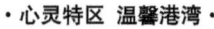

收。登机口马上关闭了，男子问了雅楠的名字，又掏出相机，不管雅楠是否同意就拍了一张照片，说回来一定找她。

就这样，雅楠耽误了回去上班的时间，被管理严苛的公司给辞退了。想起这事，雅楠百感交集，可她奇怪："那人又不是你，你怎么知道的？"

男人说："他是我的好朋友，后来他回来了，却找不到你，给我看了你的照片，我就记住你了。昨天在相亲现场，我一眼就认出了你……"

看来这个男人很真诚，雅楠感觉自己的脸红了。

就在这时，男人突然急刹车，一把抱过晓晓，问："喜欢叔叔吗？"

晓晓笑着点头说："喜欢，你是不是想做我爸爸？"

雅楠呵斥道："不准胡说！"

男人突然转过身子，问道："雅楠，我想知道，骰子落到水里，你看到的点数到底是多少？昨晚我一夜没睡好，今天就是求证来了……"

雅楠一听，为难了，因为她不知道这个男人编号是多少，如果她看到的骰子点数和这个男人的编号对不上，不但他失望，自己也会失望的；可如果不说，可能就是他的一个心结，也是自己的遗憾！

男人看雅楠不说话，追问道："告诉我吧，不管那点数是不是和我的编号一样，我都会喜欢晓晓的。"

雅楠的脸顿时红起来了，话说到这个份上，她不得不说："是3点。"

话音未落，男人双手扳过雅楠的肩膀："3点？真的是3点？"说着，他从口袋里掏出一个金属编码牌，上面刻着一个红色的"3"！"哈哈，我太幸运了！"说着，他竟然放肆地在雅楠的手背上亲了一下……

雅楠不好意思地和男人对视一眼，都笑了，她这才想起到现在还没问男人的名字呢。雅楠觉得缘分这个东西真厉害，一个爱情骰子，就把她的世界弄了个七颠八倒……

（题图、插图：张恩卫）

本期主题：选女婿的故事

话说丈母娘挑女婿，路数百般样，越挑越严格。殊不知，古往今来，丈人挑女婿，方法也多着呢！

财主选婿猜灯谜

古时，有一个财主，他有一个貌美如花的女儿。财主一直想为女儿招一门绝好的亲事，上门说亲的人络绎不绝，不乏达官贵人，但财主还是拿不定主意。

到底该如何为女儿找个好夫君呢？财主百思不得妙法。

一日，一个智者给财主出了个主意。他让财主办一次灯会，灯会上出一道谜题，谁先答对谜题，方显才气过人，定能与财主之女结为上佳连理。

不久，财主当真办起了灯会，选起了女婿。他在一盏灯的三面都贴了纸，还有一面没有贴，让来者猜，来者想破脑袋都想不出个所以然来。这时，一个破衣乞丐走来，径直走向那盏灯，撕下那三面纸，扬长而去，最后他娶到了财主的女儿。

这究竟是怎样一道题呢？原来，若要问财主答不答应嫁女儿，答案就在谜底里：三思（撕）而行。

县官选婿比口才

有个县官，能言善辩，想用口辩的方式，为女儿选一佳婿。他贴出一张告示：凡能辩胜他者，愿将女儿许配之；若辩输，打二十大板。

头一天，一位公子来对辩。县官问："公子从何处来？"公子答："自然是从府中来。"县官问："你可曾禀告双亲？"公子答："本公子谁都管不得，怎用禀告双亲？"县官说:"为人儿女的,婚姻大事必告知双亲。你是大不孝呀!"公子目瞪口呆,无言辩驳,便被罚了二十大板。

第二天,一位跛足郎中,背着药箱,来对辩。县官问:"你是干什么的?"郎中答:"祖传秘方,行医济世。"县官问:"身背何物?"郎中答:"此是药箱。"县官问:"箱藏何物?"郎中道:"我箱中藏百药,能治百病。"县官大笑道:"呵!既是箱中百药,能治百病,那你的足跛了,为何医治不好?"郎中哑口无言,也被罚了二十大板。

第三天,一个屠夫来答辩。县官一看,根本不把他放在眼里,顺口问道:"喂!你知道本县的头颅有多重?"屠夫说:"足有五十斤。"县官说:"乱讲!本官全身不足百斤,头颅怎有五十斤呢?"屠夫听罢,刷地从背后抽出一把锋利的大屠刀说:"你不信,待我割下你的头颅称一称吧!"他边说边走上前去。县官吓得浑身发抖,连连后退,忙说:"不要割,我认输了!"

就这样,县官只得把宝贝女儿许配给了他瞧不起的这位屠夫。

从前有个仙人,从老鹰嘴里救下一只小老鼠。他施法将小老鼠变成了自己的女儿,对她百般疼爱。等到女儿成年,仙人便想为她选一个天下最有能力的夫婿。

·岁月流金 一脉相承·

仙人想,天下万物皆依赖太阳生长,太阳可谓是天下最强。仙人对太阳说:"太阳,你最强,我要把宝贝女儿嫁给你!"

太阳很高兴,正得意间,太阳却被云遮住了。云说:"我能遮住太阳,我比太阳强!"仙人连连点头,对云说:"云,你最强,我要把宝贝女儿嫁给你!"

云也很得意,可正要答应时,一阵风吹来,云散得无影无踪。

仙人想:风能吹散云,风才是最强的。于是,他对风说:"风,你最强,我要把宝贝女儿嫁给你!"

风开心地吹着仙人回家办喜事,但仙人进了屋,风却被墙挡住了。仙人顿时明白,墙比风更强!

仙人告诉女儿,要选墙当女婿,女儿急得直摇头。仙人说:"女儿,我想为你找个最强的丈夫,你说还有谁比墙更厉害呢?"

这时,一只老鼠从墙角破洞而出,女儿见了笑开了花。仙人一见,最厉害的墙,竟被老鼠钻破了!大悟道:"原来,最强的是老鼠啊!"

于是,仙人把女儿又变回了老鼠,让他们成了亲。

仙人嫁女选鼠婿

玉帝选婿找外地

玉皇大帝有七个女儿，六个女儿都有了如意郎君，只有小女儿还没嫁出去。玉皇大帝下旨，要为小女儿选择乘龙快婿。

消息传开，登门求亲的人接踵而来。可是天宫里的天神天仙、天兵天将……总计不下数千人，没有一个能使玉皇大帝称心如意。因为他对天宫里每一个人的细枝末节，都知道得一清二楚。这些人的优点，玉帝都知道，而他们的缺点自然也逃不过玉帝的眼睛。

玉帝选婿一连选了三年，还是找不到理想的女婿。后来他派赤脚大仙走遍天涯海角，把人世间忠孝两全、才貌出众的人统统推荐上来。

赤脚大仙跑遍五湖四海，经过多方调查筛选，推荐了一个叫董永的年轻小伙子让玉皇大帝亲自过目。玉皇大帝看后哈哈大笑，称赞道："这个人尽善尽美，孤表示万分满意！"

天宫里众仙人对玉皇大帝选女婿一事愤愤不平。太白金星写了一首打油诗进行讽刺："玉皇大帝选女婿，外地找来才如意。欲问奥妙在哪里？只缘情况不熟悉。"

有的后人认为这个办法好，在选人用人上一直以此为例，沿袭至今不变。

先生选婿巧出题

有个教书的严先生，教了个学生叫李礼。李礼是庄稼人的孩子，聪明好学，严先生很喜欢他，想招他做女婿。

严先生的女儿叫严燕，活泼大方，她有意让父亲考考未来的夫婿。

这天，李礼来了，严燕则调皮地躲在屏风后面偷看。

严先生对李礼说："我有意将女儿严燕许配给你，但还得先考你一考。"李礼答应了。

严先生想起那年夏日，一只老鼠热得趴在私塾的屋梁上乘凉，正巧李礼看见，便灵机一动，悄悄在粉墙上画了一只张牙舞爪的大猫。老鼠见了，吓得慌忙逃回洞里。想到这里，严先生出了一联："暑鼠凉梁李礼描猫驱暑鼠"。

李礼踱着步想了一阵，发现屏风后面好像有人在看着他，他突然想起有一次见到一个姑娘拾起石块轰赶一群偷吃稻子的鸡。他微微一笑，答道："饥鸡盗稻严燕拾石击饥鸡。"

严先生笑着赞道："妙！但你怎么知道那姑娘是严燕？"

李礼说："因为那姑娘和屏风后面的人长得一模一样！"

严燕顿时羞红了脸，严先生哈哈大笑："看来你们早有缘分！"

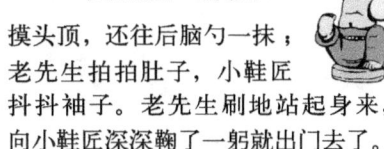

员外选婿识暗语

从前有一天，有个小鞋匠，弄脏了手，便顺手撕下墙上贴着的一张带字儿的纸来擦。突然跑上来几个男人，一边一个架着小鞋匠就走，小鞋匠惊恐地大嚷："你们干什么呀？我可没干坏事！"其中一个男人说："你是没干坏事，是我们这里有好事等着你呢！"就这样，这几个人把小鞋匠一路架到了员外府上。

小鞋匠蒙头转向间，进来一位老先生。老先生举起右臂，对他伸出一个大拇指，小鞋匠急忙伸出食、中二指；老先生又伸出三个手指，小鞋匠就伸出五个手指；老先生摸摸发白的眉毛，小鞋匠摸摸头顶，还往后脑勺一抹；老先生拍拍肚子，小鞋匠抖抖袖子。老先生刷地站起身来，向小鞋匠深深鞠了一躬就出门去了。

老先生对员外说："恭喜员外，终于找到了佳婿！以前那么多后生，谁也没有这个男娃学问深。"原来，小鞋匠用来擦手的纸，是员外贴出的招亲帖！

员外高兴地问："您都问了些啥呀？"老先生说："我说'佛爷一尊'，他说'二位菩萨'；我说'三皇治世'，他说'五帝为君'；我说'白眉老祖'，他说'元始天尊'；我说'大肚弥勒佛'，他说'袖吞乾坤'！这学问简直是没得说！"员外大喜，立刻吩咐，明日成亲。

第二天，洞房之夜，小姐怎么看这个夫婿也不像有学问的人，就问："昨天，我家先生都考你什么了？你又是怎么答的，说来给我听听。"小鞋匠笑道："其实也没什么呀，他说：'掌一双鞋！'我说：'两毛钱。'他说：'三天就要！'我说：'非五天不可！'他说：'眼下等着穿！'我说：'抛到脑后，想都别想！'他又说：'要猪肚子皮的！'我说：'猪爪子皮爱掌不掌！'然后，他就行了个礼走了，今天你父亲就把你嫁给了我。"

这小姐一听可气傻了眼。

（本栏插图：陆小弟）

阿

送快递

□ 梅永远

好奇怪的地址

这年头找个工作挺不容易的，不是笔试就是被鄙视。阿P好不容易过关斩将，才找到了一份快递员的工作。

阿P进了一家叫做"斯通快递"的公司，他一开始觉得这公司名字挺洋气，也挺配他"阿P"这样的洋名字，后来自己琢磨几遍，发现这公司的名字有点问题，很容易让人误解为"私通快递"。

于是，阿P便去找部门经理"光头强"反映了这个问题，光头强挠着光光的脑袋，想了想说："你这样一说，还真是有点歧义呢，看不出来，你阿P还是挺有头脑的嘛！如果公司换名字，你有什么好建议吗？"

阿P煞有介事地想了想，说："我觉得'P通快递'这名字不错，'屁'像一阵风，来去都无踪，又有很强的扩散和影响能力，与我们快速、高效的服务口号很匹配。"光头强愣在那里瞪着阿P，好半天才蹦出一句话："这名字好是好，就是味有点大吧！"

公司换名字的事情暂时搁到一边，阿P的业务开展得如火如荼，很快，他在所负责区域的客户中声名远扬了，大家都知道有个跑得比屁还快的阿P。于是，他的活儿也越来越多。

这天，阿P接到一个客户电话，让他去青年路55号收一个快递。阿P正好在附近，十分钟之内便出现在客户面前。客户是一个穿着碎花睡衣的漂亮女孩，她将一个写了字的千纸鹤塞进快递袋，又认认真真地填好了快递单。阿P扫了一眼收件地址，是本市的合巢路55号。对方也是55号，有点意思。同城快递，阿P收了这个女孩6元钱，便匆匆离开了。

按照公司规定，同城快递是要先送回公司扫描，然后再进行派送的。阿P没想到，他中午将这份快递送到公司后，很快又分发到他手里，他顿时愣了，问分拣员："我的地盘我熟得很，这个合巢路肯定不在我的区域，我从来都没听说过这条路呢！"

分拣员头也不抬地答道："合巢路就是现在的青年路，前些年改名的，很多人都不知道。"

这一下阿P可呆住了：合巢路就是青年路，那么，合巢路55号和青年路55号就是同一个地址，那个穿睡衣的女孩就是自己给自己寄快递，她不是有毛病吧？

触不到的恋人

当天下午，阿P满腹狐疑地将快递又送到了青年路55号，这次阿P又吃了一惊，开门的不是那个穿睡衣的女孩，而是一个戴眼镜的男人，阿P想看看他们到底要闹啥样的幺蛾子，就站在门口观望。"眼镜男"签收了快递，用手握着拳头，兴奋地说了句："太好了，她给我寄东西来了！"

阿P惊异地看着那男人迫不及待地拆开快递袋，欣喜若狂地取出那只千纸鹤，又贪婪地读完上面的字，然后，那男人对阿P说道："师傅，你先别走，我再寄个东西给她。"

说着，那男人一溜小跑，从屋里拿出一条紫色的手链，又写了一张便条，装进了快递袋，又填好了快递单，寄件地址是合巢路55号，收件地址是青年路55号。阿P瞪着眼睛看着他，忍不住说道："先生，你不知道这两个地址其实是同一个地方吗？你这不是寄快件，这是玩回旋镖呢！"

"眼镜男"笑了："你开什么玩笑？你没看到吗？她从青年路给我寄来千纸鹤，我们还从来没有见过面呢，而且，我是一个人住在这里的。"

阿P无可奈何地封好袋子，收了钱，心里说：算了，你们有毛病，你们就折腾吧！反正我还能多拿点提成呢。你们愿意视金钱如粪土，我就愿意视你们为化粪池！

第二天上午，阿P将快递又送到了青年路55号，这次开门的又变成了那个"睡衣女",她收到手链，抿嘴一笑，说道："他还真是个有心人！"然后，女孩又转向阿P："你先别走，我再给他寄个东西！"

这次，"睡衣女"从屋里拿出了一把剪刀，阿P吓了一跳，"睡衣女"却把剪刀伸向了自己，"咔嚓"一下，她剪掉了自己的一缕头发，小心地用纸包好，装进了快递袋。阿P探着头打量了一下这个屋子，他确定这女孩和"眼镜男"住的就是同一个房子，可他们各自又信誓旦旦地说是一个人住的，这……这不是天方夜谭吗？

这简直太折磨人了，阿P的好奇心就像是水里按不下去的葫芦，他问"睡衣女"："只有你住在这里吗？"

"睡衣女"轻快地答道："不是啊，还有汤米。汤米，出来吧！"

阿P心想：这才像话嘛，那个"眼镜男"应该就是汤米了，这一男一女不过是合伙逗他阿P玩而已，现在这世界，啥样的怪事都有！

正想着，汤米出来了，还摇着尾巴，阿P又一次愣在了那里，原来汤米是一条狗！阿P无奈地叹了口气，试探着问道："还有没有其他人了？狗不算，猫不算，蟑螂、蚊子、苍蝇都不算啊！"

"睡衣女"摇摇头："那真没了。"

阿P追问："你难道真的不知道青年路和合巢路其实就是一条路？"

"睡衣女"张大了嘴巴："真的吗？我是最近才租这个房子的，我不知道啊，你没骗我？可是我给他寄过东西，他也给我寄过东西，而我们从来没见过面，真的没见过面啊！"

阿P简直不知道说什么好了，这不是胡扯嘛！他明明是把快件从这个地方收走，又重新送回到这个地方的，而住在同一个房子里的两人都说彼此没见过面，而且都说自己一个人住，这到底是怎么回事呢？看来，只有一个解释：他们在要阿P！

这个装有头发的快递送到公司扫描后，阿P下午又将快递送了回去。那个"眼镜男"收到头发后，激动地将头发凑到鼻翼下，嗅了又嗅，一副迷醉的样子，说："太棒了，还带着她的芳香、她的体温、她的……"

阿P打断他的话："别闻了，你们玩够了吧？我就像个小丑，被你们逗得团团转，好吧，我告诉你，合巢路55号，就是现在的青年路55号，你们俩到底在玩什么把戏？"

"眼镜男"看着阿P一本正经的样子，想了好半天，小心翼翼地问道："合巢路后来改名字了？"

阿P"哼"了一声，"眼镜男"忽然大叫一声："啊，难道、难道……"

阿P嘲讽道："难道穿越了？"

"眼镜男"一拍大腿，嚷嚷着："差不多吧！你看过电影《触不到的恋人》吗？两个人生活在不同时空，可以通信，却无法见面。我是几年前住在合巢路55号的，后来我搬走了，路改名了，现在的房客，就是那个女孩，搬了进来，无意中我们取得了联络，却无法见面。你能告诉我，那个女孩长什么样吗？"

阿P像是看着怪物一样，懒懒地说："都是千年的王八，你跟我玩什么忍者神龟啊？你糊弄三岁小孩？"

"眼镜男"略一沉吟，说："也许——这个屋子就存在平行空间呢！"

阿P摆摆手，说："算了，你就棺材里烧纸，糊弄鬼去吧！我也不想管了，这次你想寄什么东西？"

"眼镜男"嘴里嘀咕着："我耍你有什么好处？我还得掏快递费呢！而且这次，快递费还不少呢！"

这次，"眼镜男"寄了一个大件，是一个大套娃，快递费要二十块钱。

阿P晚上回家后，跟小兰说了这件奇怪的事，小兰也不相信所谓的"平行空间"，但是这两人好好的为什么开这种玩笑呢？讨论了半天，小兰说道："没有别的解释，这两人肯定是脑子有毛病了。"

阿P犹疑地说："看着挺好的，怎么会有精神病呢？"

太气人的测试

第二天上午，阿P将套娃送到了"睡衣女"那里。"睡衣女"这次寄了一个更大的东西，是一幅真人大小的自画像，快递费六十。阿P收了这个包好的画像，扛着画框在马路边走，走着走着，突然，阿P灵光一闪，觉得这里面似乎有个规律：他每次上午来这里能见到女孩，而下午则能见到那个"眼镜男"。阿P懒得将那么大的画框送回公司了，他决定利用一下这个"规律"，于是便在附近找了个熟人开的烟酒店，

寄存了一下。下午的时候，阿P又赶了回来，扛着画框送到了青年路55号。一切如旧，这回，开门的果然变成了"眼镜男"。

奇怪的是，这次"眼镜男"没有再寄东西给"睡衣女"了，难道这场穿越时空的爱恋已经告吹了？

回到公司后，阿P将快递费交到了财务，这时，光头强忽然冒了出来，拍着阿P的肩膀说："表现不错啊！"

阿P一愣："怎么了？"

光头强乐呵呵地说："记得吗，上回你提了公司要改名的建议，我跟老板说了，老板给了八个字：'P通P通，狗屁不通。'他还说你想在公司名称中加入自己的名字，说明

你有私心，于是决定要让你接受测试——他安排了两个人演戏，看看你到底会不会将快递费私吞。你没给我丢脸，即使东西不方便拿回公司扫描，你还是老老实实把钱交回来了。"

阿P有些窝火："这么说，你们都是在耍我？根本没有什么《触不到的恋人》这回事？"

光头强咧着嘴说："其实那两人是老板的小姨子和内弟。老板原来只是想通过相隔不远的地址寄收快递，来考验你会不会干私活，但是他小姨子是电影学院的，她坚持要自导自演一场戏来锻炼她的演技。"

阿P将包一扔，嚷道："既然没有信任，我就只好解任，老子不干了！"

光头强赶忙说："别生气，阿P，你已经通过考验了。"

阿P轻蔑地说："虽然没有触不到的恋人，却有触不到的员工，我就是你们公司永远也触不到的员工了。"

走出公司，外边阳光灿烂，丢了工作，阿P原本很郁闷，转念一想：离开了这样的公司，我应该庆幸。再说，这样离奇的故事我应该把它写下来，也许，我还是个当作家的料呢！想到这里，阿P又高兴起来……

（题图、插图：顾子易）

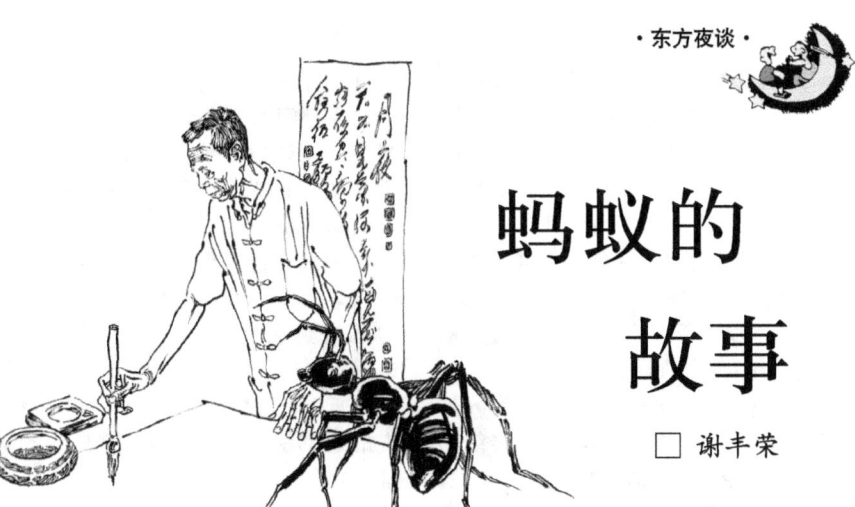

蚂蚁的
故事

□ 谢丰荣

城里来了个年轻人，自称姓昆。他广结书法界朋友，家中收藏了不少大家手笔。这天，一个男子到小昆家拜访，一进屋，就站在正中那幅字的面前，久久凝视。那幅字写的是唐代诗人刘方平《月夜》中的名句："今夜偏知春气暖，虫声新透绿窗纱。"

小昆上前问道："朋友，你喜欢这幅字？"来客回答说："这幅字笔画粗细相间，颇具灵气，实在是妙！"

小昆立即试探着问："这幅字是何人所作？"来客脱口而出："本城第一书法高手萧然。"小昆微微一笑，与来客互通姓名，来客叫马义，两人感叹相见恨晚。

马义说想买下这幅字，小昆一听，摇了摇头。马义请小昆尽管开价，小昆则断然说道："你知道我为什么将这幅字挂在客厅正中？这正说明它在我心中的重要性，我是不会卖的。"

马义却不死心，连续三天登门，但小昆态度坚决：不卖！可马义第四天来时，却得知小昆明日就将把这幅字卖给一个胖老头。

马义不满地向小昆讨说法，小昆支吾着说："马兄，我们一见如故，理当割爱相让，只是这幅字自有渊源，我……"马义想了想，说："生意不成仁义在，我在家备了一杯薄酒，不知昆兄肯不肯赏脸前去，一醉方休？"小昆觉得马义值得深交，就答应了。

到了马义家，小昆一看，他也收藏了不少字幅。那天晚上，两人边赏边饮，好不痛快。小昆随身带着那幅《月夜》，到半夜时分，他将字幅取出展开，趁着酒意问："不知马兄为何一定要买下这幅字？"

马义见到字幅，脸色一沉，他沉吟良久，讲了一个故事——

有个老书法家，以一幅绝妙的字闻名遐迩。那幅字用笔与传统手法大相径庭，让人过目难忘。不过，后来却传出一条奇闻，说他那幅字并非本人所写，而是他精心饲养的一窝蚂蚁"爬"成的。原来老书法家不知从何处弄得十只蚂蚁，又大又黑，都非凡品。他用一种特殊的药物喂养蚂蚁，以"药"诱"蚁"，故使蚂蚁能按人的意图"爬"出字来。

有人还说，老书法家有一支大毛笔，笔管正是蚂蚁的巢，到他写字的时候，十只蚂蚁就从笔管里爬出，掉进砚台，滚得一身黑墨，又跳到宣纸上爬来爬去，然后就形成了文字。

这么一来，老书法家的字就被称作"蚂蚁体"，他的名气甚至盖过了本城头号书法家苏劳。

那位苏劳，倒很大度，一天，他专门请老书法家在酒楼对饮。只是老书法家不知怎么的，喝了两三杯就昏昏欲睡，他感觉有异，便匆

匆回去了。待他精疲力竭地踏进家门，立刻闻到一股刺鼻的毒药味道，只见一窝蚂蚁都躺倒在地，老书法家气得一口鲜血吐了出来……好在还有两三只蚂蚁能微微动弹，他赶忙捧起蚂蚁，又从墙上取下那幅他成名的字，跌跌撞撞地把蚂蚁和字幅放到远离毒粉的地方，之后，老书法家气绝身亡……

听了这故事，小昆吃惊地问："你说的老书法家，可是萧然老师？而那字幅，可就是这幅《月夜》？"

马义点点头，眼睛紧紧盯着小昆，突然开口问道："这字幅，你是怎么得到的？"小昆说是捡来的。

马义笑了笑，夸他运气真好，又继续说道："萧然老师视蚂蚁为儿女，他一心要让它们沾上人气，为此还请高人在这幅作品的'气'字上施了法力，等时机成熟，蚂蚁就能转世为人，哪知一片苦心付诸东流了！"说罢，马义泪流满面。小昆也很感动，但他更想知道马义与萧然是什么关系。

正在这时，马义拉起小昆的手，说："昆兄，你是个聪明人，又有侠骨柔肠。等会儿你就会明白我是谁、想做什么了。昆兄，你帮我一把吧。"小昆将酒一饮而尽，点头答应了。

马义见状，放声大笑，对天说道："萧然老师，您待我不薄，我已将复仇大事交给好兄弟了。今后，我愿在

您坟头安家，天天陪伴着您！"说完，他将两只掌心贴在《月夜》的"虫"字上……就在这一刻，奇怪的情景发生了：马义消失了，字幅上出现了一只很大的黑蚂蚁，黑蚂蚁冲小昆不停地晃动触须。见此情景，小昆猛地明白了，"马义"两字，加上偏旁"虫"，正好就是"蚂蚁"！原来马义是萧然老师那窝蚂蚁中的一只啊！

第二天，小昆找到胖老头，说："我看你不是为自己买，不知背后那个高人是谁？"胖老头只好说是替苏劳老师买的。萧然死后，苏劳得到了那支有蚁巢的毛笔，他试着养了几窝蚂蚁，却没有一只会写字，又四处打听那幅蚂蚁体的作品，却毫无结果。

小昆听了，说："我久闻苏老前辈大名，还是亲自把字幅送给他为好。"

胖老头却为难起来，苏劳行事谨慎，陌生人他是拒不会见的，但胖老头拗不过小昆，只好在前面带路。

苏劳家气派非凡，但他目光阴鸷，见有生人，就责怪胖老头，小昆却凑到一支毛笔前，说："这就是萧然老师那支充满传奇色彩的蚁巢笔吧？"

苏劳不悦，正想下逐客令，却听小昆又说："我不光有萧然老师的字，还有……"他卖起关子来，眼光瞟着胖老头，示意不想在外人面前多言。苏劳来了兴致，连忙打发了胖老头。

小昆先取出字幅摊开，苏劳从上至下查验起来，看了很久，脸上露出喜色，却假惺惺地叹道："唉，萧然是个怪才，竟然能随心所欲操纵蚂蚁，可惜给蚂蚁喂什么药材，毒死蚂蚁不说，也毒死了自己……"说完，他让小昆拿出所带的东西。

小昆随即取出了一个小瓶，揭开塞子，一只黑蚂蚁爬了出来。小昆说，这蚂蚁正是投毒事件中幸存下来的。

苏劳很怀疑，提议让这蚂蚁写

一幅"福寿无疆"试试，小昆说，以前萧然老师写字，先要让蚂蚁在腕口处咬上一口，让蚂蚁们沾上他的血，这才能达到心灵相通。

苏劳一听，迫不及待地伸出手去，让蚂蚁爬上手腕。黑蚂蚁很不客气地咬了他一口，他一抖，黑蚂蚁掉到了砚台上，在墨汁中滚了滚，跳上宣纸，只见它在纸上时而滚动，时而滑行，时快时慢，真是妙不可言。

苏劳看得心花怒放，可看着看着，他的脸色变了，因为蚂蚁写的根本不是"福寿无疆"，而是"天诛地灭"！

这下他气得暴跳如雷，恨不能一掌拍死蚂蚁，可突然间，他感到四肢无力，头晕目眩，看着被蚂蚁咬的伤口，惊叫一声："蚂蚁有毒！"

小昆冷冷地看着他，说："苏劳，这是你罪有应得！"苏劳哑口无言。那天，他请萧然饮酒，的确下了蒙汗药，中途又借故下楼，本想潜入萧然家盗取字幅和蚁巢笔，无奈门锁严实，一气之下，在外边撒了一圈毒粉，然后赶忙离开。哪知萧然见蚂蚁死了，又气又急，竟一命呜呼了。

现在，苏劳气息奄奄，连连哀求。小昆冷冷地说："放心，你死不了的。萧然老师之所以要用药物喂蚂蚁，是因为这十只蚂蚁本身有毒，

他想去除它们的毒性，以便今后变成人不会害人。可蚂蚁的毒性又被你那把毒粉给激发了……你是自作自受，今后你的四肢都将瘫痪，只剩脑子能活动了，正好用来想想一辈子干的坏事！"

苏劳听了，说他们并无冤仇，小昆不能这样对他。小昆则咬牙切齿地说："不，我与你有不共戴天之仇！"说完，小昆自顾自地凑近字幅，看着马义所变的那只蚂蚁。小昆哽咽着对蚂蚁说："大哥，我是老二啊，我们中毒那天，你先苏醒，变成人形离开了，所以彼此都不认识。尽管我们好不容易才变一回人，但是我也决不贪恋，我们同做蚂蚁，一起去九泉之下陪伴萧然老师吧……"

说完，只见小昆伸出两手，用掌心贴到"虫"字上，顷刻间，他整个人都消失了，字幅上又多了一只大黑蚂蚁。两只蚂蚁紧紧相拥，然后相依相偎地从门缝爬了出去……

苏劳躺在地上不能动弹，他终于明白这个年轻人为什么叫"小昆"了，"昆"加上一个"虫"字，不就是"昆虫"吗？

（题图、插图：陆小弟）

母子复仇

□ 老三

哈利是一条狗，从小在牧场长大，它的母亲是一条血统纯正、训练有素的牧羊犬。母亲经常对哈利言传身教，告诉它：狗之所以能在人世间立足，是因为对主人忠诚，能成为主人的好帮手，能保护主人的生命财产安全等等。母亲的教诲，哈利牢记在心，它暗暗发誓，绝不玷污自己纯正的血统，坚定捍卫牧羊犬的尊严。

哈利长到一尺半长时，有一天，主人家来了客人，那是主人在城里的亲戚，其中有个五岁的小姑娘妮娜，一眼就相中了哈利，死活要它，主人毫不吝啬，当场便答应了。

哈利舍不得母亲，母亲严肃地说："儿子，你还能跟我一辈子？好好地去吧！记住——你是最优秀的狗，一定不要让母亲丢脸。"

哈利被妮娜抱着，上了她家的轿车。它流着泪从车窗望出去，见母亲迎风站在一个小草垛上，一句话也不说，一滴泪也没流。它晓得，母亲是在示意它要勇敢地去开创新的生活。

进城后，主人一家对哈利很好，尤其是妮娜，简直把哈利当成了心肝宝贝。哈利很快就适应了城市的生活，无忧无虑地过着日子。

天有不测风云，不久，一个突如其来的灾难，将哈利打入了深渊。

那是一个风和日丽的正午，妮

娜的爸爸出差在外，妈妈在卧室午休，只有妮娜和哈利在客厅里玩。突然，一个高大、强壮的男子闯了进来，他面目凶狠，身上有一股浓重的油烟味。他四下张望了一下，转身插上了院子的铁门，一步一步往客厅里走。

照理说，哈利应该大声叫喊，以此报警，但是它从空气中嗅出了浓浓的杀机，意识到灭顶之灾正步步逼近，它战栗了，畏缩了，呜咽了一声后，哈利一头钻进橱柜底下。

妮娜迎着陌生人大声问道："你是谁？来干什么？妈妈，有人——"

那男人伸出大手一把捂住了妮娜的口鼻，低声威胁着："不许叫，不然扭断你脖子！"

妮娜的妈妈睡得迷迷糊糊的，闻声从卧室走出来，见状大吃一惊，奋不顾身扑上来抢孩子。可她哪是歹徒的对手，一下就被推倒在地。妈妈哭着对歹徒说："你要什么，自己去拿，家里有几百元现金，就在橱柜左边第二层抽屉里。"

那男人狞笑着，走到橱柜前，拉开抽屉，将钱装入了自己口袋。躲在橱柜下的哈利，闻着他身上刺鼻的油烟味，一个劲地瑟瑟发抖。

歹徒拿了钱，却不肯离开。妮娜的妈妈央求道："你放心，几百块钱我就当丢了，我们决不会报警。"

男人叹了口气："这个城市太小了，你们很有可能找到我，我不能冒这个险。"说着，他突然伸手死死扼住了妮娜妈妈的脖颈，大概只用了十几秒钟，女人就痛苦地咽了气，随即他又残忍地掐死了小妮娜……然后，他哼着小曲，慢条斯理地离去。

哈利被吓昏了过去，不知过了多久，它醒过来，屋里挤满了警察，它知道安全了，这才爬了出来。一个警察抱起它往外走，跟另一个警察说："哟，这是条纯种牧羊犬呢，智商相当于七八岁的小孩，而且忠心护主，非常英勇，它应该同歹徒搏斗过吧？"

"我看不像，它应该是藏起来了。"

"怎么会？"

"嗨，没听中国人说过一句话？说是'龙生九子，子子不同'，再名贵的狗，也没准出个把窝囊废！"

哈利听了满面通红，臊得恨不得有条地缝钻下去。哈利被带到了警察局，很多人都围观着它，后来又来了不少记者，对着它"咔嚓咔嚓"地拍照。警察先前说的那句刺耳的话一直记在哈利的心里，它总觉得那些人在背后说着它的坏话，于是，它偷偷地逃走了。

哈利在城里流浪了几天后，决定回牧场找母亲。

到了牧场，老远地就看见一群羊在草地上吃草，它们一看见哈利，

立即"咩咩"地哄堂大笑，七嘴八舌地挖苦起来："哟！这不是大英雄哈利吗？你的英雄事迹已经四海传扬了！"

"听说当主人受到坏人攻击时，它躲进了橱柜底下……"

"哪是橱柜底下？才不是。它是躲到了脏马桶里，扣上马桶盖，弄得一身屎尿才保住了一条小命！"

"真给它妈妈丢脸呀！"

哈利头也不敢抬，匆匆往牧场里跑。到了牧场，情况更糟：不仅羊们笑话它，连那些猪、鸡、鸭、驴，也公然嘲笑它，一只蠢猪还一头拱翻了它，傲慢地说："好汉，来咬我呀！你还有脸咬我吗？你嘴里长的那不是利齿，长的是棉花糖！"

动物们爆发出开怀的大笑声。

哈利低头快跑着，终于溜进了自己的家，可是它愣了，它看见瘦了一圈的母亲无力地卧在草堆上。

萎靡不振的母亲一见儿子，眼睛里立刻喷出熊熊烈火，它愤怒地咆哮着："你是谁？上我家来干什么？我没有你这个儿子！"

"妈妈，我……"

"自从知道你的光辉事迹后，我就决定绝食到死，不活了，丢不起那人。除非你能杀掉那个混蛋，替你的主人报仇雪恨！你——走吧！"

哈利骨子里潜藏的优越基因，终于被激活了，它挺直了腰杆，含着热泪向母亲起誓："妈妈，不杀了那个混蛋，我誓不为狗！"

经过夜以继日的奔波、侦察，哈利终于弄清楚了那家伙的情况。他是个小饭店的厨子，他每天清晨五点动身去上班，夜里十点打烊后才回住处。

哈利有心同他拼命，可那家伙膘肥体壮，自己根本不是对手，怎么才能要他的命呢？还得找母亲拿主意。

回到牧场家中已是深夜，哈利惊讶地发现瘦骨嶙峋的母亲眼珠血红，嘴角流着涎液，身上有多处伤痕。母亲一见它就说："你再不来我就要离开了，咱娘俩可能再也见不到了。"

原来，几天前，一条流浪的疯狗袭击羊群，母亲奋不顾身地与它搏斗。要是在过去，制服一条疯狗对母亲来说，实在是小儿科，可这次，它因为绝食身体虚弱，虽然最终咬死了疯狗，但自己也被咬伤，感染了狂犬病毒。母亲意识到自身的狂犬病开始发作后，准备悄悄离家出走，去僻静的草原深处等死，免得发病后伤害了主人一家。

哈利听了，放声痛哭，哭了很久，说："妈妈，你干脆咬我一口吧，让我也患上狂犬病，我再去咬那个混蛋，让他也染上狂犬病死掉。"

母亲强忍着病痛的折磨，说："不

行！人类已经有狂犬疫苗了，那个凶手就算被你咬伤，只要他及时注射疫苗，就能痊愈。"

"那……我该怎么办？就这么眼睁睁地看着他逍遥法外？"

母亲要儿子将歹徒的活动规律详细告诉它，最后果断地说道："只有我亲自出手了！"说罢，它和儿子出了家门，朝城里飞奔而去。

凌晨四点多，哈利和母亲埋伏在那男人家门口的台阶下。病痛的蹂躏，加上绝食多日和长途奔跑，母亲头晕目眩，几乎不支。它说："不

行，我得马上吃些东西，否则别说和那混蛋搏斗，我连跳一下的力气都没有了。"

可是黑灯瞎火的，上哪去找食物？哈利匆匆忙忙搜寻了一圈，失望地回来。眼看就要到五点了，那男人屋里的灯亮了，哈利急了，它"扑通"给母亲跪下，淌着热泪，说："妈妈，事到如今，只有一个办法了——你把我吃了吧，吃了我才会长力气，然后把那混蛋杀了，为我的主人和我报仇！"说完，哈利没有半点迟疑，洗刷耻辱的刚毅决心，使它毅然决然地一口咬断了自己的舌头……

哈利的母亲强忍悲痛，一口一口吞吃了儿子的肉体，然后它伏在台阶下，紧闭双目，养精蓄锐，用尖利的牙齿咀嚼着刻骨的仇恨。

早上五点整，那男人哼着小曲刚走出家门，一条巨大的黑影如箭一般腾空飞来，用一口獠牙，准确、利索地咬住了他的脖子，就再也没松口。

警车、救护车全到了，人们想尽办法，甚至残忍地锯掉了狗的身子，可狗头仍然死死地咬着脖子，怎么掰、怎么撬也无济于事。

一个厨子被一条疯狗咬死了，但谁也弄不清楚，这条疯狗哪来那么大的仇恨，以至于最后只得把厨子与狗头一起火化了事……

（题图、插图：佐　夫）

窗户上的
广 告

□ 月 生

苯等有害气体。

　　刘超说他不着急住，打算明年再搬进来。刘经理听了，就有些不好意思地请求说："小刘，既然你暂时不住进来，那窗上贴的宣传单也不碍事，我就先不撕了，给我们公司做一下广告，你什么时候搬进来什么时候就撕掉，你觉得怎么样？"刘超一口答应了。

　　过了几天，刘超来新房送东西，进门没多久，就有人敲门，说要参观一下新房，看看装修情况。刘超一问，原来这邻居也准备装修房子，看了刘超窗上贴的宣传单后，特意来打听一下那公司的情况，刘超自然替公司大大美言了一番。

　　又过了两个多月，有一天，刘超正在外地出差，突然接到小区物业的电话，对方说他家窗户上贴的广告影响了小区的整洁美观，让他

　　刘超买了一套新房，他找了一家知名装潢公司做装修。装修开始后，装潢公司在他房子的窗玻璃上贴了公司的宣传单，做起了广告。

　　装修完毕后，刘超对装修质量和效果都很满意。结算时，装潢公司的刘经理主动给打了折扣，还叮嘱刘超，说刚装修完，要注意开窗通风，最好不要马上搬进来住，因为油漆涂料等多少还是会挥发甲醛、

必须在三天内清除。刘超有些意外，想说房子是我的，我在自己家的窗户上贴广告，你们管得着吗？心里这么想，但他还是客气地说："不好意思，我人在外地，这几天回不去，等我回去再说吧。"对方一听，口气严厉起来，说："如果继续张贴，根据物业公司的有关规定，需要交付1000元。"

刘超一听，就有些不高兴了：原来是要钱啊，没门！

本来，这些广告刘超又不是为自己贴的，真要交钱的话，去跟装潢公司刘经理说一下，让他支付就可以了，如果他不肯出钱就清除掉，这也没什么。但刘超觉得这是物业公司在巧立名目乱收费，万万不能助长他们的邪气，当即不再客气，质问道："你们是不是管得有点宽了？我自己家的窗户，怎么处理是我的权力，愿意贴什么就贴什么，凭什么要向你们交费呀？再说，交钱就可以贴，难道交了钱就不影响小区的美观整洁了？"

对方解释说："当然也影响，这不过是暂时的规定，以后等小区入住率达到一定标准后，所有私自乱贴的广告都是必须清除的。我们收这笔钱就是管理费，以后会用于小区的公共事业，取之于民用之于民。"

刘超心中暗暗好笑，这话鬼才信呢。哼，反正这些宣传单是贴在自家窗户的里面，我看你们有什么办法清除。他主意打定，就说："我现在暂时回不去，就是回去，我也不会交钱的。你们看着办吧。"

对方警告说："我们已经正式通知你了，如果你不听劝告执意张贴，不服从管理，那我们就会走法律程序，到法院起诉你。"

刘超气坏了，说："起诉我？好啊，我还要起诉你们乱收费呢！"说完，也不再啰嗦，就把电话挂了。

气归气，刘超出差回来后，也特意上网查了一下相关的法规条例，真是不查不知道，他怎么也想不到，原来在自家窗户上私贴广告还真是违法了。刘超不敢怠慢，赶紧打电话给刘经理，说了一下情况，把自己窗户上的广告清除掉。

为何在自家窗户上张贴广告也是违法的呢？还得听听律师的解释。

律师点评：

《窗户上的广告》中刘超确实违法，主要依据：一、违反了《广告法》，即未经审批发布广告；二、违反了市容管理条例中的规定，即不准擅自在公共空间张贴宣传品。自家的窗户属私权，但小区的外观、形象是公权，牵涉到其他业主的权益，刘超这么做就是用私权侵犯了公权，物业公司制止是有理有据的。

（题图：丁德武）

心结，这个东西，说白了就是自己跟自己过不去……

绕不开的『她』

□ 千小霞

1. "她"在婚礼上冒出来

姚心蕊是一家小文具店的老板，是个"潮女"，最近在网上"逮"住了一个同城"离婚男"，就跟他好上了，并很快到了谈婚论嫁的实质性阶段。她的心眼小，急吼吼地对那个离婚男嚷嚷着："从现在起，我不想听到、看到、联想到关于你前妻的一切信息！"那离婚男叫吕小品，在他们那个小县城的电视台当个小记者，平时对姚心蕊言听计从，一听这话，就像太监听了皇帝的圣旨，连声称是。

姚心蕊又要吕小品把她的这一规定，跟他的"狐朋狗友"宣布，省得他们以后在她面前胡说八道。于是，吕小品赶紧备了个酒局，把"狐朋狗友"请来，宣布了姚心蕊的"圣旨"，大家都说姚心蕊是个醋坛子，表示绝对"谨遵圣旨"。

姚心蕊呢，见吕小品这么听话，就答应跟他结婚了。就这样，他们选了一个好日子，来到了民政局。

民政局里，负责结婚登记的经办人是个女同志，她审核了所有材料和证件后，就在结婚证上办证机关的地方盖上公章，在经办人的地方盖上她自己的私章，"啪"，把两人的结婚证给了吕小品。

姚心蕊在布置新房的时候，别出心裁，把两本结婚证并列着装进一个镜框里，挂到客厅的墙上。吕小品看了，直皱眉头，说："胡闹！"

姚心蕊一听，撒娇着问："怎么胡闹了？怎么胡闹了？"

吕小品伸手去摘镜框，说："谁家把结婚证挂到客厅'晒'？"

姚心蕊一蹦，不让他动，嚷道："我想晒就晒，怎么了！"

吕小品又想去摘那镜框，姚心蕊大喝一声："放下！不然，离婚！"

吕小品一听"离婚"，蔫了，嘀咕了一句"随你便"，走了。

"离婚"？吕小品哪敢？他现在一门心思只盼着结婚呢。

结婚这天，客人来到客厅，看到挂在墙上的结婚证，都一个劲地夸姚心蕊："到底是年轻人，新潮！"

姚心蕊听得美滋滋的，对吕小品说："老公，看看，我说这样好吧，大家都夸呢！"吕小品不自然地笑笑，说："那是，那是。"

吕小品的一个胖哥们儿，看了一会儿结婚证，扭头对着吕小品伸出大拇指，说："大哥，牛啊！"

吕小品尴尬地一笑，赶紧制止他说话："别瞎说，这……"想说什么又停住，看到姚心蕊在身边，改口说："这都是你嫂子的主意！"

这胖哥们儿狐疑地看了看姚心蕊，跑到其他哥们儿跟前，对着结婚证嘀嘀咕咕、指指点点。其他哥们儿听了，都好奇地来到结婚证前，仔细看了看，表情都怪异起来，冲着吕小品伸出大拇指，一个字：牛！

吕小品挤出一丝笑，把姚心蕊支开后，他赶紧压低声音说："哥们儿，替我保密哦！"大家都保证绝对保密，吕小品长长地吐了一口气。

再说姚心蕊，她来到姐们儿中间，和她们聊天，这时，一个瘦姐们儿皱起了眉，她是吕小品一个哥们儿的老婆，她对着结婚证上经办人的印章，长长地"咦"了一声——

姚心蕊问："你'咦'什么？"

瘦姐们儿说："我听我老公说，你跟吕小品有规定……"

姚心蕊抢过话茬说："是啊，我跟他规定，在我的家里不准出现'她'的一切信息……"瘦姐们儿说："你这个规定现在是否还有效？"

姚心蕊是急脾气，说："不仅现在，永远有效！怎么啦？"

瘦姐们儿抬起手，指着那印章说："你看，这个是啥……"

姚心蕊看了半天还没闹明白，她不耐烦了："快说，啥意思呀！"

瘦姐们儿说："这个印章，可是'她'的名字啊！"

姚心蕊一听，她使劲对着那长方形的印章看了又看，冲着客厅另外一边喊道："吕小品，你过来！"

吕小品赶紧跑来，看到姚心蕊脸色不对劲，赶忙问："怎么了？"

姚心蕊指着那印章，问："这名字是谁？"

吕小品老老实实地回答："是她，她叫李乃花，可是……"

姚心蕊一边哭一边嚷："你为什么不告诉我？我的规定你忘记了？现在，我、你、她，三个人的名字都在这个结婚证上，我还在这里'晒'，这算啥玩意儿啊……"

吕小品争辩说："她是民政局办结婚登记的，我们绕得开她吗？"

"那你为什么不早点和我说？"

"要是早说了，你还不跟我离？"

姚心蕊又急又恼，一把将镜框扯了下来，"啪"地摔到地上。她还不解恨，用脚狠狠地在镜框上踩，又从碎玻璃里拿起两个结婚证，"刷刷刷"，撕得粉碎，嘴巴里蹦出两个字："离婚！"

2. 要想离婚可真烦

姚心蕊喊"离婚"，其他人都赶紧劝她。其实，姚心蕊也只是说说而已，见有台阶下，也就不出声了。

晚上睡觉的时候，姚心蕊发现吕小品的胸口"刻"着几朵花，她左看右瞧，问："这花是不是李乃花的'花'？你是不是心里还有她？"

吕小品信誓旦旦："不是。"

姚心蕊又盯着问："老实说，是不是？你要是承认'是'，也就算了。"

吕小品心想：说是还了得？所以，他一挺胸脯，说："绝对不是。"

姚心蕊还是不依不饶。说实在的，这胸口的几朵花，就是有一次情人节和李乃花一起去店里文的，当时吕小品还嬉皮笑脸地说："这就是'乃花'，'乃'，古文里就是'你的'意思，这就是'你的花'！"你说，这些话现在能说吗？吕小品支支吾吾地说不下去了，姚心蕊明白了，尖声喊叫："离婚，绝对离婚！"

吕小品见姚心蕊又闹离婚，心想，自己这时候必须得"拿"住她，不然，以后就被她"奴役"了，于是就喊："离婚就离婚，谁怕谁？"

没想到这么一顶嘴，第二天，两人真来到民政局，办离婚手续了。

姚心蕊看到办公桌前坐着吕小品的前妻——李乃花，心里那个别扭啊，她不想叫李乃花办理手续，就问还有谁办理离婚手续的。李乃花爱理不理地说："办理结婚和离婚的，就我一个人。"姚心蕊吵着要换人，李乃花不搭理她，冲着吕小品喊道："有什么手续赶紧办理，别耽搁时间。"

吕小品把身份证和户口本递给李乃花，说："办离婚手续。"

姚心蕊心想，这李乃花肯定要调解的，于是等着她调解，然后就不离婚了。谁想李乃花一听，"扑哧"笑了，一副幸灾乐祸的模样。吕小品责问李乃花笑什么，她揶揄地说："速度够快哦，才几天啊？"这么一调侃，姚心蕊和吕小品都气呼呼的。

李乃花看了看两人的户口本、身份证，说："还有一样，最关键的。"

吕小品和姚心蕊异口同声地问："什么？"

"结婚证。"李乃花补充道，"没有结婚证，怎么办理离婚手续啊？"

吕小品看了一眼姚心蕊，说："结婚证？她撕了。"

李乃花一听，摆出了一副公事公办的架势，说："没有结婚证，不能办离婚手续，这是规定。你们要想离，得补办结婚证，然后，结婚证我得收了，装进你们的离婚档案里，这是新规定，我和你——吕小品，离婚的时候还没有这样的规定。"

吕小品不打算离婚，看了看姚心蕊。姚心蕊其实也不想真离，她现在忽然想到离婚后还能再复婚，到时候再想办法绕过李乃花的名字，于是脱口而出："补办就补办。"

李乃花"呵呵"笑着，说："补办？好，结婚照拿来。"

两人你看看我，我看看你，都

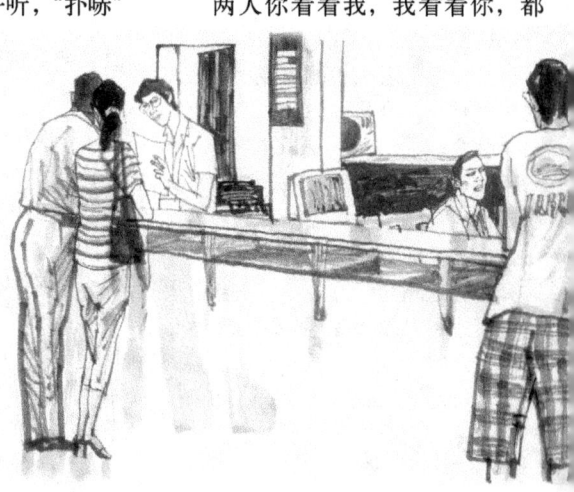

说"没有结婚照"。李乃花笑眯眯地说："再去补照一个，洗两张就行。"

两人各自拿了户口本和身份证，互相瞪一眼，离开了民政局。

他们在附近找了一家照相馆，进去照相。照相的服务员听他们说照结婚照，就说："恭喜恭喜。"

吕小品说："恭喜个屁，这结婚照，是办理离婚手续用的。"

服务员听了，诧异地笑笑，不说什么了，接着就给他们照相，叫两人摆姿势，亲昵一点，靠近一点——你说这有多别扭，拍结婚照，为的是办离婚证，还要让"亲昵一点"！姚心蕊坐在那儿，心想，只要吕小品抱她一下，她就不离婚了，可吕小品坐在那儿，压根不看她，脸上紧紧地绷着，她心里骂道：你这个死脑筋！这么想着，就踢了吕小品一脚。吕小品不搭理她，于是，姚心蕊也绷着脸，看镜头，服务员趁机摁下了快门。

照好了像，快洗了两张，两人又返回民政局。李乃花审验了他们的材料，补办了两个结婚证，又拿出两张空白的离婚证，并让两人填好离婚协议，之后，便问他们要单人照片，往离婚证上贴。

吕小品看着姚心蕊，说是没有准备单人照片，是不是还要再去补照。李乃花看看时间来不及了，就出了个主意，叫他们把刚照的相片

再洗一张，从中间剪开，这就是两人的单身照了，还不阴不阳地说了一句："这叫'一刀两断'。"

吕小品照办，把刚才的结婚照又洗了一张，然后"一刀两断"，变成了两张单身照。李乃花把两张单身照贴到离婚证上，在照片上摁上钢印，又在经办人的地方盖上自己的私章，把两个离婚证分别递给他俩，笑眯眯地说："服务不周，有事再来。"

姚心蕊拿了离婚证，心想：自己本来没打算真离婚，不知怎的，一步一步落入了李乃花的圈套，被害得离婚了，想到这些就恼火。她翻开离婚证，看到李乃花的印章，就更火了，火气一上来，她当着李乃花的面，"刷刷刷"，把离婚证撕了个粉碎，一扬手，那碎纸屑就纷纷扬扬地飘了一地。

正在这时，办公室的门被推开，一个领导模样的中年男子走进来，看到李乃花笑眯眯的，又看到姚心蕊和吕小品大眼瞪小眼的，就说："对不起哟，我们这个地方小，办理手续的工作人员少——精简机构、提高效能嘛。不过，我们对工作人员的要求是微笑服务，你们看，你们这么发脾气，她都不恼，还微笑着，是不是值得表扬？"

姚心蕊一听李乃花的"幸灾乐

祸"还值得表扬，气得甩头就走。李乃花一愣，随即看着吕小品手里的离婚证，又像劝架又像挑衅地说："你可不要撕哟！"

吕小品不搭理前妻，拿着离婚证就走……

3. 为了绕开"她"

姚心蕊跟吕小品离婚了，她想，自己跟吕小品其实也没为啥，都是因为可恶的吕小品的前妻，把自己的印章盖到了她俩的结婚证上；再说，自己当时的本意也是假离婚，可都叫那个女人搞成了真离婚，她越想越悔。

吕小品呢，他压根儿也不想和姚心蕊离婚，离婚后，他还死皮赖脸地追姚心蕊，还真做了个手术，把胸口上的花"洗"掉了。就这么一来，姚心蕊感动得不得了，没多久，两人又和好了，于是打算复婚。若要复婚，就得重新去民政局办理结婚证，可姚心蕊真不想在自己的结婚证上再出现李乃花的名字。因为这个心结，结婚的事就一直拖着。

这天，姚心蕊的一个姐们儿结婚，她跟姚心蕊说，民政局办理结婚登记手续的工作人员换了，换成了一个戴眼镜的小伙子。

姚心蕊一听到这个喜讯，赶紧拉着吕小品去民政局办理结婚证。果真，坐在办公桌旁的是个小伙子。小伙子热情地接待了他们，认真地验看了他们的证件，然后，拿出两本空白结婚证，用电脑打印上两人的信息、贴上照片、压钢印、加盖公章，最后，拿起自己的私章，摁到了经办人的地方，随即，便把结婚证递给两人。

姚心蕊接过结婚证，特意看了看经办人的私章，正方形，篆字。姚心蕊不认识篆字，就问小伙子："同志，你怎么称呼？"

小伙子说："李新杰。"

姚心蕊"哦"了一声，对小伙子说了声"谢谢"，拉着吕小品走了。

回去后，姚心蕊又把结婚证挂到客厅的墙上，并且变本加厉，把她对吕小品的规定也打印出来，跟结婚证一块装进了镜框。

结婚那天，该来的都来了。吕小品的朋友里有个洋人，这洋人是最近来中国学习汉语和书法的。他是头一次参加中国人的婚礼，看什么都稀奇，看到姚心蕊跟吕小品的结婚证挂在客厅里，以为中国原本就有这样的习俗呢。他看了一会儿结婚证，当看到经办人的印章时，不禁大声说："这章刻得好啊！"

其他人听他夸那印章，都凑过来看，可都不认识那篆字，就问那洋人："这是什么字儿？"

洋人嚷嚷着："是四个字儿，李——乃——花——印——"这声音很大，整个客厅的人都听见了，姚心蕊也听了个明明白白。

这下，姚心蕊整个身子就像定海神针一般直直地杵在了原地，脸上由红变黄，由黄变白，由白变黑，整个客厅顿时静了下来，只听到姚心蕊"呼哧呼哧"喘气的声音。忽然，姚心蕊一伸手，一把扯下挂着的镜框，摔到地上，玻璃就碎了，她从碎玻璃里拿起两个结婚证——大家以为她又要像上回那样撕了呢，谁知道她没撕，而是喊："吕小品——"吕小品赶紧应声："哎——"姚心蕊命令道："跟我去民政局！"吕小品应声答应："好——"

就这样，他们丢下客人，去了民政局。民政局的经办人还是上回那个小伙子，他看到两人恼怒的样子，问："怎么了？"

姚心蕊把结婚证"啪"地一摔，厉声问："你叫李新杰，对吧？"

小伙子点点头，姚心蕊接着又问："你给我们办理结婚证，怎么盖李乃花的印章？"

小伙子一下子懵了，不知道咋回事，但还是平心静气地解释说："是这样的，以前，都是李乃花办理的业务，最近，她身体有病，不能上班，我就替她办理业务。"

姚心蕊说："你办理就得盖你的印章么！"

李新杰摇摇头，说："是这样的，我是实习生，按照规定，不能独立办理业务，实际上经办人还是李乃花，我办理的业务，经领导过目后，还得盖李乃花的印章，但为了有点区别，她就又刻了一枚篆字的印章，到时候，一看到谁的结婚证上有这个篆字的印章，就说明是我替她办理的……"

姚心蕊听小伙子这么说，傻了，可又说不出啥理来，又气又急，又羞又恼，抬起脚来，照着吕小品的屁股狠狠地踹了一脚，骂道："我要被她缠死了！"一跺脚，扭头就走。

吕小品赶紧追出来劝姚心蕊，说："会有办法的，会有办法的。"

吕小品去拉姚心蕊的胳膊，姚心蕊一甩，不让他拉，闷着头，"嗵嗵嗵"地往前走。可一个不小心，就"砰"的一声，撞到了电线杆上。吕小品赶紧跑过来，要替姚心蕊揉额头，姚心蕊把头一扭，指着吕小品的鼻子说："死不了，你赶紧给我想办法！"

"好好好，马上想，马上想……"吕小品一边赔着小心，一边望着电线杆子发呆，突然，吕小品"扑哧"一乐，指着刚才姚心蕊撞头的电线杆，说："有办法了，你看——"

姚心蕊抬头一看，原来是个办假证的小广告，歪歪扭扭地贴在电

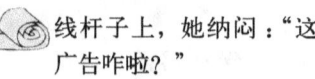

线杆子上，她纳闷："这广告咋啦？"

吕小品喃喃着："看来咱们办真证是怎么也绕不过她，不如……咱们干脆就办一个假证！"

"办假证？我们结婚可是终身大事，亏你想得出来！"姚心蕊一听这话，差点没当街蹦起来。

吕小品不急不恼，小心地解释着："你也知道……咱这种小地方，有些事都只能凑合，你看，咱们为了这事到民政局已经跑了几个来回，目的都是为了绕过她，可绕来绕去还是绕不过。其实呀，这结婚证不过就是个证明，只要咱们自己不说，谁能知道咱们的结婚证是假的啊？再说了，真的咱不也有吗？"

姚心蕊想想也是，就勉强同意了，但她还不放心，就命令吕小品："你现在就给这个办假证的打电话，问他办得像不像，'真'不'真'！"

4、还是没绕开

吕小品掏出手机，照着广告上的电话打过去，办假证的吹嘘自己办的假证比真证还"真"，上面的钢印、公章、经办人的私章什么的，都是从真证上扫描"翻刻"的，跟真证搁一块儿，谁都辨不出真假。吕小品问办一个假结婚证得多少钱，对方报价500元，不贵。

吕小品在电话里一通砍价，把价钱压到400元，又按照要求，把夫妻俩的基本资料写到一张纸上，还有两张结婚照、400元钱，装到一个黑色塑料袋里，按照办假证的电话"指示"，来到大街上。

吕小品担心办假证的弄错，在电话里再三交代："喂，我跟你说，我现在把我原来结婚证上经办人的印章给你发过去，你一定要注意，注意，再注意——千万千万不要出现这个印章，这是第一；第二是，不要让这个印章上的名字以任何形式——比如篆书、楷书、隶书什么的——出现在你给我办的结婚证上，明白吗？"

办假证的说："明白，绝对明白！不让你发给我的这个印章上的名字以任何形式出现，是不是？"

吕小品听了，还不放心，又把"李乃花"三个字用短信发过去，叮嘱对方务必不要出现这个名字，对方斩钉截铁地答应了。这时，办假证的又反过来用电话"指示"吕小品："好了，你交代完了，现在，你从新华书店大门前往北走过15棵树……"

吕小品拉着姚心蕊，按照对方的"指示"往前走着，对方又命令吕小品把装着东西的黑塑料袋放到第15棵树下，然后又命令他们继续往前走，不要回头。

吕小品拉着姚心蕊急急前行，

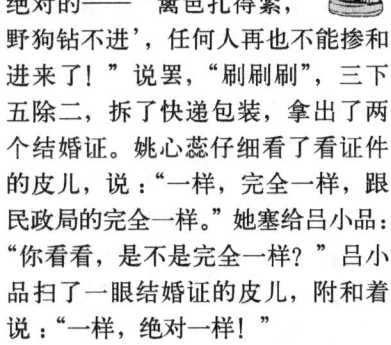

不敢回头。过了一会儿，对方打来电话，说："东西我收到了，我办好后，就给你快递过去，你把地址发到我手机里就可以了。"吕小品一一照办，做完这些，不由骂道："他妈的，搞得跟特务一样，鬼鬼祟祟的。"

姚心蕊说："只要能绕开她，鬼鬼祟祟怕什么？"

眼睛一晃，三天过去了。这天，吕小品和姚心蕊请了一帮朋友来新家玩。一会儿，快递来了，没想到还是个"到付件"，也就是收件人付费，姚心蕊一听就有点不高兴，心里嘀咕道：这办假证的也太抠门了！吕小品赶紧掏出 20 元钱，对姚心蕊劝道："也没几个钱，不要生气；再说，这里的东西这下就能绕开她了，咱们应该高兴才对。"姚心蕊一想也对，拿过快递，欢蹦乱跳地走了。

回到屋里，姚心蕊高调宣布："现在，我要把它拆开，叫大家看看，

我跟吕小品，我们之间是绝对的——'篱笆扎得紧，野狗钻不进'，任何人再也不能掺和进来了！"说罢，"刷刷刷"，三下五除二，拆开快递包装，拿出了两个结婚证。姚心蕊仔细看了看证件的皮儿，说："一样，完全一样，跟民政局的完全一样。"她塞给吕小品："你看看，是不是完全一样？"吕小品扫了一眼结婚证的皮儿，附和着说："一样，绝对一样！"

姚心蕊把结婚证贴到胸口，闭上眼睛，深吸一口气，宣布道："我要打开，我要打开了——"她"啪"一声打开结婚证，睁开眼，往结婚证上一看，立刻"哈哈"大笑，嚷嚷着："绕开她了，绕开她了。"又拿出另一个结婚证，掀开，看了看，大笑："两个证都绕开她了，哈哈……"

现在的结婚证上，经办人的地方，盖的是长方形、楷书的印章："丁一乙"。这会儿，其他人也都围了过来，问他们是怎么绕过那个"她"的，姚心蕊调皮地卖起关子不肯说。吕小品就解释说："动用了关系。"大家问他动用了什么关系，他却不说了，动用了"办假证的"关系，能说吗？

姚心蕊又搬出一个镜框，把那两个结婚证装了进去。看到绕开"她"的结婚证终于挂上了墙，姚心蕊连连说："胜利！胜利！"吕小品也挺高兴，和朋友们举杯狂欢。

时间过去了大半年，这天，一群朋友又来吕小品家聚会。这些人中，有一个是吕小品新近结识的朋友，他听说了这一对夫妻"绕来绕去"的故事，很好奇，在大家闲聊的时候，他特地走到装着结婚证的镜框前，揉揉自己的眼睛，透过玻璃，仔细地看结婚证上经办人的印章，这一看，他禁不住"咦"了一声……

这一声"咦"，和上回一样，又把大伙儿惊得心惊肉跳。众人都围过来看，只见两个结婚证上原来盖着"丁一乙"印章的地方，影影绰绰地"冒"出来三个字：李乃花！这三个字跟"丁一乙"重叠着，但能看清楚。

"这是怎么回事儿？"姚心蕊瞪着吕小品，吕小品赶紧找那办假证的电话，拨打过去，说明情况。

办假证的说："哥们，实在不好意思，给你做'证'的时候，我的助手不知道你的要求，把李乃花的印章盖上了。后来我一检查，发现了这个错误，不，是失误，就又赶紧用'消字灵'把李乃花的印章'消'了，按照你的要求，随便盖了一个印章。"

吕小品听了，火冒三丈："我问的是——现在，为什么'李乃花'这三个字又冒出来了？"

办假证的说话不顺溜了："我、我买的'消字灵'便宜，估、估计质量不靠谱，唉，假东西害死人啊……"

吕小品听办假证的说"假东西害死人"，感觉真是讽刺。本来话说到这里，吕小品挂了电话就行啦，可不知怎的，他随口问了一句："你的'消字灵'在什么地方买的？"

办假证的回答："好像是胜利路上一个叫'心语文具店'的地方。"

吕小品一听，"哎呀"一声，捂住了嘴巴，什么也不说了。他清楚地知道，这个文具店就是姚心蕊开的。

唉，其实，人这一生中，绕来绕去，最绕不开的还是自己呀……

（题图、插图：杨宏富）

2013年6月(下)动感地带答案

神探夏洛克答案：罪犯每天上厕所时，将挖出来的土一点一点地带出来，然后从厕所冲走。

疯狂QA答案：C

思维风暴答案：先把绳子的一端系在湖畔的树上，然后拿着绳子的另一端绕湖一周，回到原地后收紧绳子，这样绳子就绕在岛上的树上了。将绳子的另一端系在湖畔的树上，沿着绳子爬过去。

一个铜钱买官做，这究竟是傻人办傻事，还是聪明人亮的高招，还真不好说……

一个铜钱买知县

□ 梅旁吹笛

1. 喊官

明朝末年，宦官专权，盗匪猖獗，灾荒连年，民不聊生。

这天一大早，北京皇城西华门外来了个年轻人。这人长得白白胖胖，二十多岁，穿着件满是补丁的粗布长衫，一双眼睛却炯炯有神。把守皇城的兵勇挥手让他走开，这人却不走，只见他"扑通"一声屈膝跪下，冲着皇城，大喊"皇上万岁"，接着连续喊了三声"我要做官"。

兵勇们乐了，这唱的是哪出啊？他们立即上前让他住口。哪知这人却口口声声说自己得了高人指点，只要在皇城门口大喊三声"我要做官"，就会有人给他大官做。

兵勇们不跟他废话，当即就要捆他投入大牢。就在这时，从皇城里气喘吁吁地跑出个小太监，说是魏公公有令，把这个人带进去。

魏公公，就是魏忠贤，贵为司礼监秉笔太监、九千岁，他可是当今皇上跟前的大红人。兵勇一听不敢怠慢，只得放人。

其实，魏公公这两天正为一件事情发愁呢。原来，这阵子又到了朝廷任命各地官员的当口，其他地方的官员，大家挤破了头一个劲地哄抢，很快都补齐了，只有豫西伏牛县的知县一职，迟迟没有补缺。伏牛县虽是小县，但因为地处豫、陕、鄂交通要道，往来商旅繁忙，本是个富裕的地方。但近几年来灾荒连年，土匪横行，朝廷派出的官员要么和土匪沆瀣一气，要么治匪不力，反被土匪所杀。这样的地方，谁愿去当官？皇帝无奈之下，让魏公公酌办此事，说是只要把豫西地区的匪患治理了，朝廷将有重赏。魏公公思来想去，这事还真不好办。这天一大早路过皇城西门，正发愁呢，就听到外面有人喊着要做官。这难道是天意？

魏公公仔细打量着来人，知道这人叫孙六胖，脑子略微有点傻，不过这样正好，明白人谁愿意去那个旮旯当这个芝麻绿豆官？如此甚好，若是他官没当好，到时候朝廷追究起来，就把责任往这傻子身上推个一干二净。魏公公主意已定，当机立断："好，就他了！"

这个孙六胖，接过朝廷的任命文书，看着上面鲜红的官印，那个乐啊，谢过魏公公就要去上任。魏公公却把他叫住了，右手大拇指、食指、中指三根手指头不住地冲着孙六胖搓动着。孙六胖不解其意，一脸呆滞。魏公公急了，扯着细嗓子直嚷嚷："还不快拿银子来？"

孙六胖这才明白魏公公的意思，他翻遍了全身，几乎把衣服都脱光了，这才在褡裢的角落里发现了一枚铜钱。孙六胖举起这枚铜钱，双手递给魏公公，说："我就剩这么多了，全给你吧！"

魏公公又乐了，这货可真是个活宝啊！他接过铜钱，挥挥手，让孙六胖走了……

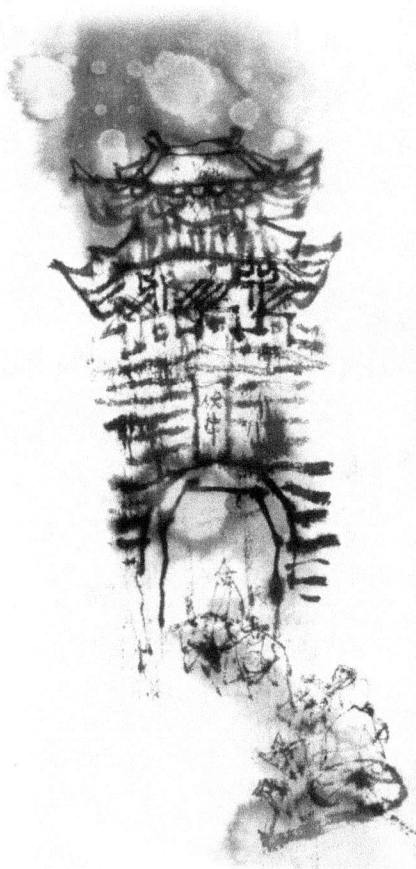

2．赌博

那孙六胖，一出皇宫，手捧任命文书，便摇头晃脑地哼起了戏文，那志得意满的样子，把看门的那个老兵勇气了个半死。看着孙六胖手里货真价实的任命文书，老兵勇的两只眼珠差点掉了下来，心里想：我看了大半辈子皇城门，还真没见过在皇城门口喊两嗓子就能当官的，这也太容易了吧？眼看着一个傻子在皇城门口大喊几声，就弄了个官做，这老兵勇清了清嗓子，也想开腔喊两嗓子，不过他想了想，到了喉咙口的声音变成了一口痰，狠狠地吐到了地上。

再说孙六胖，他刚刚走出几步，就遇见一位年轻漂亮的女子，口里喊着"官人"，向孙六胖款款走来。孙六胖抬眼一瞧，这女子他认识，名叫小芸。小芸身后，不紧不慢地跟着位五六十岁的老头，三角眼、老鼠须、一脸奸笑，两撇小胡子被他捋得油光发亮，此人名叫吕胜，是个老骗子。孙六胖一见这两人，高兴坏了，这可真是人生得意、双喜临门啊，刚刚当了官，马上就有媳妇送上门来了！

这是怎么回事呢？事情是这样的：孙六胖本是逃荒来到京城的傻小子，一进城就被玩"仙人跳"的老骗子吕胜盯上了。吕胜新买来一个要饭的小姑娘，取名小芸。利用小芸的姿色，吕胜可没少骗钱。吕胜让小芸到大街上插个草标儿，说是卖身为父治病。果然，孙六胖见小芸和自己一样，也是逃荒要饭的，而且还是同乡，一下子就把身上仅有的一点碎银子全掏了出来。这吕胜可真坏，临了，他还嫌孙六胖身上的银子太少，不解恨，就随口骗他说："现在皇帝需要人才，像你这般德才兼备之士，只要到皇城门口连喊三声'我要做官'，皇帝就会封你一个大大的官。到时候，我就把小芸嫁给你。"孙六胖本是个孤儿，自小一场大病下来，脑袋有点不开窍，心眼也少，就信以为真照做了。没想到的是，巧上加巧，正赶上魏公公需要个傻子去做官，于是，这事就成了。

今儿个，老骗子吕胜一大早上街溜达，听说皇城门口有个傻子在那里喊着要官做，心里不由得一个"咯噔"，近前一看，只见几个兵勇拉扯着一个胖子，果然是孙六胖！这可坏了，要是查出来是自己教唆他去皇城门口喊的，那还得了？这可把吕胜给急坏了。谁知过了一会儿，孙六胖竟然大摇大摆地带着任命文书，平安地走出了皇城。吕胜脑袋瓜子一转，乐坏了，心想：这人好骗，不如我就跟他一起做官去，那可是比骗子有前途的职业啊，于是，就有了前面的一幕。

按照朝廷的规矩，所有官员上任前都要到吏部报到，领取官印并登记在册。三人来到吏部衙门，这才知道，还要交三百两银子的"例钱"才行。孙六胖哪来这么多银子？吕胜咬咬牙，从口袋里掏出几张银票，又当了些东西，把这些年的家底都拿了出来，这才凑够了数，吕胜这是要赌一把了！

诸事了结，走马上任。来到伏牛县，看着破破烂烂的县衙，再一打听，孙六胖一行三人这才明白上了魏公公的当！这个伏牛县虽说有不少富户乡绅，但这群人仗着有匪患，纷纷声明打土匪都出了不少的钱，哪还有钱交税？而且土匪越打越多，老百姓都不愿意种地，愿意当土匪，种地的长工都雇不来。那就灭匪患吧，但没有钱，谁愿意冒着生命危险去拼命？

吕胜想着自己白花花的银子眼看就要打水漂，上吊的心都有了！孙六胖呢，这些天屁颠屁颠地跟在小芸后面四处游荡，还说是视察民情，哪有个知县的样子？吕胜越看越气，心说我这个老骗子，竟然阴沟里翻船，栽到了一个傻子手里！

憋了三天，吕胜都快要气死了。这天，小芸说，她和孙六胖商议之后，想出了一个好办法。这办法怎么样还不知道，不过倒是让吕胜眼前一亮，心里畅快多了……

3.拍卖

不久，县衙门口贴出了告示，孙六胖以县太爷的名义在告示上说，衙门里的所有职位都对外出售，征税的官卖得最贵，这是个肥差；剿匪的捕头最便宜，这是个苦差事。不过告示里说了，剿匪业绩按照剿灭的土匪数量统计，业绩越好，得到的酬劳也越多。此外还有刑名师爷

等，其他就连抬轿的、做饭的、看门的，全都列出了相应的价码。告示最后还说，机会难得，价高者得。

那一天，看热闹的人山人海。这还真是个新鲜事，征税的官立即有人报名要买。伏牛县虽然是个小县，但有钱的乡绅、富户不少，很多人都想买个一官半职装点门面。第二天，由吕胜主持，孙六胖在衙门大堂上公开搞起了拍卖。"税官"这个职位，有好几个人抢，给谁都不合适，那就看谁出的价格高了，最后，家资巨富的宋员外以一百两白银的价格，竟拍到了这个职位，这可把吕胜乐得喜笑颜开啰。紧接着，县丞、主簿、刑名师爷、狱卒这些油水不少的肥差也纷纷被拍卖了出去，就连做饭的也跟着水涨船高，卖了五两。吕胜高兴坏了，这么一来，买官花的本钱是有望捞回来了。

可"剿匪捕头"这一职位，虽然最便宜，还是迟迟不见有人来买，价码降了又降，还把剿匪的奖赏从剿一个匪给一吊钱涨到了一两银子，仍是无人问津。吕胜正发愁的时候，这天一大早，衙门口吵吵嚷嚷地来了一帮子人，原来是一群退伍的老兵，凑了六两银子，要买捕头这个职位。

孙六胖问："你们五六十人，谁来当捕头啊？"这时，站出来一位浓眉大眼、虎背熊腰的汉子，说叫魏定武，是这群老兵推举的大哥，愿意担任捕头。孙六胖点了点头，又不放心地问："告示上的条件都看清楚了？我可只管收六两银子，要是你们一年下来，一个匪也没剿，我可不会给你们发一分一厘的。"

魏定武听了，说："这些俺们都很清楚，只要你说话算话就行。"话音刚落，站在旁边的吕胜像是猛地惊醒似的，凶巴巴地说："要是你们杀良充匪，不但没有赏银，还要严惩不贷！"魏定武说："俺们都是老实巴交的庄稼人，这些年被土匪害惨了，前几任的县太爷只会嘴上说说，很少跟土匪动真格的，俺们早看不下去了。"

吕胜心里一动，这家伙看样子有几分本事，要是以后真的杀了不少土匪，没钱给人家咋办？不过他转念一想，立刻有了主意：三百两买官的本钱一赚够，我立即卷铺盖走人，到时候这还算个问题吗？想到这里，吕胜笑眯眯地接过魏定武交过来的六两白银，就这样，孙六胖的衙门算是开了张。

这一天，一大帮花钱买来职位的"小官"，前呼后拥地送孙六胖这位"大官"登上了大堂。孙六胖清清嗓子，正想发表几句就职演说，不料征税官宋员外抢先站出一步，操着一口河南官话开腔了："孙大人，

在其位，谋其政，俺宋进财买了这个征税官当，就得把税收工作弄好啊，这是俺拟定的初步计划，请孙大人过目，中不中还是听您的。"

孙六胖接过宋员外递上来的长篇大论，吓了一跳，这个宋员外还真不是吃素的！身为乡绅，宋员外对他们那帮人逃税避税的手段了如指掌。税收之所以征不上来，不是别的原因，就是因为全县的农户和商铺并没有准确调查过，不少农户瞒报土地面积，不少商户瞒报经营收入。以前嘛，只要到时候给县太爷上点贡，总能应付过去。这次可不同了，宋进财可是个商人，他要收回自己买官的成本啊！按照宋进财的计划，首先，要在全县开展一次轰轰烈烈的农户和商铺普查行动，把全县的情况彻底摸个底；然后，按照摸底的情况公布应纳税的数目，张榜公布纳税方式和时间，先纳者有奖，后纳者处罚，不纳者坐牢……

孙六胖没上过学，不认字呀，哪看得懂这个？他装模作样地看了看，干咳了一声，说："不用细看了，我准了。"吕胜在一边暗笑，这宋员外还真上心，这下我可省心了。

孙六胖正要宣布退堂，县丞、主簿、刑名师爷也纷纷有计划书要上报，被孙六胖一一打发走了。这时，魏定武又开了口："孙大人，俺们哥几个要刀没刀，要枪没枪，盔甲也没一副完整的，那可不中啊，总不能让俺们赤着膊跟土匪们摔跤吧？"

孙六胖听了，正想说让他们自己想办法，宋员外站出来了，说兵器盔甲的钱他可以先垫付，不过这些士兵要先借给他用来普查农户和商铺用。孙六胖乐了，立即准了……

4.妙计

伏牛县轰轰烈烈的农户和商铺普查工作率先开始了，宋员外风餐露宿、翻山越岭地搞了一个多月，终于把全县的情况统计了出来。这其中也不知吃了多少苦，眼见着一个白白胖胖的宋员外变成了一个黑瘦黑瘦的"宋干柴"，孙六胖暗暗地竖起大拇指：为了钱，真是啥人都有啊！普查工作进行得很顺利，魏定武那帮子兄弟们毕竟是行伍出身，崭新的盔甲、兵器一上身、一上手，谁敢不配合？

征税工作也顺利地开展了起来，为了提高效率，宋员外又把征税的事务划片分包了出去。宋员外发话了，征到的税按照百分之一提成，有利可图的事谁不愿意干呢？连县丞、主簿、刑名师爷、狱卒们也都纷纷放下手中的工作，加入了进来。因为农户和商铺普查的数目早已提前公布，征税进行起来并不麻烦，对那些不听话的，瞒报少报、偷税漏税的，一律交给魏定武处理。这下子魏定武的队伍也扩充了不少，从原来的五十多人，扩编到了一百多人，而且全部都配备了盔甲、兵器。因为追回了漏报少报的税收，魏定武也有了丰厚的提成。

看着一包包的银子纷纷被抬进了衙门的银库，孙六胖整天傻乐，最开心的要数吕胜了，从上任到现在，不到半年时间，征到的税收足足有一万多两，加上卖官拿到的钱，吕胜别提多开心了！

不过别忘了，这伏牛县的伏牛山上还有当地最大的一伙土匪，土匪头子谢麻子早就盯着银库直流口水了，那一天，他派出细作，探听到：衙门里魏定武的主力都被分派到各地协助征税，谢麻子决定行动。

这天夜里，伸手不见五指，谢麻子一伙趁着夜色攻破城门，四处放火，趁乱冲进了县衙。把守银库的几个士兵，哪里是谢麻子几百号人的对手？银库被抢了个干干净净。

这真是冰火两重天啊，吕胜想死的心都有了，抱着银库被烧焦的门板号啕大哭，孙六胖却把吕胜悄悄地拉到一边，如此这般地说了一通。吕胜转悲为忧，不相信地问："这——能行吗？"孙六胖笑眯眯地点点头。

第二天一大早，就传来了天大

的好消息：土匪被魏定武率领兵勇"连锅端"啦！原来，这一切都是魏定武向孙六胖献上的计谋。银库里的银子只是诱饵，目的就是把土匪引出来。伏牛山方圆五百里，群山连绵不绝，土匪藏身之处很难找，这也是历任伏牛县令剿匪失败的一个重要原因。土匪抢到大笔银子，自然是放到老巢去。这次，魏定武派了几个身手敏捷的兵勇，化装成猎户，悄悄地跟在土匪的后面，把地形摸了个清清楚楚；接着，魏定武连夜调兵遣将，把土

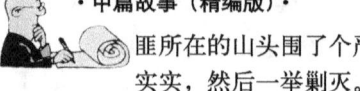

匪所在的山头围了个严严实实，然后一举剿灭。

收尾工作更加顺利，师爷又提出了化匪为民的办法，提出只要改邪归正，表示今后不再当土匪的，官府可以发给盘缠，当土匪的事情一概不究。于是，伏牛县匪患平息，土匪纷纷放下刀枪，务农去了。交通恢复，商业繁荣，税收大大增加。论功行赏，魏定武这些穷哥们也都发了财。

从土匪的老巢里，也搜到了不少财宝。在孙六胖的力主下，这些财宝都用在了接济穷苦百姓、修桥铺路上。即使这样，因为税收增加，除了上缴朝廷的税收外，吕胜和孙六胖也赚了个盆满钵满。

不料，孙六胖卖官的消息被人举报到了皇帝那里，听到朝廷要派钦差来彻查他卖官的事情，孙六胖卷起铺盖就想溜之大吉。

可没想到，在城门口却遇到了大批的百姓来送万民伞，都说孙六胖是个青天。这情景又恰好让朝廷派来的钦差亲眼目睹，于是对孙六胖大加赞赏。

一顿好吃好喝招待着，临走吕胜又塞了不少银子，这才送走了钦差。钦差前脚刚走，孙六胖后脚立即把吕胜和小芸叫到一起，关上了门，说："我们必须连夜逃走了，这个朝廷我看透了，没几天气数了，早晚要完蛋，到时候我们不是被乱民所杀，就是被更大的官搞死！"吕胜听了，摇了摇头，他不愿走，他觉得当官好，比他行骗来钱快。孙六胖就手书一道，说本知县前往各地体察民情，县衙门里一切事务授权吕胜代理。

告别了吕胜，走出城门，孙六胖拉着小芸的手，长长地出了一口气，说："多亏你的主意好，我们既办了好事，为民除匪，又摆脱了吕胜这个老鬼。从此天涯海角，我都听你的。"

小芸嫣然一笑，说："之前是因为看我可怜，你才救了我，后来你知道我是骗你的，你怎么还愿意听我的？你到底是真傻，还是假傻？"

孙六胖搂着小芸的细腰，脸上飞快地掠过一丝狡黠的笑容，随即又恢复了那副傻呆呆的样子。

钦差回朝，启奏皇帝，说豫西地区匪患平、交通畅、民生富，全靠孙六胖治理有方。皇帝大悦，予以重奖，不料孙六胖却不知跑哪里去了，这些钱最后都落入了魏公公的腰包。其实，魏公公对一个铜钱就卖了个知县的事一直耿耿于怀，最后还是找了个借口，把吕胜这个代理知县问罪杀掉了。魏公公还没来得及把伏牛知县的官职再卖一回，天下就乱了……

（题图、插图：黄全昌）

有 些 话

说一遍是陈述，说两遍是反复，说三遍是排比，反反复复说个没完是在开会。

（推荐者：小 瓜）

一说『房』就愁

- ◆ 老百姓愁住房，开发商愁售房；
- ◆ 企业家愁账房，制片人愁票房；
- ◆ 当官的愁二房，贪赃的愁班房；
- ◆ 打工的愁租房，住院的愁病房；
- ◆ 分娩的愁产房，结婚的愁新房；
- ◆ 男人们愁私房，女人们愁乳房。

（推荐者：苏 童）

春 趣

- ◆ 不脱则嫌热，脱后则嫌凉，此乃春天。
- ◆ 不送则不安，送后则不廉，此乃春节。
- ◆ 不看则失落，看后则失望，此乃春晚。
- ◆ 不乘则难归，乘后则难受，此乃春运。
- ◆ 不知则追求，知后则追悔，此乃青春。

（推荐者：莫 难）

这就是节奏

- ◆ 男人花钱的节奏是：几百，几千，几万，卡一刷，一个月过去了。
- ◆ 女人花钱的节奏是：几百、几百、几百、几百、几百、几百、几百、几百、几百？几百、几百、几百、几百、几百、几百？几百、几百、几百、几百、几百、几百？几百、几百……支付宝一按，一天过去了。

（推荐者：莲心汤）

我来吐吐槽

◆ 我想给我的手机立一个贞节牌坊，因为它从来都连不上外面的 Wifi。

◆ 我做了个青蒜炒腊肉，命名为"植物大战僵尸"。

◆ 我上辈子一定居无定所，这辈子才会"宅"得那么厉害。

◆ 我听过最明目张胆的恭维，就是把"悍妇撒泼"说成是"贵妃醉酒"。

◆ 我说"减肥"吧，只是为了吓吓身上那些肉的。

（推荐者：秦 然）

生活里的幽默结论

◆ 所谓睡货，可用八个字概括：春困，夏乏，秋盹，冬眠。

◆ 所谓放假就是：出门没钱，在家特闲。

◆ 休假就是公司让雇员离开一段时间，提醒他们：公司缺了他们，照样可以运营。

◆ 托梦才是人类历史上最早的无线通讯方式。

◆ 睡眠好不好，室友很重要。

◆ 女人一般都会碰到两个天敌纠其一生：一个叫吃不吃，一个叫买不买。

◆ 写诗其实很简单，只需要键盘上有回车键。

◆ 退一步，海阔天空；再退一步，就掉下去了。

◆ 曾以为现代文明取消了牛马以代替汽车，殊不知现代人要先做牛马再坐汽车。

（推荐者：日历棋）

足球解说员四大特点

◆ 一、像班主任，有事没事总点名。

◆ 二、像冷饮贩，一到门前就大喊。

◆ 三、像事儿妈，一个典故天天讲。

◆ 四、像小知县，偏爱一方太明显。

（推荐者：报喜鸟）

那些手，各说各的

◆ 黑手：搅一摊利益的浑水，俺变得越来越脏。因此总躲在幕后，见不得人。

◆ 插手：俺是个多管闲事的主儿，但有些事，就得让俺出马。

◆ 分手：尽管俺让人伤感，可走不到一起，俺不失为一种聪明选择。

◆ 枪手：俺以笔当枪，以考场当战场，说好听点是替身演员，说白了就是被人利用的工具。

（作者：余跃军 推荐者：驿 路）

（本栏插图：安玉民 梁 丽）

78

母爱不是记忆是习惯

阿芳隔三差五总要给上大学的儿子打电话，叮嘱这些那些，嘘寒问暖。这个习惯一直到儿子工作了，她也没改。

有一天，丈夫有急事要给儿子打电话，但手机没电，自动关机了。他赶紧用座机打，可记不住儿子的手机号码，就问阿芳。阿芳埋怨道："你这个当爹的可真行，连儿子的手机号码都记不住。"丈夫解释："我存在手机里，何必记住？"阿芳随口报："1、3……哎，是137还是138呀？"

丈夫又心急又纳闷，说："你这人怎么回事？平时没事给儿子打电话打得那么勤，电话号码十几个键'啪啪啪'两秒钟就按完了，今天我正有急事呢，你掉链子了？"

阿芳走过去，说："我帮你打吧。"

她拿起话筒，"啪啪啪"，准确无误地拨通了儿子的手机。

她把电话递给丈夫，说："我已经不去刻意记儿子的号码了，每次顺手一按，号码就出来了，习惯啦！"

习惯成自然，其实里面不知包含了多少母爱的成分。母爱，不是记忆，而是习惯。

（作者：赵盛基 推荐者：阿 紫）

四十五分钟的父女情

马克和妻子结婚多年，夫妻俩的感情很好。马克很想要个女儿，却一直未能如愿。

为了实现丈夫的夙愿，妻子冒着高龄怀孕的危险，终于怀上了一个女儿。马克别提有多兴奋了，他充满喜悦地盼着女儿出世。

然而，老天和马克开了一个天大的玩笑。在离妻子预产期还有半年的时候，马克却被查出患了晚期癌症，只剩下三个多月的生命。全家为此陷入了巨大的悲痛，但马克却乐观地告诉妻子："我一定会撑到女儿出世的那天。"

为此，马克积极地配合治疗，可病情依旧逐渐恶化。治疗过程极其辛苦，马克却始终坚持着，他

的求生意志超出了医生的想象。

几个月后，马克的情况越来越糟，但妻子的预产期还没到。这时，妻子毅然做出了一个决定，她要立刻手术，让预产期提前。

终于，女儿出生了，病床上的马克紧紧抱着女儿，用苍白的嘴唇亲吻了她，四十五分钟后安然离世。

马克曾在弥留时对妻子说："女儿长大后会问，'爸爸见过我吗？他喜欢我吗？'你要告诉她……"话没说完，马克已经慢慢闭上了眼睛。

妻子忍住泪，微笑着说："我明白，我会告诉她，'见过，他很爱你。'"

这，就是这四十五分钟的意义。

（作者：蒲 苇；推荐者：隐身白鸽）

尊重别人的恐惧

萨利是个英勇的女斗牛士，她在场上英姿飒爽，赢得了新一轮赛事的冠军。赛后，她接受了一位男记者的采访。

访谈中，萨利表现得十分得意。男记者问起她作为一名女性，为何会选择斗牛这一惊险的运动。萨利扬起嘴角，侃侃而谈。她说自己从小就是个天不怕地不怕的孩子，很多男孩甚至是男人恐怕都不如自己。萨利说得很兴奋，好几次都让对面的男记者显得有些尴尬。

采访结束后，天色已晚，男记者坚持护送萨利回家，并说自己也是顺路，送她一程不费事。萨利不屑地笑笑："你还用为我担心吗？难不成是你一个人回家害怕，要我给你壮胆？"萨利开玩笑般地哈哈大笑，男记者尴尬地笑笑，便去取车。

到家后，萨利径直走进屋内，男记者也正准备离开。可不一会儿，萨利大叫一声冲出了屋子，一下子躲到男记者身后，呜咽着说："有、有蛇！"萨利请求男记者帮忙把蛇赶走，男记者虽然不太理解如此强悍的萨利为何会怕一条小小的蛇，但他什么都没说，挽袖进屋，不一会儿将蛇抓了出来，再三确认没事了，让萨利安心。

萨利抹着自己被吓得涕泪纵横的脸，问："你怎么不笑我呢？"

男记者很诚恳地对她说："我尊重你的恐惧。"

尊重强者的优势是一种惯性的礼仪，尊重强者的弱势则是包容的境界。

（作者：吴淡如；推荐者：张志军）

（本栏插图：安玉民 梁 丽）

学写作文，从读故事开始

@**鹰翔狼啸**　局长病了，见同事们都去探望，囊中羞涩的小王只好也去了医院。局长见到小王，随口开玩笑："你是最后一个哦。"小王不由打个寒颤。半月后局长病愈出院，却不见小王来上班，便问秘书："小王呢？"秘书道："他病了。"接着又自言自语地说："他身体一向很好，不知怎么忽然病倒……"

@**光芒的故事**　父亲为了供我上大学，省吃俭用，从来不乱花钱。父亲生病，在乡下治不好，我好说歹说，带他来到广州的医院。上电梯时，父亲推托说："你坐吧，我爬楼梯。"我不知所措地跟上去，他忍了忍，问："坐趟电梯得多少钱啊？"旁边的人不住地发笑，我心头却一阵哽咽。

@**叶脉倾城**　公交靠站，一青年扒着车门问："师傅，这车到师大吗？""到！""会经过人民路吗？""经过！""能换乘13路吗？""能！快上车！"司机催促。"哦，谢谢你啊，我不搭车。"司机正要破口大骂："神经——"一个老人连喘带跑地扶上门把："还好赶得及……"

@**年少的少年事**　一群外星人偷偷来到地球考察，恰巧降落到一个书店旁，于是进去拿了一本书。外星人翻译家看了几页后脸色大变，赶紧命令收队退出地球。他向上级报告说：地球存在一种生物，不会饿，不会渴，不会困，身体素质极好，我们目前斗不过。书店里，老板发现，《妈妈的通病》一书突然消失了。

@**正版无字仓颉**　一拖拉机进城与一小车相撞，两司机都受伤入院。几天过去，伤者仍昏迷不醒，医生说都有成植物人的危险。农民妻子一次无意中说起医疗费，丈夫身体马上有了反应，妻子继续念那些数字，农民最终一屁股坐起！小车司机的家属如法炮制，却未能奏效，众人大惑不解。农民妻子一语道破："你们能报销吧？"

@**活跃的小小子**　儿子五岁这年，我第一次带他从大城市回老家。一路上

· 漫画故事 ·

我害怕 （潘胜奎 编绘）

（《故事会》漫画版精品选登）

院长，我这手术是死活不做啦！

从我一上手术台，护士就不断地说："镇定点，别害怕。"

这话不对吗？

可她是对着主刀医生说的啊！

儿子一声不吭，我以为是路途遥远、山路崎岖带来的疲劳，便问儿子："你感觉不舒服吗？"儿子答："妈，我在山里总觉得鼻子很凉爽，还忍不住大口吸气，我是不是病了？"我摸着儿子的头，却想不出怎样回答他……

@文坛初学者 病房里，他给要求安乐死的母亲跪下，再三劝慰。忽然外面传来惊天动地的哭声，原来隔壁的病人死了，家人痛不欲生。他乘机对母亲说："难道您也要让我们这么悲痛？"母亲默然不语。就这样，母亲又坚持了半年多才撒手人寰，临终时她贴他的耳边道："孩子，只要你宽心，妈吃点苦没什么！"

（本栏插图：佐 夫）

82

免费午餐

□ 安 勇

这天中午，汤姆到州法院旁边一家快餐店吃饭。刚坐下，汤姆见邻座有一位小个子男人，正准备点菜，就伸手碰了碰他的胳膊肘，说："朋友，你有没有兴趣吃一顿免费的午餐？"

小个子看看汤姆，点点头："当然了，傻瓜才不想呢！"

汤姆说："既然如此，咱们不妨打个赌——如果你赢了，你要的食品就由我买单；当然，如果我侥幸赢了，就要由你来请客。"

小个子说："这个主意倒是不错，但不知你打算赌什么？"

汤姆向餐馆里看看，用下巴指了指不远处的一对男女，说："就赌那两个人好了。我猜想，他们的孩子马上就要遭遇不幸了。"

小个子男人不解地问："你是怎么看出来的？"

汤姆没接他的话茬儿，又自顾自地说下去："依我看，他们刚办理完离婚手续，现在正吃分手饭。他们结婚十年整，有一对七岁的双胞胎儿女，男孩儿叫乔治，女孩儿叫珍妮，兄妹俩每天形影不离，但如今两个孩子只得分开了，一个将要失去爸爸，另一个将要失去妈妈。"

小个子诧异地瞪大眼睛，问："你说的不幸就是指这件事？我去验证一下，看看你猜得对不对。"

汤姆一笑，做了个"请便"的手势。

几分钟后，小个子走了回来，惊异地说："真是太神奇了，一切竟然都被你说中了，能不能告诉我，你是怎么做到的？"

汤姆谦虚地摇摇头，说："这其实不算什么，请你记住一句话——观察和思考往往能让人有意想不到的收获。"

小个子站起身，拍拍汤姆的肩

膀，去了洗手间，回来后，他提出再赌一次。汤姆大度地表示同意，问他赌什么。小个子想了想，说："这样好了，就让我来猜一猜，你的钱包装在哪个口袋里。"

汤姆纹丝不动地坐着，因为他知道，这时候，自己只要做一个下意识的小动作，也会给对方提供重要线索。

小个子开始猜了，他说："你的钱包，它曾经装在你左侧的上衣口袋里，如果我猜得没错，它应该是鳄鱼牌的，黑色的，用了好多年，拉链已经出了问题，有一个齿牙脱落了。"

这次，轮到汤姆目瞪口呆了："太不可思议了，你是怎么看出来的？"

小个子男人学着汤姆的样子，谦虚地摇摇头，说："这其实不算什么，我还知道，你的钱包此刻不在身上，它正躺在洗手间一只废纸篓下面，里面有人给你留了一张纸条……"

汤姆没有再听下去，拔腿向洗手间跑，到了那里，他果然在废纸篓下找到了自己的钱包，里面千真万确地放着一张纸条，上面写着："先生，别低估了小偷的智商，下次打赌请带足赌金！"

汤姆回到餐厅里，小个子男人已经不见了，一对男女拦在汤姆面前，他们就是刚才被汤姆用来打赌的。那个男人先开口说："老兄，我有个好消息要告诉你，为了避免某些人用我们孩子的不幸来混饭吃，我和妻子打算重新考虑离婚的事情，很有可能，到时候负责记录的人还是你。"

那个女人冲汤姆摆摆手："再见，书记员先生。"

没错，汤姆就是州法院的书记员，刚才这一对夫妇办离婚手续时就是他接待的……汤姆茫然地向餐厅外面走，刚到门口，一个侍者拦住了他，向他鞠了个躬，说："很抱歉，先生，我们这里不提供免费午餐，请把您和您朋友的账单结完再走——没错，你们还没有点菜，仅是品尝了一杯咖啡而已。"

逃到青山上

□ 小 刚

据线报，飞狐大盗到了青山城！刑警大队的队长老高立刻指挥警力布下了天罗地网，可飞狐也不是浪得虚名，一道道防线被他轻而易举逐个突破。姜还是老的辣，穿大街，走小巷，老高始终死死咬住，直把飞狐逼上城郊青山前的高架死角。眼下，除非这个飞狐大盗真有飞天的本事，否则，他是无路可逃了！

老高得意地拔出手铐，缓步逼近："老弟，谁叫你来我们这青山城，我叫你插翅也难飞！"飞狐一脚蹬上高架护栏，大声喝道："别过来！"

老高一愣，随即轻蔑一笑："你可别走绝路啊，从这跳下去，可没吃牢饭舒服呢！"飞狐两眼瞪着老高，微微一笑，就真的跳了下去！老高傻眼，只见飞狐在身上一扯，

他的背上忽然生出一对"翅膀"——这是一身特制的滑翔翼装。

"插翅难飞？老子偏就飞给你看！"飞狐对着老高挥挥手，"拜拜了！"这狐狸当真飞天了……他的目标就是不远处的那座青山。这座山在他来时就注意到了，山上绿意盎然，很显然长满了林木，是天然的掩护，一旦进入，难以追踪。

老高又惊又恼，他来到山脚下望山兴叹："死贼！给我回来！"不料话音刚落，飞狐竟连滚带爬地从山上滑下来，一屁股摔在老高眼前。

飞狐望着这座青山，确切地说是秃山——山上连一根草都没有，他哭笑不得：原先看到的郁郁苍苍的景象，其实是蒙了一块块酷似绿化的绿塑料布。塑料布上满是露水，滑滑溜溜……

老高一把铐住他，笑道："上边要来检查青山城绿化，所以……"

飞狐连连叹道："没想到我飞狐一世英名，栽到了这里！这他妈的什么检查团，害人不浅！"

宣　判

□ 何建新

这天，沙旺法官主审的案子马上就要开庭宣判了，助理辛达从档案柜里取出判决书交给了他。

旁听席上座无虚席，十几家媒体记者蓄势待发。被告是个曾经不可一世的政府高官，此刻，他耷拉着脑袋等待着命运的宣判。

而与此同时，正在档案室整理档案的辛达，却突然发现，崭新的判决书还放在柜子里！他刚才拿错了判决书，这意味着，主审法官将

要做出一个错误的宣判！

辛达跑到法庭入口，想进去跟法官说明，可他从门缝向里一看，沙旺法官正在宣判："公诉机关指控被告人与九十九名妇女存在不正当关系，经查证，事情属实——"

天啊，明天的头条新闻一定会是法院做出了错误宣判！辛达紧张得晕死了过去。

等辛达醒来，看到沙旺正看着自己，他羞惭地说："对不起，我把判决书弄错了！"

沙旺说："这不能怪你，我也有责任。开庭之前我动过判决书，所以你才拿错的。"

辛达说："可我们错判了这件案子！"

沙旺温和地说："放心吧，虽然拿错了判决书，但案子并没判错。"

辛达疑惑："这怎么可能？"

沙旺说："你瞧，他们的罪名一模一样！"

辛达连忙拿起两份判决书比对，果然如法官所说，除了被告的姓名和宣判日期不一样之外，其他完全一样。

辛达欣喜若狂："居然完全一样，这也太巧了，怎么会这么巧呢？"

沙旺笑着说："这有什么，以后你会发现，这些高官的罪名都一样。"

辛达问："他们都犯了什么罪？"

沙旺说："贪污、受贿、玩女人。"

神秘的经理夫人

□ 侯智勇

小孙是公司里的新人，这天，他早早来到公司。正巧见到经理进来，小孙刚要打招呼，经理却捂着脸、侧着身，径直走进了自己的办公室。

小孙觉得纳闷，主任眨巴着眼睛，说："估计他昨天是吃老婆亲手做的晚饭了吧。"

小孙大惑不解："这跟吃晚饭有啥关系？"

主任笑道："因为经理夫人最擅长做'焖熊掌'，经理吃了总上火。"

一个月后的一天，经理忽然称病请假了，而且拒绝大家去看望。主任又分析道："依我看，老板这次是被老婆授衔了，只是不知道多大军衔。"

小孙听得又是一头雾水。

又一天，小孙去经理办公室送文件，发现经理大热的天，居然穿着长袖衫！小孙把他的发现告诉了主任，主任听了，见怪不怪地说："哦，那一定是经理夫人给他谱曲了，经理夫人可是个不错的作曲家呢。"

小孙听了一堆暗语，自己实在琢磨不透，便去请教朋友。一个已婚的朋友道破了天机："什么做饭、授衔、谱曲啊，那都是说你们经理怕老婆，三次被老婆给收拾啦！"

小孙一惊，忙让朋友解释其中奥秘，朋友大笑着说："'焖熊掌'，说的是你们经理挨了老婆一顿拳头；'授衔'嘛，不是两道杠就是三道杠，是说你们经理脸上被老婆抓了两三条道子；至于'谱曲'，那就是你们经理夫人肯定大发神威，在自己老公的手臂上留下了抓痕，五个指头五道痕，那就叫'五线谱'！"

延伸阅读

您想阅读这位作者的其他精选作品和创作感言吗？请扫描右边的二维码。更多精彩，立刻体验。

打车秘诀

□ 钟 琳

张三和李四是同事，两人住得也近。有时急着上班，张三总打不到车，奇怪的是，李四偏偏每次都能很快打到车。

这天，公司又有事，两人必须准时到公司。可是张三在车流中等了很久，只见出租车来来往往，就是没有一辆停下来。张三忍不住给李四打了电话，问他到哪里了。

电话里，李四淡定地说："刚出门呢……"正说着，也就不到一分钟的时间，李四又说："我上车了！"

什么？就这么一分钟的时间，他已经打到车了？这太神奇了吧！

到了公司，张三忍不住去找李四，讨教打车的秘诀。李四一听，不紧不慢地开了口："你打电话来的时候，我确实是刚出门，可我转了个弯，进了隔壁那个小区……"

张三一听，愣住了："为什么舍近求远？"

"你想呀，我们住的那是棚户区，那里的住户，一般不舍得打车跑远路。即使打车，也不过是个起步费，司机大多不愿意在上班高峰载这样的客人。而隔壁那个小区，是'至尊名苑'，住的都是有钱人。"

张三听了，似有所悟，点了点头。

"这还不够，"李四指了指墙角边的一个箱子，"还得带上这个道具。"张三一看，是一个行李拖箱。张三过去打开箱子，一股汗臭味扑鼻而来，李四忙说："快盖上，都是还没洗的脏衣服和臭袜子！"

李四接着说："我上了车，告诉司机到国贸旁边的庐山路口，他当场就晕了，你知道他说了句什么话？"

"什么话？"

"他说——我以为你是到机场，才从车流中掉头过来接你的呀！"

谁起得最早

□ 一 冰

这天，玉帝心血来潮，下旨命太白金星到凡间，奖励一位最早起床的人。

第二天，太白金星老早就来到凡间，他见到一个书生在读书，太白金星说："公子如此勤勉，一定是世上起得最早的人吧？"书生连连摆手，说："小生起床时，农夫已经在田地里耕作好久了。"

于是，太白金星又找到了农夫，农夫连忙摇头："我起床的时候，村东的阿工把豆腐都已经快磨好了！"

恰在这时，阿工挑着豆腐走过来，可他却谦虚地说："我起床的时候，村西的老胡已经起来了。"

太白金星又找到老胡，老胡说："我当然要算是起得最早的人啦！"

终于找到起床最早的人了，太白金星重重奖励了老胡。

过了一段时间，玉帝突然想起了上回那件事。他叫上了太白金星，想到凡间走一趟，搞个"突击检查"。

两人驾着祥云，还在半空中，就听到下面从老胡的豪宅里传来"噼里啪啦"搓麻将的声音。玉帝怒气冲冲地闯进了老胡的豪宅，只见麻将桌上的人，太白金星都认识：书生、农夫、阿工和老胡。

太白金星喝问道："你们怎么都不干正事呢？"

那书生说："我们原本都是辛辛苦苦地读书、种地、干活，但老胡整天无所事事，不过是搓搓麻将，竟能发家致富，我们也想学学他……"

玉帝大怒："打麻将？太白金星，你怎么奖励了这种人？"

太白金星战战兢兢地说："老、老胡是起得最早的呀！"

书生说："老胡那天搓了通宵麻将，输光了钱，正准备在街上偷点东西……他当然是起得最早的啰！"

（本栏题图、插图：包丰一 顾子易）

深山女尸

一个早春的下午，神探夏洛克和朋友们正在山中踏青。行至深山，一个朋友突然叫了起来，众人奔过去一看，无不惊骇。

原来，前面不到五公尺的一棵树上，挂着一具女尸！经过勘察，神探夏洛克确定：死者已死了两个多月。从她外套的口袋中，夏洛克找到了一封遗书，据此得知，女子生前因情所困，绝望之下选择了自杀。

奇怪的是，死者的尸体并没有腐坏，而且死者的头部吊在一个绳索上，绳索挂在一根离地很高的树枝上，尸体下找不到任何可当做踏台的东西。那么，这个女子到底是怎么自杀的呢？如果您是神探夏洛克，将做出怎样的推理呢？

超级视觉 放大镜的幻觉

看这幅图的左上角，由四个蓝色图案组成了一个方块，里面的字是不是被放大了？其实不然，这一切只是幻觉。让我来解释一下原理吧：当你看见这四个蓝色图案组成的方块时，大脑会自动分析这个方块和四周的关系，然后得出"这个方块是浮于黑色图案之上"的结论。所以大脑认为这个方块离你的视线更近。这块区域的文字就是这样被"放大"的！

思维风暴 九宫格圆点之谜

(此题可加故事会微信参与互动 方法详见P81)

在这个九宫格里，每一格都散落着一些小圆点。无论是行还是列，圆点数的变化都存在一定的规律。请选出问号处应有的圆点数。

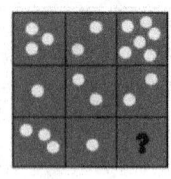

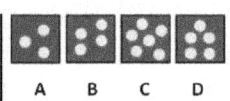

A B C D

疯狂QA

老鼠的繁殖能力非常惊人，据说小老鼠长到两个月大时就有生殖能力了，而且一胎能生12只小老鼠。假设现在开始养一只刚出生的老鼠，10个月后会变成几只？

想知道答案吗？方法一，直接扫描二维码。方法二，登录http://url.cn/GTz2NS，查询"动感地带"答案的同步更新。方法三，购买7月下《故事会》！动感地带，与你不见不散。(上期答案见本期P72)

539

2013
SEMIMONTHLY
下半月刊

7月

STORIES

欢迎登录本刊主办的"故事中国网"（www.storychina.cn）

笑话12则 ……………………… 瑶 瑶等 4

职场故事
谁该留下来 ………………………… 刘丽华 8

阿P系列幽默故事
天上掉个大麻烦 ……………………… 阿 信 11

情节聚焦
摊上大事了 ………………………… 冯海鹏 15

新传说
雪中的故事 ………………………… 李群芳 17
请你吃大餐 ………………………… 曹景建 23
寻味 ………………………………… 吞墨鱼 27
回乡的路 …………………………… 张 玮 31

青春励志故事
老乡靠得住 ………………………… 古四郎 34

外国文学故事鉴赏
上便利商店去 ……………………………… 37

情感故事
大姐，你真好 ……………………… 宫艳秋 42

传闻逸事
昂贵的指甲 ………………………… 李 谦 45

3分钟典藏故事 …………………………… 49

东方夜谈
蒙骗死神 …………………………… 尔 安 52

法律知识故事
肚皮惹祸该怪谁 …………………… 刘白洁 56

该段子 ………………………………………… 59

中篇故事
推倒疯人院 ………………………… 袁夫之 61

微博故事 …………………………………… 77

漫画故事 …………………………………… 78

经典传递 …………………………………… 79

幽默世界
《多少钱买的》等5篇 ……………… 崔永凯等 85

动感地带 …………………………………… 90

本刊信息传真
……………………………………………… 30、58

故事会
STORIES

2013年7月
下半月刊·绿版

社 长、主 编：何承伟
副社长：夏一鸣
常务副主编（兼绿版负责人）：吴 伦
副主编（兼红版负责人）：姚自豪
本期责任编辑：刘迎曦
电子邮箱：liuyingxi1203@163.com

绿版发稿编辑：
朱 虹 黄美舟 颜轶超 陶云韫
美术编辑：王怡斐
电脑制作：郭瑾玮
本社办公室电话：021-64375030
上半月刊编辑部电话：021-64310547
下半月刊编辑部电话：021-64336469
（上海市绍兴路74号 邮编：200020）
主管：上海世纪出版集团
主办：上海故事会文化传媒有限公司
出版单位：《故事会》编辑部
发行范围：公开

出版、发行总监：张 凯
电话：021-64313938
广告业务：上海故事会文化传媒有限公司
广告总监：张 淮
广告业务：021-34010383
广告投诉：021-64333738
广告经营许可证
沪工商广字3100320080016号
发行：中国图书进出口上海公司

特别提示： 凡本刊录用的作品，视为本刊已获得该作品与《故事会》相关的网上传播、汇编出版、电子和录音录像制品等权利。本刊向作者支付的稿酬，已包含了上述各项权利的报酬，如有特殊要求，请提前说明。

·笑话·

偷梁换柱

有个小伙子到一家小店买东西，一进门却看见店老板在打儿子。小伙子看那孩子疼得嗷嗷叫，赶紧拦下老板，求情说："孩子还小，能犯多大错？您下手也太狠了。"

只听老板气喘吁吁道："这小子错大了，我说这几天生意怎么这么差，原来全怨他！"小伙子不信，问："这孩子有这么大能耐？"老板叹气说："他神不知鬼不觉把我供的财神爷换成了奥特曼，我都拜错一礼拜了。"

（瑶　瑶）

（本栏插图：包丰一）

得意太早

菜场里，一个大妈买了一堆菜，马上心算出了价钱。她等着商贩用计算器算出结果，一比对，竟然分毫不差。大妈得意极了，付了钱，昂首阔步就要走出菜场。

这时，只见后面那商贩气喘吁吁追上来，拉住了她。大妈冷笑道："干什么？我可不差你钱啊。"只见那商贩连连摇头，递上一袋菜，说："这位大姐，你的菜忘拿了。"

（胡明明）

点睛之笔

美术课上画陶罐，老师启发大家把图案画得越像古董越好。有个同学画完后，自我感觉特别好。他再转身去看同桌的作品，边看边嘲笑道："你看看我画的，一看就觉得罐子很贵重。再看看你画的，一看就不值几块钱。"

同桌沉默了一会儿，又提起笔，在自己画的陶罐上添了几个象形文字。

（佳　佳）

自力更生

儿子带着老爸出国旅游。逛夜市时，老爸看中一件工艺品，要五十欧元。

儿子正想还价，老爸却自信道："看我的。"说完便一言不发，微笑着对小贩摇摇头，小贩马上降价到三十欧元。

老爸又淡定地耸耸肩，小贩又忙降价到二十欧元。谁知这时老爸竟然扭头就走。小贩赶紧追出来，说只要十欧元。

这时，儿子不由赞道："看不出老爸你还懂外语啊！"却听老爸笑笑说："我哪听得懂！不过差不多了，你把他最后的报价翻译给我听吧。"

(阿　布)

付　款

有个小迷糊，进了家馆子，点了一桌子菜。

风卷残云之后，他一掏口袋，发现自己居然没带钱包，全身上下只有一块钱硬币。

他尴尬之余，庆幸自己经常来吃饭，跟老板还算熟，就毕恭毕敬地把那一块硬币递给老板。老板接过钱，茫然地问："这是啥意思？"只见他脸羞得通红，支吾道："这是……这是首付！"

(刘之之)

问题出在哪

老婆旅游回来，忙着整理一路的照片。

理着理着，老婆开始跟老公抱怨道："我以前挺上照的啊，怎么现在越拍越难看了啊？老公，你说是不是我变丑了呢？"

老公看看她，又看看照片，笃定地说："放心，你才没变丑呢。"

老婆听了，心头一阵暖意。谁知此时老公又加了一句："我看问题出在相机上，你没觉得是因为它们的像素越来越高了，把你拍得越来越清楚了吗？"

(杨　阳)

· 笑话 ·

洗衣服

周末大半夜，管理员巡查寝室楼，见一个男生正在水房里卖力地洗一盆衣服。管理员心想：这小伙子还挺勤快。等他把一栋楼走了个遍，回到那个水房的时候，发现那个男生还在洗，只是已经换了一盆衣服，正搓得大汗淋漓。

管理员不禁上前拍拍那男生的肩膀，赞许道："一下子洗两盆，挺卖力啊！"谁知那男生抬起头，哭丧个脸说："也不知道哪个混蛋泡着衣服不洗，弄得我刚才洗错盆了……"

（古　立）

一误再误

有个初中小男生，一大早就抓住自己的同桌追问："怎么样？我昨天托你带给你姐姐的情书，你姐姐看了怎么说？"

同桌却淡淡地回答："我姐啊？不在家，我交给我爸了。"那男生听了，吓出一身冷汗，怯怯地又问："那……你爸怎么说？"同桌回答："我爸啊？当然很生气喽，让我还给你。"男生略松了口气，问："那信呢？"同桌笑笑说："哦，昨天你不在家，我交给你爸了。"

（丛　冕）

踩 错 啦

这天，老婆忽然接到老公的电话："你赶紧带三百块钱来家对面的超市一趟吧。"老婆冷笑道："说吧，又闯啥祸了？"

只听老公结结巴巴说："我……我称体重把人家东西踩坏了，得赔钱。"

老婆听了，怒道："就凭你那体重，能把秤给踩坏了？他们店的秤肯定不合格，凭啥要你赔钱？不去！"

只听老公支支吾吾道："老婆，冷静，是我踩错啦，我把人家的电磁炉当人体秤给踩啦……"

（焦　璐）

6

换个思路

周末，儿子回到父母家吃饭，吃完了，他就往沙发上一赖，打起游戏来。

妈妈看着觉得儿子这样懒惰，实在是太不像话，便喊他出门去把垃圾倒了。

可谁知儿子不但没动静，反而指了指一旁的爸爸，嘟囔了句："自己的老公不用，用别人的老公。"

这时，妈妈想都没想，瞥了儿子一眼，道："自己的儿子不用，干吗用别人的儿子？"

（勇 子）

情况不同

儿子给妈妈买了台智能洗衣机，不厌其烦地教她怎么用。可妈妈连怎么开机都没记住，隔三差五还要打电话问他。

没多久，儿子又送了一台自动麻将机给妈妈，担心她还是用不好，便打电话问："妈，那个麻将机还好用吗？"

只听妈妈回话说："嗨，别提了，这玩意老是卡牌死机。这不，我刚才还把台面卸了，重新调了滑轨，校对了卡尺，又重新组装了一遍才好使啊。"

（王 贺）

鸭子传书

从前，有一对情侣隔江相望。男子喜欢写诗，每写好一首，就把诗折好藏在鸭子的羽毛里，让鸭子游到对岸去给女子欣赏。他的朋友看着累得慌，提议道："鸭子游泳多慢呀，你用信鸽传书岂不更快？"

男子摇摇头，慢悠悠地说："人家姑娘说过了，写诗一定要鸭运（押韵）！"

（拳 头）

本栏欢迎来稿，读者、作者可将有新鲜感、有精彩细节的笑话佳作投寄给我们。来稿一经采用，最高稿费为一则100元。本期责任编辑电子信箱：liuyingxi1203@163.com。

该留下来

谁

□ 刘丽华

这天，北海日报社来了两个求职的实习生，一个叫石诚，一个叫许亮。两个小伙子都是名牌大学新闻系毕业的，经过一番测试、答辩，两人水平也旗鼓相当。但报社今年的就业指标就一个，谁会被留下呢？

社长邓铎对此也很纠结：许亮热情开朗，石诚内敛沉稳，两人各有优势，让他难以取舍。

就在这时，北海突然遭遇了一场罕见的洪灾，地势最低的龙山区灾情最为严重，大批房屋已被洪水吞没。邓铎眉头一动，把石诚和许亮安排在了派往龙山的记者队伍里。

洪水来得快，去得也快。几天后，龙山区恢复了平静，报社决定以抗洪为专题，办一个新闻摄影展。邓铎把许亮和石诚叫到办公室，询问他们有何收获。只见许亮赶紧将手中厚厚一摞材料交给邓铎，说："这是我拍的照片，还配有相应的报道，您看看。"很明显，他的目光中颇有些自信。

邓铎一边看，一边说："嗯，这张照片角度很好，这篇文章写得有点分量……"突然，他直直盯着手中的一张照片，不说话了。照片上是一片汹涌的洪水，一个扎着羊角辫的小女孩，上身浮出水面，哭着向前张开双臂。小女孩的前方有一名男子，正焦急地划着竹筏靠过去，大概是她的父亲。女孩为什么能浮出水面？仔细一看就明白了：原来她的腰间有一双手，正奋力将她托起。可托起她的人却泡在水里，脸都没在了水下。

过了许久，邓铎由衷地发出一声赞叹："太壮观了！"他喊来主编，把照片递过去，说，"这是许亮的作品，很有震撼力，你拿去发在明天的头版上，题目就叫'瞬间的辉煌'。"

接着，邓铎手一伸，问石诚："你有什么收获？"石诚却一脸尴尬，答道："对不起，我的相机丢了。"

邓铎摇摇头，说："小石啊，对于咱新闻工作者来讲，相机就如同战士手中的枪，应该被视为和生命一样重要……你却说丢就丢了。那么我也只好跟你说声对不起，在你跟小许的竞聘中，你出局了。"看石诚还想解释什么，他手一挥，不耐烦地说，"不用多说，就这么定了。"

"瞬间的辉煌"刊登以后，在市民中引起了很大反响，大家纷纷打来电话，询问水下英雄的情况。这让邓铎很为难，因为许亮是社里唯一的知情人，可他却说自己刚一按下快门，乘坐的小船就被激流冲走了，前后也就几秒钟，其他的他什么都没看到。

邓铎正琢磨该如何向市民解释，有一对父女走进了他的办公室。看到女孩的两条羊角辫，邓铎不由眼前一亮，这不就是"瞬间的辉煌"中获救的那个女孩吗？"太好啦！我正想找你们呢！"邓铎高兴地握住女孩父亲的手，迫不及待地问，"快告诉我救

你女儿的人是谁？现在怎样啦？"

一听这话，女孩的父亲满脸沮丧。原来，他也不知恩人的下落，估摸着报社人脉广，兴许能打听到，这才找上门。不过他倒是记得，救他女儿的是个小伙子。那天等女儿被托上竹筏后，他正要伸手把小伙子拉上来，突然一个巨浪涌来，人就不见了。

邓铎又问小伙子的模样，女孩的父亲想了想，说："当时来不及细看，只记得小伙子长得很俊。"临走的时候，他还拜托邓铎，一定帮忙找到恩人。

送走父女俩，邓铎立即采取行

动：一方面他安排许亮去龙山寻访，另一方面又在每天的报纸头版开设一个专栏，题目叫"英雄，你在哪里？"，向广大市民征集线索。

专栏刊出后，每天都有大量的群众来信来电，但都没提供什么有价值的线索。许亮那头也不理想，他说该去的地方全去了，该问的人也全问了，但毫无结果。

转眼一个月过去，事情还是没啥进展。邓铎甚至有种不祥的预感，也许那小伙子在洪水中丧生了。正头疼，老朋友李明找上门，见面就跷起大拇指，道："老邓啊，兄弟不得不佩服，你的手段真叫一个高！"看邓铎一脸茫然，他点拨说，"近来贵报发行量是不是大大上升了？"邓铎点点头，没错，自从"英雄，你在哪里？"专栏刊出，日报的发行量确实上升了好几个百分点。可他想不明白，李明说的"手段"是怎么回事。

"都这会儿了还不承认！我干脆跟你挑明得了。"李明附到邓铎耳边，神神叨叨地说，"我问你，你为啥捂着英雄的庐山真面目不放？不就是想借机炒作嘛！"邓铎愣了，觉得李明一定是误会了，马上叫屈："老李，你就别添堵了，市民热情越高，我压力就越大，我正发愁，上哪去把英雄请出来，给大家一个交代呢。"

一听这话，李明不高兴了："装，继续装！对老朋友也没个实话。告诉你，这事你瞒得了别人，可瞒不了我。"说完，他从包里摸出张照片。原来，李明开了个照相馆，在市里小有名气。前些天许亮去他店里洗过一组数码照片。后来他看见"瞬间的辉煌"时，觉得很眼熟，就赶紧把那组照片调出来，这才发现了这个秘密。

邓铎接过照片一看，呆了，这张照片和"瞬间的辉煌"可以说是姊妹篇，两张照片的拍摄时间只相差几秒钟，所以内容基本一样。不同的是在这张照片中，英雄的脸是浮出水面的，而这人竟是石诚。

邓铎这才明白，石诚为啥丢了相机，两手空空回到报社。而许亮，明知道救人的英雄是石诚，却捂着不肯公开。原因很清楚——他俩是对手，许亮不愿石诚套上英雄的光环，对自己造成威胁……想到为了一个自私的念头，许亮竟然丧失了起码的良知，邓铎很是痛心。

第二天一早，英雄的身份在日报上揭晓了。不等报社通知，许亮就悄然离开了。几天后，《北海日报》刊发一则广告，内容是：石诚，你快回来。

（题图、插图：安玉民　梁　丽）

天上掉下个大麻烦

□ 阿　信

小兰需要答案

最近，阿P升任科长，在老婆小兰过生日那天，他也想玩玩浪漫，一大早，就买了玫瑰花让快递送回家。到了晚上回家，阿P一进门就唱："玫瑰，玫瑰，我爱你……"原以为小兰会扑上来拥抱自己，哪想到，小兰脸一沉，骂道："你有病啊，又在外面采野花了？"阿P是热面孔贴在冷屁股上，情绪大受打击，嘟囔道："那玫瑰我可是花了200元买的。"小兰一听警觉起来："你买玫瑰了？""买了啊，你没收到？"小兰更不开心了："在哪，在哪？莫非你送给相好的了？"

小兰真的没收到玫瑰，这事严重了，阿P越说越说不清楚，一急之下，带着小兰去花店求证，可谁知那个送花工竟然辞职了。为这个，已经三天了，小兰愣是没对阿P说过一句话。

到了第四天晚上，阿P下班刚进门，小兰就一把拧着他的耳朵，把他拉到了阳台上，指着地上的一条长筒丝袜吼道："说吧，这是哪个狐狸精不小心留下的？"

阿P痛得哇哇大叫，又不明白出了什么状况。他胆怯地捡起那条丝袜，看了看，慌乱地问："这、这是怎么回事啊？"

小兰抹了一把泪，责问道："我还想问你呢！说，是不是趁我回娘家，你偷偷约了狐狸精来鬼混？"

此时，阿P发现事情越来越严重，以自己对老婆的了解，这种说不清道不明的"疑点"不解释清楚，今后日子肯定难过。于是他当即拿起电话拨通一个同事的手机，递给小兰说："老婆，我这两天一直在科里，你可以问问我的同事……"

谁知小兰根本不吃这一套，她按断电话说："你现在是科长，他们不包庇你才怪呢！"

阿P见解释不清，只能扶住栏杆长叹起来。小兰也在屋里哭鼻子抹眼泪："呜呜，这日子没法过了！"

就在这时，阿P看到对面大楼有人在晾衣服，眼前突然一亮，猛地转身回来，拾起那条丝袜，说："我明白了，这丝袜一定是楼上的拿出来晾着，被风刮下来的……"说完，他拉起小兰就出了门。

阿P需要清白

阿P他们住在5楼西套，上面还有6、7两层，于是他俩就从6楼西套开始敲门……

可是敲了半天门，也没人出来，这时小兰想起了啥，说："别敲了，听说这家的小夫妻这几天闹离婚，没住这儿，怎么会在阳台上晾衣服？"

于是，阿P又跟着小兰上了7楼。

来到7楼西套门口，阿P惴惴不安地敲了门，开门的是个戴眼镜的小伙子。阿P赶紧说明来意，指望小伙子能帮自己一把。谁知这小伙子竟"扑哧"一声笑了："我一个人住

在这儿，连女朋友也没有呢，晾丝袜不是变态吗？"

话音刚落，只听小兰一声哀嚎，她一把拽住阿P的头发，哭喊起来："我打死你这个忘恩负义的陈世美……"

阿P一边躲避老婆的拳头，一边朝着小伙子挤眉弄眼。最后那小伙子终于回过神来，一拍脑袋，道："你们别打了，瞧我这马大哈，这丝袜是我的。我是个丝袜推销员，那天出门淋了雨，有几条袜子湿了，我就晾在阳台上，谁知……"

小兰闻言当即停了手，但还是半信半疑。为了把戏做足，阿P假装愤怒地把丝袜扔进小伙子屋里，还揪住小伙子的衣领质问道："那你刚才为什么不承认？你存心想看我笑话是吗……"

小伙子被揪得端不过气来，警告说："你要是敢打我，我就让你吃不了兜着走……"小兰见了这架势，才彻底相信，赶紧上前将阿P拉下了楼。

到了家，阿P还在不停抱怨："老婆啊，你刚才就不该拉我，这小子想看我阿P的笑话，有他好受的……"

小兰咂了一下嘴说："得了吧。我还不知道你？你呀，就是看人家文质彬彬的，才敢这样横，欺软怕硬！"

阿P听了，松了一口气，暗暗庆幸：这场风波总算暂时平息了！

小兰要买丝袜

丝袜风波好容易雨过天晴了。可阿P刚喘了口气，又紧张起来。原来，第二天晚上，小兰撒娇说："阿P呀，其实那条丝袜的款式我挺喜欢的，要不你陪我去7楼买两双？"

阿P的脑子"嗡"的一下懵了，他语无伦次道："别去、别去，我的气还没消，我怕到时候又和人家打起来……"小兰笑了："我要是不发话，你敢？走，现在就上去！"没办法，阿P只好耷着脑袋跟在小兰后头。

到了7楼小伙子的家，小兰迫不及待地说明来意，小伙子一下慌了神儿，不停地用眼睛瞟阿P，让他快想主意。可阿P哪有什么办法，支支吾吾半天也没个态度。

小兰看他俩那副样子，忽然明白过来，道："说！你们是不是合伙糊弄我？"

小伙子本来心就虚，见小兰一发威，他就不打自招："哎呀，嫂子，我就跟你说实话吧，昨天我是怕你们闹大了才……我确实不是卖丝袜的……"

小兰气愤无比，骂道："好你个阿P，刚升了职，就长进了！还学会找帮凶了……"说着已经揪住了阿P的耳朵。

阿P被揪得嗷嗷叫，直冲小伙子挤眼睛求助。小伙子在一旁干瞪眼，着急了半天，忽然一拍脑袋，对小兰说："嫂子啊，你先别急着打呀，听我说，这条丝袜虽然不是我的，可、可我有印象啊，我记得好像是晾在6楼阳台上的……"

小兰听了这话，冷笑一声。阿P也被气得够呛，说："兄弟，你扯谎也给我编圆了呀。6楼没住人！"小伙子却一口咬定，这丝袜挂在6楼阳台好些天了。

见小伙子说得言之凿凿，阿P仿佛看到了希望，连忙说："我们马上去居委会，一定要找到那家的女主人，这可关系到我阿P的名誉呀！"

夫妻需要信任

在居委会，阿P找到了6楼女主人的电话，打通电话后，阿P把事情经过这么一说，那女人立即承认有这么回事，还解释道："我们不是

闹离婚嘛，我也没回家，阳台上晾了丝袜，也没心思回去收了。"

"哎哟哟！"阿P激动得差点跳起来，"解铃还须系铃人，你一定要来一趟，帮我解释清楚啊……"

那女人不一会儿就赶来了。小兰听了她的解释，总算相信阿P是清白的啦，小伙子也替他们鼓起了掌。

这时，女人忽然指着小伙子吃惊地问："你不是那天给我送玫瑰花的快递员吗？我可找你找得好苦啊！那天我莫名其妙收了花，还没反应过来咋回事就走了，结果我老公为这来路不明的花，和我大吵一架。后来我们去花店找你，可你却辞职了，没想到在这遇见你……"

见小伙子有些丈二和尚摸不着头脑，那女人焦急地问："我去你们花店责问老板，到底是谁开玩笑送我花的，可老板说要为顾客保密，不肯透露顾客信息。你好好想一想，那花到底是谁送的？"

小伙子想了半天，疑惑地说："我只记得收花人是6楼西套的了……"

这时，阿P第一个意识到什么，忙把小兰没收到玫瑰的事儿说了一遍。那女人慌忙问："你老婆的生日是哪天？"

只听阿P和小兰异口同声道："5月3号！"

那女人一跺脚说："哎呀，我就是那天收到花的！当时玫瑰花的卡片上写着'美兰，我永远爱你'，问题是，我就叫美兰哪……"

阿P听了，羞红了脸，说："别提了，我叫了我老婆多少年小兰了，也想改个昵称，玩把浪漫，没想到……可我明明写的是5楼啊。"

小兰听了，没好气地说："就你那字，潦草得不行。你写'5'，尾巴老是又长又翘，乍一看还真像个'6'呢！"大伙儿听了哈哈大笑。现在好了，两家的误会都说清楚了。接下来，美兰和她老公也都重归于好了。阿P顿时觉得自己很了不起，忍不住说道："以后遇事一定要冷静，不能瞎猜疑，更不能拧耳朵！"说完，他又吹着口哨，高高兴兴地上班去了。

（题图、插图：顾子易）

□ 冯海鹏

摊上
大事了

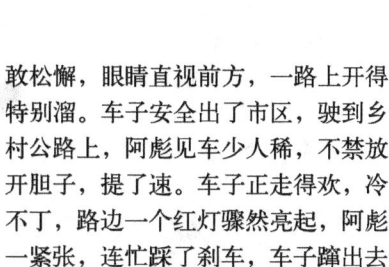

阿彪是个急性子，好容易熬过了大半年的严格培训期，他终于成了一名出租车司机，可以开车上路了。今天是阿彪头一天上班，他心里难免有些激动。

这不，车刚到幸福路口，就有一个戴墨镜的男子扶着个大大的行李箱朝他招手。阿彪心里乐了：看情形，这次没准能跑趟远路多赚点呢！他忙停下车，打开车窗问："上哪儿啊？"墨镜男急匆匆地说："市郊李庄！"

阿彪答应了声："好嘞！"便按下了开后备箱的按钮。等了片刻，只听后边"砰"一声响，他便挂挡一踩油门，车子一下就蹿了出去。

街道上车来车往，阿彪丝毫不敢松懈，眼睛直视前方，一路上开得特别溜。车子安全出了市区，驶到乡村公路上，阿彪见车少人稀，不禁放开胆子，提了速。车子正走得欢，冷不丁，路边一个红灯骤然亮起，阿彪一紧张，连忙踩了刹车，车子蹿出去好远一大截，才停了下来。

好险啊！幸亏刹车及时，要不，闯红灯可不是闹着玩的。阿彪仔细一看，不禁哭笑不得，这哪里是红灯啊？分明是路边一家小饭店招牌上装的灯啊。不过你还别说，这灯装得还真像。

阿彪本来就爱管闲事，这下子火就上来了，他从车里蹿出来，奔到小饭店门口叫道："老板，出来一下！"

一个妇女应声而出，笑嘻嘻地说："老板，吃饭啊？"

阿彪没好气地说："哪有心思吃饭！"然后指着红绿灯说，"你们这不是坑人嘛！幸亏我刹车及时，要是换了毛手毛脚的司机，还不得出事故？你们乱用警用装备，属于违法行为！"

听他这么一说，那妇女一撇嘴："我还以为吃饭呢，没事你一边去，那么多司机都不吭声，你咋呼啥？实话告诉你，我就是要用这灯叫司机停车吃饭，你爱停不停！狗拿耗子！"

阿彪见这妇女态度如此恶劣，便气呼呼地说："你，我举报你去！"

妇女不屑地说："随便你，哼哼，等你举报，我立马摘掉灯，谁也没看见，你有啥证据？"

阿彪一听，忙兴冲冲地往车边

跑，手一指，说："谁说我没证据！我有活生生的人证，就在我车里！"

可是，等阿彪打开车门一看，顿时傻了眼，出租车后排座位上空空如也。阿彪心里叫了声不好！直怪自己只顾和那妇女理论，竟没留意坐车的家伙趁机不掏钱跑了！那妇女见阿彪一个人站着干着急，瞪了他一眼，得胜似的唱着小曲儿回店里去了。阿彪越想越气，总不能没赚到钱还输了理吧？

忽然，阿彪眼前一亮，取出手机，调出照相功能，对着小店和那假红绿灯就是一阵狂拍，哼！现在总算有证据了！等他心满意足地照够了，手机突然响了。是公司管理处老王打来的，开口就吼道："小子，你这才出车第一天，就被举报了！"阿彪纳闷了，心一紧，赶紧追问怎么回事。

老王严肃地说："那人说是在幸福路口拦了你的车！"阿彪一愣，骂道："嘿！这小子打了车，钱都没付就跑了。他还有理举报我？"

没想到，老王哼了一声，道："你仔细回忆一下，人家上过你的车吗？人家说当时才把行李放进后备箱，刚关上箱门，你小子就'嗖'的一下，绝尘而去。行啊，你小子！少废话，还是先回管理处吧！这次人家举报的可不是你拒载，而是抢劫！小子，这回你可是摊上大事儿了！"

（题图、插图：安玉民　梁　丽）

雪中的故事

□ 李群芳

凭啥我担待

开车最怕下雪天，路面打滑，一个不小心就得出事故。偏偏沈阳今年的雪还特别大、特别多。这可急坏了吴棉。

这个吴棉，最近开了家服装店，这天是交货款的最后期限，必须去银行一趟。她咬咬牙，发动了自己那辆奥迪出门了。

一路上，吴棉小心翼翼，好不容易才安全到了银行。谁知，她刚下车，这时候竟然出了"车祸"。只听"砰"的一声，一辆电动三轮车撞上了她那奥迪的屁股。

吴棉跑过去一看，车尾凹进去一大块，伤得不轻。她抬起头就要发怒，

只见那辆满载着大白菜的三轮车上，跌下来一个中年妇女，神色慌张地道歉："对不起，对不起，我赔，我赔……"

吴棉此刻又心疼又气恼，反问道："你拿什么赔？没有个几万块，修不好的！"

中年妇女一听，傻了，一下子瘫跪在吴棉跟前，求道："我男人车祸摔断了脚，为给他治病家里的钱都用光了。我这才骑了他的三轮出来做点小生意，您行行好，少赔一点行吗？"

吴棉却丝毫不为所动，冷冷地说："等一下交警和保险公司会来处理，该怎么赔就怎么赔！"

围观的人都看不下去了，纷纷劝说："你开奥迪，人家卖白菜，你就多担待一点吧！幸好没伤人，就让人家少赔点吧！"

谁知吴棉听了气更不打一处来，

说："凭什么我担待？我开奥迪就有钱乱扔吗？这钱一分也不能少！"说完打起了交警电话。

那中年妇女急得"哇"一声哭了出来。过了一会儿，交警来了，最后评定，结果是三轮车主承担全部责任，需要赔偿八万。不论中年妇女怎么哭诉，吴棉绝不松口："你不容易，我就容易吗？"

是啊，吴棉是不容易。自从半年前离了婚，她就一个人开始打拼生意，却怎么都是亏，这样无依无靠，谁又来体谅她呢？

又该她倒霉

可吴棉的倒霉运气似乎还没结

束。事故的判定虽然下来了，对方却无力偿还，转眼过了半个月，她一分钱都还没拿到呢，提货的日子倒是来了，偏偏天又下起了雪。吴棉无奈，只好硬着头皮再次开车出了门。

一路上，她越想越胸闷，这时，手机响了。她伸手要去拿，没抓稳方向盘，车子一下子打滑失了控。

吴棉赶紧刹车，可车却在结了冰的路上飘了一段。等停下来，吴棉回过神一看，哎呀！自己把别人的车给撞了。

惊慌之余，吴棉定睛一看，顿时傻了：那可是一辆劳斯莱斯！自己的奥迪正咬住了它的后轮，把人家后门都给挤变形了。

这时，劳斯莱斯的司机跳下了车，对着她唾沫四溅。吴棉像做梦一样下了车，任凭那司机责骂，她都解释自己是新手，一个劲赔不是。

一会儿，来了一位穿着体面的女士。吴棉抬头一看，那人竟是市里的龙头企业——利利公司的董事长李雨伊。这下完了，这位李董可是以一毛不拔、分毫必争出了名的。果然，只听李雨伊冷冷嘲道："开车没出师就不要上路嘛！要么请个专职司机嘛！"

吴棉忙说："对不起，对不起，我赔、我赔……"

司机在一旁"哼"了一声，道："去准备个百把万吧！"

吴棉一听，傻了，不禁膝下一软，瘫跪在李雨伊跟前："请您帮帮忙，我刚离婚，生意又都折了，拿不出这么多啊！请您包涵包涵，少赔点吧……"

谁知李雨伊竟抛出句话："等一下交警和保险公司会来处理，该怎么赔就怎么赔吧！"说完，打车离开了。

吴棉万万没想到，半个月前自己刚抛给了别人的话，今天竟然报应到了自己头上来了。

没多久，判定下来了，结果是吴棉负全部责任，除去保险之外，她果然还要再付近百万。

吴棉听了，苦苦哀求，但李雨伊却概不松口："谁信你？开着奥迪，没有钱？"

雪中遇大险

对李雨伊来说，这种时候碰上事故，理赔倒还是其次，关键是这车明天要派大用场。

原来李雨伊有个宝贝儿子，寄宿在省城的贵族小学，你要问李雨伊把啥看得比钱更重要，那就要数她的这个独生子了。

明天就放寒假了，她本打算亲自跟这车去接儿子回家的。现在车坏了，李雨伊只好换了辆车去。谁知回来的时候，刚下高速，天上飘起大雪，路又堵上了，车子走走停停，真是急死人。

忽然，前头的车猛地停下，司机一个急刹车，李雨伊只听儿子的脑袋"咚"一下撞上了车窗，就赶紧把他搂进怀里想要揉揉。

谁知只见儿子张大了嘴巴，眼珠突出，手捂着喉咙，痛苦地蹬着腿。原来，儿子嘴里含着棒棒糖，这一冲撞，糖给吸进气管，堵住了。

李雨伊吓坏了，赶紧拨了120，可转念一想，路都给堵住了，120的车怎么开得过来啊！她顿时急得六神无主。

这时候，司机指着路边不远处的一户人家，喊道："李董，你看！那家人门口停着辆三轮车，要不咱去求他们帮个忙？"

李雨伊顺着司机指的方向一看，

那是一幢破旧的砖瓦房，房子外面的灯亮着，一个中年妇女爬在梯子上，正在拆墙上的东西，房子前面的地坪里停着一辆有棚罩的三轮车。

李雨伊抱着儿子，跌跌撞撞冲到地坪里，急急地向中年妇女说了情况，请她帮忙用三轮车应一下急，还许诺道："要多少钱都行！"

屋里的人正在收拾东西，见状都停了手，围过来。

男主人的左腿显然受过伤，有点不方便的样子；女主人飞快地从梯子上下来，对着男主人说："鲍春，快开车，救人！"

"这里到医院至少要半个小时，只怕没到医院，小朋友就完了。你

们看他的脸都紫了，手脚都不动了。"说话的是这家的女儿。

李雨伊一下子瘫坐在地上："怎么办？怎么办？"

中年妇女赶紧安慰了她两句，转向女儿道："喜妹，你读医科大学也两年多了，有什么办法不？"

"试试。"喜妹迅速把小朋友仰放在桌上，用筷子扒开舌根，用手电照了照，说："幸好棒棒糖的把还看得见。"

她迅速到里屋取出一把镊子，小心地伸进去，夹住棒棒糖的把，慢慢用力地往外扯，不多久，棒棒糖果然滑溜出来了！

但小朋友还是一动不动，一试鼻息，竟然没气了。李雨伊见状，嚎哭起来。

"大婶，大婶，先别急。"喜妹不慌不忙地把小朋友平放到沙发上，做起了人工呼吸。又过了一小会儿，小家伙便吐出了一大口粘痰，哭出声来。

李雨伊呆了一下，跪在地上低头便要拜："救命恩人！谢谢！谢谢！恩人！"

中年女主人赶紧拉起李雨伊，弄来一碗姜醋开水，递过来说："给他喝下，活活血气。"说完，她又赶紧提过来一个旺旺的炉子，让李雨伊母子俩烤鞋袜。

李雨伊连忙掏出一沓钱来表示感谢。

主人一家死活不肯要："又没费什么东西，不要钱！"

劫后诉真情

小朋友喝了水，脸上渐渐有了血色。大家围着炉火，攀谈起来。

原来这家主人叫鲍春，以贩卖蔬菜瓜果为业。他家有一儿一女，女儿叫鲍喜妹，在省城读医科大学，刚放寒假回家；儿子在市里读寄宿高中，还没回家。

这时，李雨伊才注意到满屋子都是大包的行李，便问他们临过年，又这么大风雪，怎么急着搬家。

没想到这一问，鲍春嫂竟抹起眼泪来。原来，两个月前，鲍春去贩菜，出了车祸，左腿骨折，住了一个多月院，家里的积蓄都花光了，贩菜的工作就落到了她身上。

半个月前，鲍春嫂开着三轮车去卖菜时，撞坏了别人的小车，要赔八万块钱，车主限期一个月赔付到位。

真是屋漏偏逢连夜雨，男人受伤治疗要用钱，儿女读书要用钱，本已十分艰难，现在又要赔钱，没办法，只好把房子卖了，好歹能把赔款还清。只是过了年，女儿鲍喜妹的大学就别上了，和父母一起卖菜赚点钱，供弟弟读完高中再说。

"那怎么行？这么冷，又快要过年了，你们到哪里去住？"李雨伊急切地说。

鲍春嫂苦笑着回答："先到城里租两间便宜一点的房子。"

李雨伊一拍桌子，干脆地说："不行！你女儿学习这么好，不读太可惜了！房子不要卖了，钱的事包在我身上，不就八万块嘛！我包里有现成的支票，现在就给你开。"说完，掏出支票和笔，摊到桌上要填。

鲍春一家一再拒绝，李雨伊却态度坚决："鲍大哥，算是我借给你们的，等你女儿大学毕业后，赚了钱再还我，好不好？"

一时间，鲍春两口子感动得一句话也说不出来。

李雨伊填好金额，签名盖章，然后叮嘱道："恩人，这是我们公司的支票，银行会专门进行电脑扫描防伪识别，谁拿去都可以直接取款，所以一定要收稳妥。为保险起见，你们干脆直接把支票交给对方去取。"

接着，她和鲍家的人寒暄了几句便带着儿子告辞了。

雪后有情天

第二天，雪停了，天晴了。李雨伊一大早就来到办公室，可却并没像平时一样忙工作。

想到昨天晚上的一幕，她对儿子差点丧命还心有余悸；同时，她也为交了鲍春一家朋友满心欢喜。想想人家欠了一屁股债，还一心坚持无偿救

人，相比之下，自己这些年简直是钻进了钱眼里。

想到这儿，李雨伊心里一阵惭愧。

这时，有人轻轻敲门。李雨伊说了声："请进。"

门被推开一条缝，门缝里怯怯地挤进来一个人。李雨伊一看，来人正是前几天撞坏了自己劳斯莱斯的吴棉。几天不见，吴棉脸色苍白，看上去简直瘦了两圈。

只见她走到李雨伊桌前，一边递过来几样东西，一边解释说："李董，这是我四十万的存折，这是八万的支票，剩下的五十多万，麻烦您再担待几天，等我抓紧把店面和车卖了凑齐。您验收一下吧。"

李雨伊看了看存折，又看了一眼支票，竟然触电似的站起来，问："怎么？是鲍春嫂撞了你的车？"

吴棉也是一惊，回答说："是啊，李董认识她？"

李雨伊不多解释，急问："你的店面和车现在找到买主了吗？"见吴棉摇摇头，她微微松了口气，顿了顿说，"是这样，如果你愿意放弃对鲍春家的索赔，我就放弃对你的索赔，先前的四十万也退给你。抓紧时间，还能进年货。还有，你明天来这里，我提供给你一个货单，请你帮我进一批货。"

吴棉听完，简直不敢相信自己的耳朵，半天才喜极而泣，感激了一番，最后匆匆离开。

接着，李雨伊又喊来助理，吩咐道："立刻完成三件事。第一，拨款建立助学金，第一个受助对象，就是医科大学一个叫鲍喜妹的大学生。第二，从今年开始，逢年过节，公司都要给员工准备一份礼物，表示对大家的感谢。第三，公司食堂以后的蔬菜瓜果都由鲍春定点供应，价格给予适当照顾。尽快落实吧。"

助理听后，满脸惊讶，半晌才反应过来，匆匆跑出办公室。李雨伊这才踱到窗前，雪后的阳光透着窗子洒到她身上，她顿时感到一阵暖意。此刻，她的脸上也浮起暖暖的笑意。

（题图、插图：谢 颖）

请你吃大餐

□曹景建

顿顿请你吃大餐

何谓"白领"？如今又冒出个新解释——今天领了薪水，交了房租水电费，买了柴米油盐，再一摸口袋，感叹一声，这个月工资又"白领"了。

胡娟就是这么个"白领"。她是一家旅游杂志的记者，听上去很美，可工资单却没那么漂亮。为了攒够婚房首付，她的男友大川去了省城打拼，她和大川的表妹小丽合租在一小间蜗居里。更难熬的是，胡娟原本是个吃货，现在一日三餐却要精打细算，连吃顿好的都得犹豫再三。

这天中午，胡娟正看着美食杂志咽口水，忽然被人拍了一下肩膀。胡娟回头一看，同事陈勇正一脸真诚地说："胡娟，走，吃大餐去，我请客！"见她一脸狐疑，陈勇又笑道，"嗨，今天刚知道咱们是老乡呢。老乡见老乡，两眼泪汪汪么。你就别见外啦！"说着，拿上相机拉着胡娟就走。

胡娟只好答应，笑着说："哟，我的大记者，吃个饭照相机还不离手啊？"陈勇神秘地说："那当然，到时候你就知道了。"

可胡娟没想到，陈勇竟然把她带进了"西苑饭店"。这地方，像她这样的小白领可消费不起。陈勇却爽气地说："我以前也没有来过，今天是想趁请客的机会，自己也开开洋荤。"

接着他二话不说，便点了六七道特色菜。胡娟心里粗粗一算，这一顿没有两三千元可下不来，她忙说道："别太破费了。"陈勇却潇洒地说："既然来吃，就要吃个痛快！"

不多会儿，菜上齐了，色香味俱全，胡娟连连赞叹。这时，陈勇却没急着拿起筷子，而是摆出照相机，说道："胡娟，今天请你吃饭，其实还想请你帮个忙，我想请你做我的模特！"

胡娟一惊，问："什么模特？"

陈勇抿嘴笑道："最近有个人物摄影比赛，我看前一阵有个纪录片叫《舌尖上的中国》不是特别火吗？我就想拍一组以享受美食为主题的人物照。物色了半天，我觉得你的气质既亲切又脱俗，和我想象出的效果特别吻合。怎么样，做我的模特吧？"

胡娟听了，挺害羞，陈勇又忙哀求道："就算你帮老乡一个忙好吗？"胡娟想了想，最终点了点头。于是陈勇打开相机，对着她从各个角度拍了一通。

晚上回去，胡娟兴奋地把自己的经历告诉小丽，小丽羡慕得张大嘴巴，连连叹道天下竟有这样的好事？

原来是个富二代

这天，小丽神秘地把一个精美的礼盒递给胡娟手里，说道："娟姐，我昨天出差去省城，我大川哥让我把这个捎给你。"胡娟高兴地打开一看，里面是一条真丝围巾。她心里一阵感动，赶紧把它围到脖子上，照着镜子，心里美得不行。小丽接着说："我哥可想你了，他说最近天刚回暖，让你天天戴着这围巾别着凉。"

胡娟听了，害羞地点点头，戴着围巾就去赴陈勇的饭局。陈勇见了这围巾，不禁赞美了几句。胡娟笑说："那是当然，这可是我男朋友送的，过会儿拍照时，你帮我多拍几张。"陈勇愣了一下，接着点头应道："成！没问题。"

就这样，不到半个月，陈勇带着胡娟快把市里最好的饭店吃了一个遍，可每次胡娟想看看照片，陈勇却总捂着相机不给看，说要等拍到最满意的作品才拿得出手。

转眼到了元旦放假，胡娟还在睡懒觉，陈勇就打来电话，让她赶快到"滨江饭店"吃饭，说今天要拍最后一组照片。胡娟马上收拾了一下，就要出门。这时，小丽凑上来说："姐，这次把我也带上吧。"胡娟想想也行，就一口答应了。

到了"滨江饭店"，陈勇热情地招待了她俩，还不忘记拍了几组照片。

饭后，两人和陈勇道了别，小丽突然怪声怪气地问道："娟姐，这个陈勇为啥对你这么好啊？"

胡娟漫不经心地说道："不是说过吗，我当他的模特，他请我吃饭答谢。"小丽却嘴一撇说："我看不见得吧，人家长得一表人才，出手又那么大方，不是看上你了吧？"

胡娟赶紧辩解："小丽，你胡说什么呢，我们可只是同事关系！"小丽却不以为然地说："天下哪儿有免费的午餐啊？这事儿，我大川哥知道吗？"

胡娟正想争辩，手机却响了。她一看来电，正是大川，便抱怨道："大川，你这两天哪儿去了？怎么连个电话也没有？"却只听大川冷冷地说："我就在你后头呢。"

胡娟一转身，看见大川正站在十米开外。胡娟惊喜地跑过去，抱住大川，撒娇说："你也真是，回来怎么也不提前跟我说一声？"谁知大川却一把推开她，黑着脸问："我送给你的围巾呢？"

胡娟这才发现今天竟然没戴围巾，急着解释："今天走得太急，没有戴上。"大川却不听："少给我装了，我看你心里根本没有我！"说到这里，他急得嘴唇抖动，"小丽跟我说你最近和一个叫陈勇的在一起？"

胡娟听了，气得语无伦次："你，你们这是干什么？"说着，就伸手去拉大川。

可大川却一把甩开她，阴阳怪调地说："省省吧，唉，也难怪，攀上富二代，还能瞧得上我？"

胡娟疑惑地问道："什么富二代？"

小丽没好气地说道："娟姐，你就不要再演戏了。大川哥和我私下里调查过了，这陈勇的家在咱们老家的邻县，他家是搞房地产的，身价千万

呢。怪不得每次都请你去大饭店消费。"

这顿大餐谁埋单

胡娟愣住了，她默叹大川和小丽真有心机，竟然早就怀疑自己了，但此时她却一时语塞。突然，她好像想起了什么，拨通了陈勇的电话："陈勇，你前些天给我拍照时，不是还夸我那条围巾好看吗？麻烦你赶紧发过来给我看看！"

可没想到陈勇却支支吾吾地说："这，这，我没有拍啊！胡娟，现在我正在陪客户，咱们回头联系。抱歉！"说完挂了电话。

这时，大川斜着眼一言不发，胡娟百口莫辩，扭头掩面而去。

到了晚上，胡娟才拨通了大川和小丽的电话："你们晚上到九州宾馆来，我和陈勇也在，让他把事情给你们说清楚！"

两人赶到宾馆，大川一见陈勇，就没好气地说："兄弟，你如果真心喜欢娟儿，我祝你们幸福！可你们总是偷偷摸摸的，实在叫我看不起。你不就是家里有几个臭钱吗？"

陈勇却笑了："兄弟，你真误会了，来，我给你们介绍一下，这是香港的丰总。"说着，指了指坐在一旁的儒雅男子。

那男子站起身来，微微躬身，道："真不好意思，让你们一对小情侣产生那么大误会。刚才，我听陈勇先生和胡娟小姐了事情经过，解铃还须系铃人，现在就让陈勇先生解释吧。"

陈勇呷了口茶道："我确实没有拍到胡娟戴围巾的照片，不信你们看！"说着把数码相机递给大川。

大川一张一张地看过去，发现照片里竟然是一盘盘的菜肴，压根没有胡娟的影子。大川惊诧道："你不是找胡娟当模特吗，怎么拍的全是菜品？"

陈勇解释道："说实话吧，我要拍的其实就是这些菜品，让胡娟当我的模特，也就是个幌子。"说着，他

指了指丰总，说，"丰总是个投资商，想在市里开一家五星级饭店，为了解咱们市大饭店的特色，就雇了我当美食侦探。可刚开始我独自一人去吃饭，拍菜品时总被饭店经理赶出来，说我窃取他们的商业机密。于是，我才想到找胡娟陪我吃饭，然后装作漫不经心为她拍照，顺便把菜品拍下来。"

说到这里，他又不好意思地对胡娟说："胡娟，请原谅，之所以没跟你说清楚，是因为我接私活儿怕咱单位的人知道了说闲话，更怕让咱们领导知道了说我不务正业。只是今天给你惹了那么大麻烦，我必须对你们有个交代。"

他又看了看大川，严肃地说，"大川，还有一事我必须申明，我从毕业以后，就没有拿家里一分钱，我花的吃的，都是靠自己的双手挣的，以后能不能别再叫我富二代？"

大川听后，不好意思起来，低着头对胡娟说："都怪我小心眼，你可别生我气！"

胡娟看他这副模样，心里气也消了，嘴上却说："哼，少来这一套，我要好好罚你！请我吃鲍鱼！"

大川笑着点头道："悉听尊便！"

丰总这时说话了："你们都别争了，陈先生也完成了任务，大川和胡小姐也解除了误会，这顿大餐啊，我来请！"

（题图、插图：佐　夫）

寻味

□ 吞墨鱼

有个钱总，生意做得很大，可不曾想年方五十，却得了绝症，百医无效。

对此，钱总倒颇想得开，觉得自己苦吃了不少，福也享了不少，算是没有虚度此生。但他还有一个小小的心愿：尝尝当年家乡的三道农家菜——拍黄瓜、九段锦和小鱼锅贴。拍黄瓜是把黄瓜拍碎，加碎葱姜、撒盐、淋醋而已；所谓九段锦，乃是将蛇肉去骨，剁成数段，加水煮熟后淋上红辣麻油，这样出锅后的蛇肉鲜红如锦，故名"九段锦"；至于小鱼锅贴，则是将柳叶小鱼剖腹去鳞，和些高粱面糊，贴在锅的四周边，锅底中另放些水煮鱼，火烧水沸之后略略一煨即可。每每回味这三样的味道，钱总便觉得齿颊生香！

钱总的妻子听了，当下找来各大名厨，选了上好的食材，使尽浑身解数张罗这三道菜，可每次菜端到钱总面前，他总是摇着头说不是这么个味儿，折腾得整个病区无人不知，无人不晓。最后，钱总苦笑着指指自己的舌头道："人哪，最难欺骗的就是自己的舌头！"

不想就在大伙儿一筹莫展之际，医院的勤杂工老王头找上门来，说他愿意一试。只见这老王头年近六十，满头银丝，粗手大脚，怎么看怎么不像会做饭的。可钱总妻子一番犹豫，竟答应下来！但老王头也提了个小要求，要几件竹木家伙。

第二天，这三样菜给端进了病房，说来也奇，钱总只吸溜了一下鼻子，便眼前一亮，拿起筷子先夹了块拍黄瓜，入口以后闭上眼睛，好一会才双腮蠕动："好、好、好，

就是这样的味儿！"随之风卷残云一般将三样饭菜吃了个精光，把妻子惊得目瞪口呆。

吃过饭菜，钱总非要见见老王头不可。见了面，他便追问老王头做菜的秘诀。老王头一笑："厨师有句行话，叫美味在厨技之外。我做出这三样饭菜合您的味，并不是我能耐大，而是多亏夫人给我找来的这几件厨具！"说着，从背后拿出一把木刀、一把竹刀和一张旧渍斑斑的枣木锅盖。

接着他才揭了底："别小瞧这几样东西。用木刀拍黄瓜，黄瓜的清爽味儿便留下了；用竹刀剁蛇肉，蛇肉的细腻香滑味儿便留下了，而用铁刀却会让食材沾上铁腥！"

钱总听了，点头道："是咧。当年在田里，我摘下几根黄瓜，用镰把敲碎了就着蒜头吃，便是这鲜美滋味儿；那一回在山里砍柴抓了条野蛇，就用竹片剖开，放在陶罐里添上水，撒上山辣椒一块煮，味道出奇美！原来都是歪打正着啊。"随后他又一指那个枣木锅盖，问，"这个锅盖有何用场？"

老王头道："做小鱼锅贴啊。水沸之后，用慢火煨一煨，吸附在锅盖上的鱼香味就会被倒逼回去，铁锅盖、铝锅盖可没这功用，只有用了多年的旧木锅盖才成，这叫煨味儿！"

钱总茅塞顿开："原来如此。"

想了想他又道，"老王师傅，实话实说，我还是感到这味道与以往在家乡吃的差那么一点儿。"

"是差那么一点味道。"老王头点了点头，"差了点水味儿。"

"水味儿？"钱总瞪圆了眼珠。

"一方水土养一方人，美不美，家乡水嘛！不知您听没听说过杨贵妃吃荔枝的故事？"

钱总笑说："'一骑红尘妃子笑，无人知是荔枝来'嘛。"

谁知老王头摇摇头道："您只知其一不知其二。当年杨贵妃为去荔枝的火气，命宫使八百里快马飞赴蜀郡，拿新鲜的毛竹筒盛了合江水运回长安，把荔枝浸泡一个时辰才可入口。所谓盐是百味之主，水是百味之源！"

听老王头一席话，钱总突然感到这老王头身世不寻常，便问："敢问王师傅，以前干过厨师？"老王头坦然道："干过啊，两年前才不干了。实不相瞒，我的曾祖便是王希庄。"

钱总不由又大吃一惊：这王希庄可是清末第一御厨啊，相传他除了能把握甜、酸、苦、辣、咸、鲜这六味之外，还能道出一个"真味"来，人称"七味王"。他那"喷水辨味"之能，也叫人可望不可及：每动刀勺之前，案上遍列所需菜蔬，噙一口水往空中一喷成雾状，用鼻子嗅一嗅，便对菜蔬之间如何搭配、怎样用料、火候分寸等了然于胸，做出的菜肴果然别有滋味！

知晓了老王头的身世来历，钱总纳闷了：作为王希庄的后人，这老王头为何要放弃家传绝技却来到医院做勤杂工呢？面对钱总大惑不解的目光，老王头欲言又止，微微摆了摆手，显然有难言之隐……

不过，这三样饭菜让钱总终于明白：原来家乡的水味也至关重要，可他已有多年不曾回老家了！

当下，钱总强支病体，要回老家看一看，老王头也答应同行，再为他用家乡水做一回饭菜。

一行人立刻出发，可一到那儿，钱总就吃了一惊：往昔的田野上，矗立着一个高楼成排、电网密布的现代化工厂，村庄反倒被挤到了一隅之地。钱总的堂兄接待了大家，热情地为大家端茶倒水。可老王头啜了一口茶水，眉头直皱，洒了一手水。

等钱总说明来意，堂兄顿时灰了脸，跺着脚道："老弟呀，晚了。想当年，咱们村随便在哪棵柳树下刨上两镢头，便会冒出一眼甜甜的泉水来。可如今，树全死光了，别说泉水了，地下水抽上来也压根儿不能喝！"

"难怪你们这茶泡得不是个味儿啊。"老王头大悟道。"可不是咧。"堂兄道，"村民们能搬的都搬走了。"

"怎么……怎么成了这个样子？"钱总胸口像有块巨石堵住了似的难受。

"嗨，还不是它造的孽！"堂兄一指不远处的化工厂，说，"自从十年前它建在这儿，咱们村的水就变了味，从此不少人得了怪病，可县环保局来化验水质，都说是达标的。"堂兄越说越气，一指自己的舌头道，"这不是明摆着睁眼说瞎话吗？——你能欺天欺地，可最难欺骗的是自己的舌头啊！"

"好一个能欺天欺地，最难欺骗的是自己的舌头！"老王头也激动起来，转身对钱总道，"钱总，说实话，我放弃老本行也实属无奈啊！都知

道我们王家的'喷水知味'关键是喷水，其实喷水只不过是掩人耳目的噱头，实是在品水味——不同的水自身也有酸、甜、苦、辣、咸、鲜六味呢！不曾想这几年由于滥用化肥农药，蔬菜的味道口感大不如前，水味就更不如从前了，如此一来，我要是再做下去，'七味王'的招牌岂不砸了？"老王头说着，又抹抹泪道，"钱总，那天听您说'最难欺骗的就是自己的舌头'这句话，一下子让我觉得遇到了知音，就决定帮您再品尝一回真味。不想如今您的家乡水也被弄脏了，帮不了您喽。唉，天下之大，真味难寻啊！"

钱总面色发青，踉跄几步，喃喃道："造孽啊造孽！我……我也造了不少孽！"

没多久，钱总去世，临终之际留下两条遗嘱：一是名下企业不能再排放违章用水；二是不惜代价将家乡的化工厂收购，改造成污水处理厂，还家乡一个青山绿水。至于水质是否达标，不由环保局的专家说了算，要请老王师傅来亲口品尝——天下最难欺骗的，就是舌头！

（题图、插图：陆小弟）

延伸阅读

您想阅读这位作者的其他精选作品和创作感言吗？请扫描右边的二维码。更多精彩，立刻体验。

·本刊信息传真·

故事会 ■ 新浪 微故事大赛

7月征集主题：对手

篇幅最短、含"金"量最高的故事，等待你的挑战！

《故事会》杂志和新浪微博（weibo.com）联合主办微故事大赛继续进行，邀请各路故事名家、草根英雄和世外高人展开较量！

本次大赛所有作品通过新浪微博平台征集（搜索＃微故事大赛＃），每月一个主题，当月设金奖1名，奖金1字10元（字数低于120的按120字计），银奖2名，奖金1字5元，另设年度奖项。优秀作品将在每月的《故事会》上刊登，并结集出版。5月病的故事结果已经揭晓，@文坛初学者荣获金奖。详情请登录故事中国网（www.storychina.cn）查看。

7月微故事征集主题：对手。学习、工作、恋爱，商场、战场、官场，买菜、乘车、下棋，人生处处有对手，对手可以是动力，是伙伴，是恩人，也可以是……正文字数在130以下，力求情节出人意表，立意隽永深远，文字鲜明生动。本月的微故事达人或许就是你！截稿日期：7月21日。（本期刊物特别选登6月微故事大赛优秀作品，详见P77）

回乡的路

□ 张 玮

李山奎是个公务员，从小山村考上大学，在城里成家立业也有十几年了。这十几年，他都没回去过一趟。

这天，山奎下班回家，一进门，忽然发现家里多了两个外地汉子，一看就是乡下人的打扮。一开始，山奎还没认出来，他正吃惊纳闷，就见其中一个稍胖的汉子突然站起来，亲热地叫道："山奎哥，你回来啦！"另一个也赶紧站起来打招呼。这时山奎才猛然认出来人，惊喜地叫道："你们是……梁子和喜子！"说着，赶紧迎上去和他们握手。

家乡人来了，山奎叫妻子炒了几个菜，几个人便喝开了。几盅酒下去后，山奎便问："两位兄弟来有什么事，莫非来城里打工？"梁子和喜子支支吾吾了一会儿，这才说："山奎哥，我们大老远来找你，是受村里的委托，想让你捐几个钱的。你知道，咱村之所以那么穷，就是因为缺条路。现在咱村想把这条路修起来，除了每家每户要摊钱外，就是动员在外地工作的人都捐点……"

山奎一听是这事，心里就有些不乐意，自己倒不是不愿捐那点钱，关键是自己出来这么多年了，村里人什么时候想起过自己？这回等到要钱了，才想起了城里还有自己这个人。再说了，自己的父母都过世多年，在村里也没个亲戚，修了路，自己能得什么利？

这么一想，山奎心里就打起了小九九。他沉思了一会，故意叹口气，装作为难的样子说："两位兄弟，按说家乡搞这样的建设，我应该尽心尽力才是。可是不瞒你们二位兄弟，我现在日子混得也不太好，每月要还房贷，孩子今年又刚刚考上中学，

各方面都急着用钱呢。再有，也不怕二位兄弟笑话，我家里的钱袋子，都叫你嫂子攥着呢，所以这事我还得给你嫂子商量商量。"

听山奎说了这么多困难，梁子和喜子你看看我，我看看你，两人都有些尴尬。过了一会儿，梁子才说："实在没有就算了吧。"喜子在一旁也连声附和。山奎到里屋和妻子叽叽咕咕了一阵子，出来后，山奎苦笑道："你们两个这么远来一趟，也不能叫你们白跑呀，我和你嫂子商量过了，决定捐出一千块钱来，你们可千万别嫌少！"

梁子和喜子一听，赶紧说："不少，不少，钱不在多少，只要有这个心就行。"吃完饭，山奎把钱拿出来，梁子和喜子郑重其事地接了钱，又让山奎在一个本子上签了字，这才告辞而出。

这事过去后，山奎并没有把它放在心上。忽然有一天，他刚下班，就见梁子提着一个包袱又找来了。山奎以为梁子又是来要钱的，心里有些不高兴。不料，梁子嘻嘻一笑，却说："山奎哥，真是巧了，你刚下班，我就赶来了。这次呢，我是专门来给你送喜帖的。"

山奎疑惑道："送喜帖，什么喜事和我有关？"梁子嘻嘻笑道："咱村那条出山的路修成了，我是代表

村长下帖邀请你回去参加通路奠基仪式的。"山奎一听是这事，立刻高兴起来："哟，这么快就修成了，到时我一定去！"

山奎决定借这个机会回家乡去看看。到了那天，他就向单位请了假，坐上了回家乡的长途车。

到了县城，山奎从长途车上下来，再往前就是那进山的几十里山路了。以前，这段羊肠小道非步行不可，山奎上学时曾不止一次抱怨过。而今天，让他想不到的是，一条弯弯曲曲的盘山公路已经横亘在他的面前。

山奎迈步正要沿公路前行，就听身后有车喇叭响，他刚刚回过头来，就见一辆农用三轮车上，一个二十多岁的小伙子在问："你是山奎叔吧？"山奎吃惊地问："你是……""我是梁子的儿子大海呀。"

山奎坐上了车，大海指着来回的车辆高兴地告诉山奎："现在修了盘山公路，天天有到咱村收山货的车辆。我这也是刚送山货回来。"

不到半个小时，他们就来到村里，大海亮开嗓子大声吆喝起来："俺山奎叔回来了……"随着这声音，许多人从街巷涌了出来，纷纷嚷着说："是山奎回来了吗？他可有年头没回来了……"

山奎看着那些熟悉的或者陌生的面孔，头一次，他有了种回家的

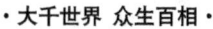

感觉。不知咋的，听着那些熟悉的乡音，山奎的眼角竟开始有些湿润，他想控制都控制不了。

更让他想不到的是，出来的人，那个亲热哟，这个说到他家去，那个说到他家去，有的甚至还动手拉扯起来。山奎被一种浓浓的乡情包围着，他直后悔，自己平时回来太少了。

第二天，阳光灿烂，村里披红挂彩，庆典仪式如期在宽阔的场院里举行。山奎和其他在外工作的老乡们一起，戴着红花坐在主席台上。不过，当他听着村主任大声地一个个念捐款数目的时候，心里越来越不安了。原来不少人捐了好几万元，最少的也有三千多呢。山奎害怕听到自己的名字，他觉得，自己捐那么点钱，真是愧对热情的父老乡亲。

"李山奎，捐款一万元！"随着这声音，台下又是一片雷鸣般的掌声。自己明明捐了一千元，怎么竟成了一万元？山奎以为自己听错了。不料，村主任又把这句话重复了一遍，这次山奎听得清清楚楚，他念的是一万！

庆典结束后，山奎立刻找到村主任说："主任，刚才你念的捐款数有误，我没捐那么多……"山奎不好意思说下去了。想不到，村主任立刻说："山奎兄弟，我是知道的。那是我故意念的，没错。这是我和村委的几个人早商量好的。上次梁子和喜子从你那里回来，给我们说了你的情况，我们就合计过，让他俩不要声张，以免将来你回乡脸上挂不住。你放心，这事只有几个人知道的……我也知道，从咱村出去的人，并不是个个都混得不错，你在那么困难的情况下，还能捐出部分钱来，咱哪能不替你的脸面考虑考虑呢？"

听着村主任的话，山奎的心里真是热浪滚滚，无论什么时候，都是家乡人贴心知底。他紧紧地握住村主任的手，眼里含着泪花，感动地说："您放心，那剩下的钱，我一定会补上……今后，我一定多回家乡来看看，走一走这家乡的路……"

（题图、插图：谢　颖）

老乡靠得住

□古四郎

张晓杰是个新兵，参军入伍的时候，和自己的老乡明亮分到了一个连队，还双双进了尖刀班。

自打入伍，晓杰就一心想提干留在部队里。可最近消息传出来，全营的提干名额只有一个，已经确定给了他们尖刀班的班长。

这下，晓杰彻底蔫了。这时，营长把他和明亮叫去了办公室，交代说："师教导队将要在咱们这里挑人，你们两个都有希望。"接着，又轻轻摇摇头，"只是你俩要是能再稍稍高一点就好了。不过身高只是很次要的标准，主要还得看训练成绩，好好练吧，看你俩谁的成绩好，谁就有希望去教导队。"

回到宿舍，晓杰对明亮说："我掂量了一下营长的话，咱们还是有希望的！"谁知明亮却满不在乎地

回答："有没有希望跟我可没啥关系。我不是早说过了嘛，我来当兵只是想锻炼两年，我的人生目标，是赶超我爸，开一家更大的公司。"

晓杰听了，点了点头说："也是。不过我可没有一个能干的爹，啥都得靠自己。现在这个机会摆在眼前，我一定得好好把握。而且咱们班长马上要提干，你又不和我竞争，那我的希望就更大了。"说完，他的心情顿时舒畅起来，可他又一想，所谓训练如逆水行舟，不进则退，自己还得加紧练习。

这天，晓杰一个人在宿舍打扫卫生，见几张纸从明亮的床铺上面滑了下来，他捡起来瞟了一眼，发现这是明亮爸爸的来信。这一瞟，把晓杰吓了一跳。原来，在信里明亮爸爸极力要求他留在部队，混个一

官半职，还说已经托人找了部队的领导。晓杰心里一惊，明亮怎么明一套暗一套啊？唉，关键时候，老乡也靠不住啊。晓杰的神经又紧绷起来。接下来的训练他拼得更凶了。

谁知没两天，他就在一次单杠训练时把肩膀摔了。明亮见状，催他赶快到卫生所看看。晓杰心想：哼，谁知你到底安的什么心？于是他拒绝去治疗，而且还要明亮千万替他保密。

随着选拔的日子越来越近，晓杰训练更加玩命了。每天晚上，明亮看着他肿胀的肩膀，都忍不住悄悄地劝说，一直这么下去，肩膀就废了。可晓杰却眼一瞪，表示谁劝他就是害他。

几天后，最考验力量的负重圆木奔跑项目就要开始了。晓杰和班长、明亮分到一组。晓杰暗暗下决心，一定要力争第一。

这天，晓杰他们配合得力，一两百斤的圆松木在他们三个人的肩上纹丝不晃。到了终点，大伙儿一个劲地鼓掌叫好，晓杰心里好不得意。

这时，营长带着一位军官走到三人面前，说："晓杰和明亮他们二人可是不分上下，李参谋你先好好看看。"晓杰听了，心里一阵激动，看来这李参谋是来挑人的呀。

他赶紧打起精神，做了一个标准的军姿后，向李参谋敬了一个潇洒的军礼。而明亮却明显驼着个背。

营长生气地一拍明亮的肩膀："站好了，什么形象！"说着大吼一声，"立正"，明亮仿佛条件反射一般扳正了身体。晓杰扭头一看，嘿，明亮明明和自己一般高，可今天怎么比自己高了一截儿。

李参谋微微点了点头，说："好，形象都不错，明亮的身高还是可以的。"说着便离开了。

晓杰一下子联想到明亮他爸的信，心里想明白了：噢，你小子还真会耍心机呀，营长以前说过我俩个子不高，你便记在心里，私下里托你爸爸打听李参谋今天来挑兵，就早做好准备了。简直虚伪透了，还好意思放烟雾弹说自己不争名额。

可晓杰也学聪明了，心里明白，脸上却没有表露出来，暗说：明亮啊明亮，你既然无情，也甭怪我无义。

到了晚上，等明亮睡熟后，他悄悄地溜下了床，翻开明亮的鞋子，把鞋垫抽了出来，借着过道的灯光一看，嘿嘿，果真是增高鞋垫。为防打草惊蛇，他又悄悄地把鞋垫放进去。

第二天，晓杰把班长拉到营部小树林，气愤地把事情全说了。班长一听也火冒三丈："我最看不起的就是背后耍阴招的人。你放心，在

这件事上我坚决和你站在一起。"

晓杰感激地说："没错，班长，人家都说'亲老乡，亲老乡，背后放一枪；老乡好，老乡好，背后捅一刀！'。事不宜迟，我们现在就去找营长。"

营长听了他俩的话，沉思片刻说："其实我们已经研究过了，这次你们连的名额是你，张晓杰。"接着，营长又疑惑地说，"而且明亮昨晚还找过我，表示他不想进教导队。那他为啥还要故意垫增高鞋垫呢？"

说完，营长便把明亮也喊来了。

一见明亮，营长就要把事情问个究竟。明亮听后，却哈哈笑了起来："晓杰，班长，你们的愤怒我理解，今天我就当着营长的面，把原因说清楚了吧。"

明亮走到晓杰面前，真诚地说："晓杰，我做这一切都是为了你好，咱们练负重圆木跑步时，你站在我和班长中间，班长个子比咱们高，我垫增高鞋垫，个子一高，自然就和班长一起把圆木抬高了，这样你的肩膀承重就少很多。我是不想让你为这个项目，把身体累垮了呀。还有，我爸确实想让我留在部队，可我已经回绝了他。他也同意了我的选择。而李参谋昨天来，我当然事先不知道，只是凑巧昨天咱们训练这个项目，我垫了增高鞋垫而已。"

营长一听，赶紧扒了晓杰的上衣，一看他那红肿的肩膀，马上骂道："真是胡搞，都肿这样了，不要命了。唉，要是明亮不垫增高鞋垫，我看昨天那一场圆木负重训练，你的肩膀真要毁了。"说到这里，他看了看三个人又说，"你们知道为啥这次又给咱们营加了一个名额吗？就是因为汽车营一个训练尖子本来已经被选上了，可是他训练太猛，不讲方式方法，结果 在一次体能训练中腿部拉伤，站不起来了。"

（题图、插图：谢　颖）

乙一，生于1978年10月21日，日本小说家，原名安达宽高，常以"乙一"为笔名，作为导演和编剧。

上便利商店去

夜间遇盗

故事发生在一个偏远社区的小便利店里，便利店没有新式的橱窗，也没有监视器。故事发生的那个晚上，还差五分钟就要十点，正到了该打烊的时候。

小伙子森田在店里接待完了一个胖大婶。这时，他的同伴千代小姐也从员工休息室走出来。两个人默契地点点头，准备脱下店员围裙，关门离开。

这时，进来一个高个男人，身材瘦削，脸上布满胡子，一副潦倒模样，好像几天都没吃东西。男人在店里转了两圈，在文具货架边停下来。千代见状，不耐烦地对森田说："学长，你去提醒他一下，快打烊了。"说完就把森田推出柜台。森田无奈地来到男人身边，问："先生是要买文具吗？"那男人惊得一回头，满脸慌乱。森田这才看清，男人手里握着一把刚拆开包装的美工刀，包装纸散落满地。没等森田再开口，男人已经用美工刀抵住了他的脖子。

森田下意识地向千代望去，两人此刻的想法一样：怎么这么倒霉，居然最后三分钟遇上了强盗！

此刻，男人又一手扭过森田的左臂，颤声威胁千代说："打开收银机！"见千代呆在那儿没动静，男人又喝道，"打开收银机！否则我杀了他！"千代倒一点不慌张，慢条斯理地说："我马上打开，可是……"强盗大吼一声："少罗嗦！打开！"

这时，"叮"的一声，千代打开了收银机，却并没有从里面取钱，只是冲着男人耸耸肩。男人此时已经架着森田来到收银机前，一张望，收银机里竟然只有几个钢镚。男人刚才还火辣辣的眼神立刻黯淡下来，一脸失落。

千代在一旁竟幸灾乐祸地开口说："再看也没用，就这点。"男人被激怒了，吼道："闭嘴！小心我宰了这家伙。"千代看看森田，冷笑了声："呵呵，像森田学长这样没理想

的人，这世上也不缺他一个。"

男人沉默了几秒钟，又来了主意，说："店里肯定有保险柜！"

森田还没来得及回应，却听千代回话了："大哥，就凭这点营业额，你说店里要保险柜干什么呢？"说完，她用力推了推休息室的门，解释说，"喏，你看，里面正装修呢，门都给锁起来了。"

森田当然明白千代是在假装用力，门根本就没锁住，因为千代刚才还从那儿出来呢。他暗暗叫苦，可又怕自己开口激怒男人，只好静观其变。

强盗这回要彻底崩溃了，抓着森田后退几步，把货架上的口香糖碰倒了一地。

千代等他冷静了几秒，又开口了："真是抱歉啊，实在没什么钱可以给你。我想你也是瞄准这家店里没有摄像头才来的吧。要不你离开吧，放心，我不会报警的。要不你把学长带走当人质？威胁我说如果报警就干掉他，都随你。"

森田听了，正要大骂千代没良心，男人竟说话了："你真的不会报警？那之后我该把这人质怎么办？"

千代脱口而出："随你处理。找个地方放生。或者就把他踹到海里去。学长他会游泳，等他挣扎上了岸，你也跑远了。"

男人听了觉得有道理，可他还

是不甘心地说："可我不能什么也没抢就走啊。"

千代松了口气，想了想，建议说："这样吧，店里的东西，随便你选，能拿多少拿多少，拜托了！"

男人终于接受了这个提议，用美工刀抵住森田的后颈，吩咐他帮自己从货架上取东西。不一会儿，森田已经帮他取了面包、方便面、玉米棒等等，塞了满满一个购物篮。他心里想好了，待男人一走，一定要好好收拾千代这个混蛋。

节外生枝

就在这时，玻璃门外头冒出一个人影，有个人在店前停下了摩托车，只听千代不禁轻声道："哎呀，是警察！"店里的气氛又瞬间紧张起来。那男人立刻又反拧过森田，把他拽到离门最远的货架后面躲起来，并用眼神示意千代：你要是敢报告警察，我就杀了他！接着，他就和森田蹲在那儿，抬眼看着店里唯一用来防盗的工具——天花板上的凸面镜。

那警察大腹便便，长得十分和善，他边进门边打着招呼："我执勤都快饿死了，今天运气真好，都过十点了，你们竟然没关门呀！"只听千代笑着说："哦，今天例外。"那警察顿了一下，继续搭讪："你是新来的吧？你们店长呢？"千代回

答："他今天好像生病了呢。"

这时，森田和男人屏住呼吸，通过凸面镜看着警察哼着歌走向零食区。其实，警察只要把头抬得高些，目光就能越过帽檐的遮挡，从凸面镜里看见他们两个人。这架势简直就是千钧一发啊。冷不防的，警察的哼唱声停止了。只听他"咦"了一声，问道："是不是有人打过架？你看，口香糖掉得满地都是。"

千代赶紧应声说，是自己刚才不小心撞上了架子，说完，忙奔向零食区拾口香糖。这头还没收拾好，只听警察在那边又喊了句："嘿，你们可能遭偷了，你看，好像有人在这里拆开了美工刀的包装啊！"千代又赶紧奔过去，骂道："啊！真的耶！到底是哪个白痴弄的？我马上清理干净！"

此刻，警察离森田他们越来越近，森田早已盘算过了：如果被警察发现，这男人一紧张，说不定就朝自己来一刀，要不就是朝着警察捅过去。现在最安全的办法，就是帮助这男人躲过警察。于是，他用眼神示意男人跟着自己，一起躲到收银柜台后面去。可那男人看着森田，一副犹豫不决的样子，还不小心碰掉了货架上的一包纸巾！

警察明显听见了动静，快步向他们走来，森田已经看见他那只大

肚皮了，这下完了，森田觉得自己就要血溅便利店了。就在这时，那边的千代发出了一声尖叫。警察这才停住脚步，转往千代那边，关切地问："怎么了？"只听千代抽泣道："蟑……蟑螂！我最怕这东西了。"

就在这几秒之间，那男人似乎也明白别无他选，跟着森田一起，迅速跳过柜台，躲到收银柜后面。可惜，他俩无论再怎么轻手轻脚，还是发出了声音。

"什么声音？"警察一下警觉起来，快步向收银柜走来，边走边问，"有人吗？"这时，森田已经能感到那男人握着美工刀的手都沁出了汗。也就在这时，他看见了柜台底下的

箱子里，有一团店员的围裙，赶紧抓起来就递给了男人。

当警察走到收银台前，探过头来的时候，那男人刚好套上了围裙。警察看见他和森田，诧异了一下，笑着说："哈，原来还有人啊！"边说还边取了一袋面包。

警察回到收银台，递上钱，千代却发现收银机里压根没有零钱可找，便偷偷掏出自己的钱包，把几个钢镚递给了警察。

警察提着面包，出了门，圆滚滚的背影消失在黑暗中。

尽释前嫌

整整过了好几分钟，便利店里的森田、千代和那个男人才不约而同长叹了口气，面面相觑，接着竟然相视窃笑起来。忽然，那男人像想起了什么，又举起美工刀指向了森田。

森田哑然失笑，道："怎么？你还想重来一遍啊？"说完，又看看千代。这时，千代竟然耸耸肩，推开了柜台后面休息室的门。

男人见了，皱起眉头说："你们刚才骗我？"

森田赶紧惶恐地回答："有些复杂的苦衷啊。"千代也插话说："是啊，现在请进去看看吧。"那男人瞪了他俩一眼，进了门内，不一会儿便返回来，连连摇头，嘴里说着："你们

上那个满满的购物篮，问强盗："那么这些你还要带走吗？"那强盗也尴尬地回道："还是不要了吧。"千代也调皮地插嘴："那你岂不是白跑了一趟？"

那强盗干笑："没错，到便利店来抢劫，根本就是个错误。"

千代听了，满意地点头说："嗯，抢劫是不对的，你总算悟到啦？强盗最差劲了，根本就是人渣！仅次于我的这个森田学长！现在准备一下，一起离开这吧。"强盗点点头，把手里的美工刀搁在货架上，这才出了门。

森田进休息室和办公室又检查了一遍，这才和千代离开了店里。

第二天一早，在某所大学的餐厅里，森田找到千代的时候，她正在看报纸。地方版有一小块豆腐干报道，报道的标题是：抢匪三人组夜袭便利店。

两人不禁大笑起来。千代还一边埋怨道："以后绝对不要再干这种事情了！幸好当时店长没有反抗，否则没准我们心里一急，就会伤了他。"

森田点点头，也嘲笑道："昨天保险柜里没看到一毛钱，没办法，只好再打一份工了。"说完，两个人翻开报纸登的招聘启事，一起找起兼职来。

（题图、插图：佐　夫）

这是搞什么名堂？办公室里那个被绑着人是谁？难不成你们也是来打劫的？"

千代吐吐舌头，向森田眨眨眼。森田只好硬着头皮解释说："里面那位才是这家店的店长。我们也是万不得已。我这位学妹欠了人家三万块，找我求助，我手头也没钱，只好出此下策。"

千代插嘴道："唉，我们穿上店员围裙，一个人用玩具手枪威胁店长进办公室开保险箱，另一个假扮成店员在外面照做生意、掩人耳目，还是学长你的主意呢。没想到还真做了一单生意……"

这时，森田只好尴尬地指着地

大姐，你真好

□ 宫艳秋

如今留守老人已经成了社会的焦点问题。刘芳就不忍心让自家老人留守，所以丈夫玉田常年在外地打工，她就留在县城里当了个中学老师，替丈夫尽尽孝心。谁知玉田上个月在工地上高空作业摔了下来，摔没了命。刘芳到现在都没敢把这个不幸的消息告诉公公。

刘芳的公公今年七十多了，身子骨倒还硬朗，可就是得了轻度的老年痴呆，有时连刘芳都不太认识，还常喊她"大姐"。可刘芳白天要上班养家，只好嘱托邻里们多留神。

这天下班回来，刘芳见公公穿戴整齐站在门口，就奇怪地问："爸，你这是干啥？"公公一本正经地说："大姐，今天12号，玉田要回来。"刘芳强忍住泪水，应付说："玉田很忙，今天不回来了，等他忙过这阵子就回来看你。"说完便收拾起屋子

来。不多会儿，她却见公公在院子中间垒了一堆木头，点起了火。这时，邻居张二嫂赶紧闯进院子，吵道："你这死老头，安的啥心？要把我家烧了啊？把我家的猪圈烧了，三五十万呢！你可赔不起！"

刘芳赶紧赔笑说："二嫂，你别生气，我爸他糊涂了，都怪我，走的时候没把火柴放起来。"

张二嫂这一吵，公公好像明白自己惹了祸，规规矩矩地站在墙角。第二天上班，刘芳把打火机和火柴都藏了起来。这样平平安安地过了些日子，刘芳渐渐地放心了。

这天刘芳正在上课，忽然有人闯进来。刘芳一看，是张二哥，她赶紧问："出什么事儿了？是不是我爸他？"张二哥脸色很不好看，道："你自己回家看看就知道了。"刘芳赶紧跟着张二哥回了村，老远就望见自家附近浓烟滚滚，消防队员站在水车上，正拿着水管往火堆上喷水，村民有的拿水桶、有的拿脸盆，老老少少齐上阵，都在帮着灭火。刘芳吓傻了，脑子里一片空白。

所幸，火最后全灭了。村民们围过来，七嘴八舌地问刘芳："刘老师，这火是你公公着的，你说咋办吧？"刘芳回过神，眼泪汪汪地说："我赔。"可她话音刚落，张二嫂就挤进来，说："刘老师，今天的事可不是你赔两个钱就能完事的，你必须把你公公送走。"刘芳说："送走？我往哪儿送？"张二嫂说："养老院！"

张二嫂的丈夫张二哥也帮腔说："刘芳，我们知道你是个有孝心的人，可是你公公这病，跟前没个人看着根本不行。这回他还好是点着了柴禾垛，下回你能保证他不把大伙的房子给点着吗？"村民们个个也都跟着点头称是。刘芳脑子里乱成一团麻，说："我回去想想。"

等她回到家，看到了公公呆呆坐在那儿，便赶紧安顿他躺下，这才转身进了自己的屋子，拉开柜门。柜门里放着玉田的遗像。见到遗像，刘芳泪如雨下，说："玉田啊，我咋办啊？爸的祸惹大了。"照片上的玉田深情地看着刘芳，像在说："媳妇，你决定吧。"刘芳说："玉田，我实在照顾不了爸，我只能把爸送走了。"

于是她开始着手找养老院，一连跑了几天，总算找到一家条件比较好的，选了一间干净朝阳的房间。

送别的那天，到了养老院，公公好像意识到什么，寸步不离地跟在刘芳身后，刘芳找个借口溜出来，头也没敢回就走了，走着走着，她的泪

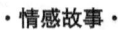

水就"哗哗"地流下来。

接连十几天，刘芳都坐卧不宁，耳边总听见公公叫她："大姐，我饿。"正为这个伤心，这天，养老院来电话了，说让她去接公公。一问，才知道公公在养老院里又点了一把火，差点着起来。养老院领导说什么也不留公公了。

到了养老院，刘芳在仓库里找到公公，公公眼眶乌青，嘴角也破了，见到刘芳，公公"哇"地哭开了，说："大姐，我要回家。"刘芳狠狠地瞪了那领导一眼，对公公说："走，爸，咱们回家。"公公跟在刘芳身后，突然冒出一句："大姐，你真好。"听得刘芳又心酸起来，心里说：爸，你放心吧，以后无论咋难，我都不会再把你送走了。

刘芳接公公回家的消息不知怎么就传开了，他俩刚进村口，就看见路中间站了一排人，把路堵得严严实实，领头的正是张二嫂，上前就说："刘老师，你今天就是说出蝈蝈叫来，我也不能让他进村。"刘芳拽着公公就往前走，说："人谁没个老的时候？我爸这是回自己家，你们凭什么不让他回？"张二嫂二话没说，抢起扫帚照着公公就要打，这时，就听有人喊了一嗓子："把扫帚放下。"

张二嫂回头一看，原来是自己的公公张大伯，她想这回有人替自己撑腰了，便赶紧退到一边。谁知张大伯却把拐棍指向自己的儿子张二哥，问道："你媳妇不懂事就算了，可你会不知道玉田他爹为啥点火？"张二哥低下头不说话。张大伯又说："你不说我说！要是没有玉田他爹当年的那把火，你这条命早就没了。"

原来，二十年前一个初冬，玉田和张二哥还小，两人到冰窟窿里抓鱼。到了傍晚，天突然下起了大雪，他俩迷了路，又冷又怕，只好找了个山窝子先躲着。张二哥穿得单薄，不久就冻僵了。

张大伯和玉田爹满山遍野地找，也没见他俩，玉田爹忽然想到个主意，抱来柴禾，点起一堆火。果然，没多久玉田就在火堆的指引下跑了回来，大伙儿这才顺着他的脚印找到了张二哥，把他给救了过来。

张大伯说完颤抖着走到刘芳的公公跟前，拉着他说："兄弟，那天晚上你不该救这个畜生啊。你不救他，他就不能过今天的好日子。他不过今天的好日子，就不能让你有家不能回啊。"

张大伯的话让刘芳茅塞顿开，她算了算，公公每次点火的日子都是12号。原来，公公虽然得了病，却清晰地记得玉田回家的日子，他这是盼着玉田回家啊。

这时候，人墙也慢慢地散开了，给刘芳和公公让出来一条宽敞的路。

（题图、插图：刘为民）

昂贵的指甲

□李 谦

奇怪的典当

光绪年的一个秋天，一大早，城内最大的当铺"和兴当"就来了生意。一个眉清目秀的小伙子来到柜上，从怀里掏出个木头盒子小心翼翼递过来，开口要当一万两，一个月以后赎回。

掌柜鲍楚民一眼便认出，这盒子是由檀中极品——檀香紫檀雕刻而成，价值不菲。鲍楚民小心翼翼打开盒子，愣住了：盒子里竟躺着一对两三寸长的指甲！只见那指甲光润、修长，正中间还镶嵌着两粒小宝石。

鲍楚民哈哈大笑道："要说这个盒子，也值三五百两银子。可这一对指甲，你敢要一万两？小伙子，这里可是天子脚下、皇城根儿，别当我们没见过东西！"

小伙子的脸"腾"一下红了，争辩道："要不是天子脚下，我这宝贝还不往外拿呢！"

鲍楚民冷冷一笑，说："那就拿着你的宝贝去别家试试吧！"

小伙子气呼呼地去捧盒子，却只听后堂传来一声喊："慢着！"只见一位中年贵妇走了出来，来人正是鲍楚民的夫人富察氏。她盯了小伙

子好半天，然后接过了盒子，只看了一眼就吩咐说："一万两不多！给他银子！"鲍楚民和在场的人都惊呆了。

话说这位富察氏，她的亲哥哥德伦曾是亲贵大臣，只是听说慈禧老佛爷西行的时候他服侍不当，最近被罚去看城门了。不过他家余威犹在，所以鲍楚民不敢不依了自己这位夫人，当价一万，利息一千两，一个月后赎回。再看那落款，小伙子名叫秦英。

送走秦英，鲍楚民满心疑问，这到底是什么指甲，值一万两？可夫人却不作解释，只是吩咐他们收好指甲。鲍楚民心里清楚，这一万两算是打了水漂：是啊，谁捡了这么大的便宜不赶紧跑路啊？

隐情不能说

谁知一个月后，那秦英竟再次来到和兴当，进来就掏出一张银票，不多不少正是一万一千两。鲍楚民心里惊叹，狼嘴里还真能吐出肉！

他忙让人去取指甲。谁知不一会，下人匆忙来报，那宝贝不见了！鲍家上下四处翻找，却仍不见宝贝踪影。

小伙子见状，拽着鲍楚民就到顺天府衙门告状。顺天府尹叫郑鸿杰，他问过案后，对秦英好言劝道："就叫鲍家按原价赔偿，你看可好？"谁想到秦英竟不买账！郑鸿杰有些恼了，冷笑道，"你一个小小女子，不

敢以真面目示人，怕是这宝贝的来路有些见不得人吧？"

那秦英见府尹认出了自己的真面目，好半天才回了话："大人说的不错，我的确是女子，且是军机处陈阁老的夫人！"

郑鸿杰心头一惊，那陈阁老原是封疆大吏，前不久被老佛爷宣召进京，委以重任。早听说他有一位年轻的夫人，是在离乱中所得，想不到就是眼前这位秦英！郑鸿杰立即客气道："原来是陈夫人，失敬。不过下官有一句话不知当问不当问，不知这典当之事陈阁老知道吗？"

秦英沉吟一下，说出了一件事，让在场的人都大吃一惊。

半个月前，陈阁老携家小风尘仆仆来到京城，可到了崇文门外却给人拦了下来。原来外官入京有一条潜规则，必须缴纳进门费，以官衔大小论价，陈阁老官居要职，价码自然高些，足足值银三万两！

当时陈阁老就发了脾气，坚决不给，这一僵持就是五天。最后还是一个小吏私下找到秦英，主动降价到了一万两。

秦英没办法，这才拿着宝贝乔装来到"和兴当"，当了一万两白银，让全家进城。至于指甲的来历，她说那是祖母传下的，留个念想。

郑鸿杰听了，觉得这事秦英定是瞒着陈阁老的，想必另有内情。于是

他软中带硬地劝道："宝贝已经丢了，再闹下去，别说惊动陈阁老了，说不定老佛爷也要过问此事，不如小事化了吧。"

看郑鸿杰搬出了夫君和老佛爷，秦英果然作罢，由鲍楚民再补了一万两白银，便不再追究宝贝的下落。

献宝反惹祸

没多久，太后老佛爷下旨让诰命夫人们进宫赐宴，这位陈阁老的夫人秦英也在入宫之列。

当日，宫殿内环佩叮咚，绫罗满室，太后高高在上，大太监李莲英正捧着送礼的册子，让她一页页过目，却只听她忽然喝了声："且慢！"

李莲英急忙停下来，老佛爷拿过册子仔细一看，便对一旁的宫女耳语了几句。当下那宫女就出了宫门，不久又捧着个盒子回来了。此时，下头的秦英脸色不由一变。

只见老佛爷让人打开盒子，扫了一眼，脸色忽然变得刷白。她"腾"一下站了起来，惊得那宫女把盒子失手掉在地上。这时，近前的人都看得清清楚楚，盒子里掉出来一对两三寸长的指甲！

李莲英立刻尖着

嗓子喊道："这份礼是谁送的？"只见一个中年妇人应声站了起来，秦英觉得眼熟，仔细一看想起来了：这不就是"和兴当"的那位富察氏吗？原来指甲是被她藏起来了！

再看那富察氏赶紧施礼请安，太后不动声色地问："你不是德伦的妹子吗？这礼物是从哪儿弄来的？"

富察氏诚惶诚恐地回答："回老佛爷，奴婢家是开当铺的，那天我看柜上收了这个宝贝，就藏了下来。"

老佛爷又问："知道它的来历吗？"富察氏点头说："从前每次您赐宴，奴婢都认得是您的指甲。后来哥哥跟我说此物掉落了……奴婢如今再见了它，就一定不能让它再流落民间啊！"

慈禧太后的脸上堆起了笑："很好。你如此孝顺，理应重赏啊！"

富察氏赶紧下跪磕头："老佛爷

圣明！奴婢的哥哥当初伺候您老不够周全，被贬去守了城门！请老佛爷看在奴婢一片孝心的份上，宽恕了我哥哥吧。"说完连连叩头。

这时，老佛爷却吩咐李莲英打开一份奏折说："念！"李莲英清了清嗓子，宣读起来。

原来，这正是陈阁老前晚彻夜未眠写的奏折，述说自己被拦在崇文门外五天不能进城的事。再看那富察氏，越听脸越白，身子也不由地簌簌发抖。

李莲英读完了，老佛爷冷笑一声，说："你倒是惦记着你娘家哥哥。不过，别看你哥哥是守城门的，可这差使比我这皇宫大内还肥呢！看起来，我不办他对不起你这份心！"

说到这里，老佛爷忽然目露凶光，几脚就踩碎了那指甲，起身回宫去了。留下那富察氏瘫软在地，连哭都找不着调了。一旁的秦英也偷偷抹了把冷汗，赶紧借故离席回府。

往事不能提

几天后，陈阁老下了朝，兴冲冲告诉夫人秦英，那些守城门的小吏已经被悉数查办。秦英这才把当日宫中发生的事儿说了出来。陈阁老惊讶地问："那指甲既然是老佛爷的，为何她看了一眼竟要动怒呢？"

秦英这才慢慢说出了实情。那是一年多前，八国联军入侵北京城，老

佛爷换上农妇的衣裳逃出城去。第一夜歇宿在农家，刚要吃饭，随侍的德伦就跑进来说有悍匪犯驾！老佛爷大惊失色，起身就跑，不想一只长长的指甲正磕在门框上，连根折断。老佛爷顾不得钻心的剧痛，领着一群丧家之犬，一口气跑出十里地，才让贴身的小宫女帮着把另一只指甲也剪断了，一并收藏起来。

陈阁老听到这里，醒悟过来，说："那个小宫女，就是你？"秦英这才点点头。原来，老佛爷对指甲喜爱成痴，而秦英就是当年专门护甲的宫女。后来主仆失散，秦英巧遇了陈阁老，这才成就了一段姻缘。

陈阁老心疼地问："那你为什么还瞒着我呢？"

秦英黯然泪下："夫君，我从小进宫，老佛爷对我犹如孙女一样疼爱。我本来发誓终身不嫁孝顺太后的，没想到一场离乱，让我违背了誓言，所以才不愿对您明言。本想留着指甲想作个念想，这次为了换银子进城，才不得不拿出去典当。"

陈阁老恍然大悟，原来这对长指甲，见证了老佛爷的不堪往事，怎能重提？这富察氏真是弄巧成拙，搬起石头砸自己的脚！

此时，秦英不禁打了个冷战。而陈阁老也拍拍她的肩说："天威难测，高处不胜寒！以后不要再进宫了！"

（题图、插图：黄全昌）

伟大的欺骗

这天，一个小镇上发生了一起银行抢劫案。抢劫犯没能抢到钱，却被保安困在银行里。他抓住一个五岁的小男孩，要求警方准备五十万美金和一辆车，否则开枪杀人。

谈判专家尼尔森赶到了，谈判未果后，他只好尽量拖延时间，让狙击手各就各位。眼看绑匪就要撕票，狙击手扣动扳机，绑匪应声倒地，小男孩顿时给溅了一身血，吓得号啕大哭。尼尔森赶紧抱起小男孩。此刻，外面的媒体蜂拥而至，却听尼尔森高呼一声："演习到此结束！"小男孩这才止住哭，问妈妈是不是真的。妈妈含着泪

点头说是，一边的警察也上来安慰小男孩，说他表现得非常好，应该获得奖章。

第二天，镇上的媒体集体失声，对抢劫案只字不提，所有的人都心照不宣地选择保护小男孩的幼小心灵。

多年后，一个中年人找到了尼尔森，提起这件事，问他当初怎么会喊出这样一句话。

尼尔森笑说："枪响的时候，我在想，这孩子可能一辈子都走不出这件事留下的心理阴影。但当我走近他的瞬间，上帝给了我一个启示，让我说出了'演习结束'这句话。"

这时，来人紧紧拥抱着老尼尔森，半天才开口说："我整整被瞒了30年，前不久，妈妈才告诉我真相。谢谢，谢谢尼尔森叔叔，是你让我拥有了一个健康的人生。"

尼尔森眨了眨眼，笑着说："你不用谢我，如果要谢，就谢那次欺骗过你的所有人吧！"

（作者：唐厚梅；推荐者：伯 仲）

真爱无私

桑托斯原来在巴西一个农村信贷社工作，在这期间，每个月都会有一个叫莫西尼的中年人来申请贷款，可这人的条件显然没法通过审核。但他还是每月都坚持来信贷社。

一次，桑托斯忽然想去莫西尼家

看看，了解他贷款的原因。很快，他就找到了地方，进去一看，里头家徒四壁，却收拾得相当整齐。

莫西尼不在家，一个三十多岁的女盲人接待了桑托斯。桑托斯试探地问道："莫西尼贷款是为了给您看眼病吗？"

那女人害羞地点头说："是的，我的眼睛只要做一个小手术就可以复明。"桑托斯有些感动，问："那他凭啥分期还贷呢？"那女人笑道："他啊，是个校车司机，收入还不错呢。"

桑托斯听了心中一惊。女人又笑说："他为了安慰我，每次回家就自己扮成盲人，说这叫'患难与共'。"

这时，桑托斯已感动得不知说什么好，匆匆告辞了。回去的路上，桑托斯遇见了拄着拐杖艰难摸索的莫西尼。其实，莫西尼就是一个盲人，他也不是什么校车司机，而是靠帮路人按摩赚取微薄的收入，这也是当初信贷社不愿意给他贷款的原因。

又过了一个月，莫西尼遇到了桑托斯，高兴地告诉他自己的贷款批下来了，但他也十分不解："是什么原因让信贷社改了主意呢？"

桑托斯微笑着对他说："也许是爱，是无私的真爱吧。"原来，那次桑托斯回去后，自愿用自己的一年工资，为莫西尼提供了贷款担保。

（推荐者：路 凌）

免费运货的马队

范蠡是我国春秋时期著名的谋略家。年轻时，他来到南方吴越之地，发现当地人都喜欢北方商品，可一路上战乱迭起，运输风险极大，商品价格一路走高。于是，范蠡立刻叫来手下组建一支马队。

手下马上买来一百五十匹马。范蠡又命人张贴布告，写道：本人新建一支马队，运送南北货物。为庆开张，三个月内运货回本地一律免费！手下急了："如今乱世，高价运货都难保不亏，您免费运送怎么赚钱？"但范蠡主意已定，手下只能照办。

不久，当地势力最大的姜子盾也派人前来。范蠡了解到姜子盾跟南北通路上的官员很熟，便答应了。此后，范蠡的马队便与姜子盾的商队同行，每次都安全运回货物。

三个月后，姜子盾问范蠡："你还打算免费替我运货吗？"范蠡点点头。姜子盾忍不住问，"可是我不明白你靠什么养活马队？"范蠡笑了："我该谢你才对。其实我每次都在北方买大量的良马，回到南方再卖掉一部分，如果没你的货物做保护伞，我怎能安全地做贩马生意呢？"

凭借一己之力难以成事时，与其冒风险蛮干，不如向他人借力。借力是生存哲学，也是发展智慧。

（作者：何慧慧）

乔致庸心里明白，吴东家这么做无非是想赖账。

可他却安慰道："既然你已到了这步田地，我也不能逼你，就把那只破箩筐拿来抵债吧！"吴东家一听，心里顿时乐开了花，立刻送来了破箩筐。

吴东家走后，伙计急切地问："一个破箩筐怎么能值八万两银子，您这不是白白送他吗？"

乔致庸笑了笑说："你照我吩咐的去做，吴东家自会把钱送来。"

随后，乔致庸便让伙计把那破箩筐挂在店里最显眼的地方，标价八万两银子出售。人们听说后，都跑来看热闹，自然也就知道了破箩筐的事。

后来，很多生意人知道这件事，就都不愿意跟吴东家做生意了。这时，吴东家才意识到问题的严重性，只得乖乖地把欠款还清，赎回了那只破箩筐。

小胜凭智，大胜靠德，信誉是我们的重要资本。如果没了信誉，也就失去了做人的根本！

（作者：秦 湖）

（本栏插图：陆小弟）

八万两银子的破箩筐

乔致庸是中国清代著名的晋商。一次，包头东城万利聚商号的吴东家，因资金周转不开，向乔致庸借了八万两银子。

当时，吴东家承诺：一年后连本带息全部还清。可一年的期限到了，吴东家不仅没还一分钱，借钱的事也闭口不提。

更过分的事，他还主动找上门来，可怜巴巴地向乔致庸哭诉："我现在是穷得叮当响，家里仅剩下一只用来卖花生的破箩筐了，哪还得起你那八万两银子呀？"

学写作文，从读故事开始

蒙骗死神

□ 尔 安

吉姆是个大滑头，平日里专靠招摇撞骗混日子，坏事干了不少，日子倒是混得不错。这不，最近他买了小镇上最豪华的别墅，搬了进去。

这天，吉姆正躺在温暖舒适的大床上，盘算着坏主意正要入睡。忽然，他感到眼前一闪，接着又听到一声清脆的"咔嚓"声，好像是按相机快门的声音。

吉姆惊得一下子坐了起来。他四处张望了下，发现屋里没有别人，只有壁灯幽幽地亮着。但是，吉姆清晰记得自己是关掉灯之后上的床！

吉姆迅速下床，打开柜子，见贵重物品都在，但他还是不放心，又披上外套，拎起门口的棒球杆，警觉地推开门，向院子里张望，果然看见一个模糊的人影正走向院门口。

"你是谁？"吉姆大叫着追到院子里。他有一副好身手，打算给这个深夜的闯入者一点儿教训。

吉姆几步追上闯入者，转到那人面前，挥舞着结实的球杆，但闯入者只是停住脚步，却并不慌张，还晃了晃手中的相机，一副无所谓的样子。

吉姆更加生气了，一把夺过相机，骂道："你这个变态！拍我睡觉的样子做什么？"说着，就使劲把相机往石子路上摔去。

然而，诡异的事情发生了！相机在即将触地的瞬间，竟然轻轻地飘了起来，像一枚黑色的气球，飘回到闯入者手中。

"我是死神的使者。"闯入者冷冷地说，"你生命的期限将到，我先拍下你的样子，三天后，会有别的使者凭照片来带你去地狱。"

吉姆惊讶得说不出话，呆在原地，眼睁睁看着这个死神的使者打开了院门，要往外走去。

吉姆急得心里怦怦跳，抓狂地想：如果这家伙说的是真的，那我该怎么办？眼看那使者就要消失在自己的视线之中，情急之下，吉姆慌忙把手中的球杆向他狠狠扔过去，想阻止他离开。

那球杆眼看就要打着使者的后脑勺，却又忽然像失重一样，轻轻地悬浮在了空中。等使者关上了院门，那球杆竟然自动转回来，快速飞向了吉姆，一下子把他打晕在地。

直到第二天早晨，吉姆才醒过来，他发现自己躺在院子里，身边还躺着根球杆，这才确定昨晚的情形不是噩梦——这一切都是真的！

吉姆惊恐万分，一想到自己只有三天的时间好活，他只好努力压制了心中的恐惧，决心要找到保命的办法。

吉姆首先查找到了几个传说中的通灵师，一一给他们打电话。然而，那些通灵师都说吉姆没救了，死神的使者一旦拍下照片，就等于宣判了死刑。

这下吉姆彻底绝望了，他颓然地坐在地板上，看着自己刚刚买下的这幢房子，

那华丽的天花板此刻只能让吉姆备感压抑。他现在巴不得逃到天涯海角，逃过死神的追踪。

于是，吉姆慌乱地逃出了别墅，逃到了大街上，却不知道再往哪儿走了。

正当他漫无目的地在马路上游荡的时候，他的弟弟巴尼出现在了他的视线中。

说起这个巴尼，他和吉姆是双胞胎，从头到脚都长得一模一样，只是巴尼好吃懒做又酗酒，所以穷困潦倒，只好住在小镇的贫民窟里，常常吃不饱饭。

这时候，巴尼也看到了吉姆，便口齿不清地打了声招呼。原来这家伙又喝醉了。

看着巴尼这副模样，吉姆心里愤

愤不平：巴尼这个彻头彻尾的穷光蛋，凭什么比我的命还长？老天真是不公平啊！

然而，就在两人错身的瞬间，吉姆心中忽然冒出一个念头。

吉姆拉住即将离去的巴尼，笑道："嘿，我说弟弟，你哪里弄到的钱买酒喝？"

"我，我前两天把房子卖掉了。虽然它不值几个钱，但够我喝上三天酒。"

"啊？"吉姆少有地露出关心的神色，"那你岂不是没处住了！真是个可怜的家伙。"

巴尼感到很吃惊，因为哥哥从来

就瞧不起自己，今天忽然这么殷勤，巴尼感动得几乎落泪。

更让他觉得不可思议的是，吉姆竟然提议说："要不，你还是去我那里住吧。"巴尼听到这里，顿时感动得泪如雨下。

"没想到，"巴尼抽泣着说，"我们还能像小时候那样住在一起，我简直像做梦一样。"

"不是梦。"吉姆淡淡地说，"我从不相信梦。现在我就领你回家。你首先要做的就是洗个热水澡。"

于是，巴尼感激地来到吉姆家，在高级浴缸里泡了一个舒舒服服的澡，然后穿上吉姆拿来的干净衣服，睡了一觉。

吃晚饭的时候，巴尼起床来到餐厅，发现满桌都是美味佳肴，都是吉姆亲手为他做的。他又兴奋又局促地说："这简直就像小时候在一个桌子上吃饭一样。还有衣服，我正穿着哥哥你的衣服。小时候，我也总是穿你的衣服。"

"嗯。"吉姆一边敷衍地点点头，一边计划着自己的事情。

饭后，吉姆对巴尼说："我生意上有点急事，要连夜外出，恐怕要三四天才能回来。这期间，你就待在我的房子里吧，吃的喝的都在冰箱里。"

吉姆补充道："我们虽然是兄弟，但我这样帮助你，对你的将来也是无益的。所以，作为住在我这里的回报，你要把我后花园的杂草都除掉。"

"一定。"巴尼立刻保证，并且一改懒惰的本性，抓起工具就向后花园奔去。他可不想再让哥哥失望。

见巴尼在除草，吉姆赶紧把贵重物品打包，趁着夜色出了门，顺便还带走了巴尼那身破衣服。

吉姆在街上走了一段后，回望自己的院落，心想：可怜的弟弟，永别了，我这么做虽然有些残忍，但你那样贫穷地活着也是受罪，还不如替我一死。到时候我一定给你买一块好墓地。

吉姆坐车来到小镇边缘。早在巴尼洗澡的时候，他就打了一通电话，把巴尼卖出去的那栋小房子高价租了下来。

原来，他要彻底地和弟弟巴尼交换角色！吉姆可不敢低估死神的能力，他要好好伪装成弟弟的样子才行。所以等他一进入弟弟原来那间简陋的小屋，就换上了弟弟原来穿的破衣裳。虽然难受，但为了保险起见，还是这么穿上几天吧。

时间已经不早了。吉姆躺在又窄又晃的破床上，长长吐了口气，放心地闭上眼。

然而，睡到半夜时，吉姆听到"嘎吱"一声响——破旧的房门被推开了。

"谁？"吉姆警觉地从床上弹起来，见到一个黑色的身影走向自己。

吉姆迅速地跳下床，随手拿起装着自己贵重物品的小皮箱举过头顶，权当武器。接着他吼道："我警告你立刻出去！"

然而，闯入者毫不理会，面无表情地来到吉姆跟前。

吉姆有种不好的预感，他使出浑身力气把皮箱砸过去。然而，昨天夜里的那种情形又发生了——皮箱还没碰到闯入者，便飘飞到一旁。

闯入者一手掐住吉姆的脖子，一手从衣兜中拿出一张相片。比对之后，闯入者点点头，说："我是死神的使者，负责把将死之人的灵魂带走。你是巴尼吧？我劝你还是别白费工夫反抗了，老老实实配合点。明天晚上我还要去你哥哥吉姆那里收拾他呢！"

吉姆这才明白，原来自己的弟弟竟然已经比自己早一天被死神的使者盯上，并给他拍好了照片。难怪他会把房子都卖了买酒喝呢。

没等吉姆申辩，那死神的使者就结束了他的生命，把他的魂魄收进口袋中带走了。

第二天，太阳温暖地照耀在小镇上空。巴尼在哥哥吉姆的房间里醒来，听着外面愉悦的鸟叫，心中产生巨大的喜悦——死神的使者三天前造访过他的小破屋，声称他活不过今天黎明，看来那只是一场恶作剧吧，或者只是自己喝醉了酒的幻想吧，亏自己还吓得把房子卖掉了呢。

（题图、插图：佐　夫）

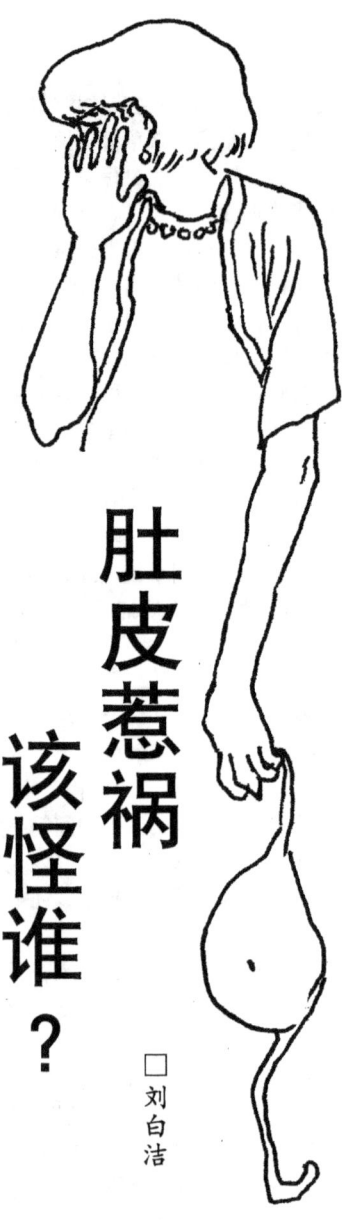

肚皮惹祸该怪谁？

□ 刘白洁

八通地区自从通了地铁，居住人员日益增多。一到上下班时，八通地铁站是人山人海，人们几乎是踮着脚"坐"地铁。

要说挤地铁，身强力壮的小伙还能凑合，可要是孕妇那就苦了，白领李梅就是其中一个受难者。她每天早晨挺着一个大肚子，艰难地随着上班的人流挤进车厢，从起点站一直挤到终点站，确实非常辛苦。好在如今还是好人多，大家一见大肚孕妇，都会纷纷站起来让座。

今天，李梅一上地铁，马上就有个小伙子站起来让座，李梅甜甜地说了声："谢谢。"就心安理得地坐了下来。

此刻，李梅心里乐开了花，回想起以前在地铁里摇摇晃晃，挤来挤去的日子，李梅不禁摸了摸自己的肚子，暗说：肚皮啊肚皮，你可真给力啊！

不久，地铁终点站到了。今天，李梅出门有点晚，她怕上班迟到，于是侧着身用力往外挤。突然，有人一声惊叫，李梅感到人群静了下来，而且静得有些异样。李梅用眼一扫，发现众人惊诧的眼光都盯着她的肚皮。她再一低头：妈呀！只见一个松松垮垮的、像肉皮一样的东西耷拉到了自己的上衣下面。有个大妈过来，抓过那个东西，一看，就笑了起来："嗬，这个肚皮的两头还连接着腰带啊。"众人明白了，原来是假肚皮啊！

地铁里顿时炸开了锅，众人发出了嗤笑声，刚才给李梅让座的小伙儿讥讽地说："大姐，你这骗座的技巧可够高啊，连高科技都用上了！"有人紧接着谴责道："都像你这样利用别人的同情心，今后谁还给真的孕妇让座？"

李梅在众人的冷嘲热讽中，狼狈不堪地下了车。

李梅原以为这个小风波就这样过去了，但令她万万没有想到的是，更闹心的事还在后面。

第二天到了单位，人称"八卦女王"的同事小王神神秘秘地凑过来说："李姐，你可太有才了，你现在可是名人了！"同事小张也凑过来说："李姐，有关于你的话题在微博排行榜上可是第一名哦。"李梅云里雾里地不知道她们到底在说什么，忙打开电脑看个究竟。只见微博的头版新闻就是"假孕女郎肚皮露馅，

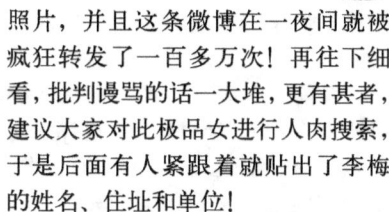

众人围观耻笑骗座"，下面还附有李梅在地铁里的照片，并且这条微博在一夜间就被疯狂转发了一百多万次！再往下细看，批判谩骂的话一大堆，更有甚者，建议大家对此极品女进行人肉搜索，于是后面有人紧跟着就贴出了李梅的姓名、住址和单位！

李梅正看得心惊肉跳，主任过来了，他铁青着脸，把李梅叫进了办公室。当李梅从办公室走出来的时候，彻底蔫了，主任的话在耳边不停地回响："你的行为，严重影响到了我们公司的形象，经研究，公司决定辞退你！"

李梅失魂落魄地回到了家里，四岁的女儿哭着跑过来说："妈妈，我恨你，班上的小朋友都说你是大骗子！"这么快啊，假肚皮的事，在幼儿园家长中间也传开了。

此刻，李梅的肠子都悔青了，原想上班路上有个座，能轻松点，结果弄巧成拙，丢了工作也失去了

家人的信任。这一切都该怪谁呢？李梅越想越难过，不知不觉恨起向她推销假肚皮的网上经销商！

以前，李梅每天都挤地铁，挤得她疲惫不堪。她很想念自己怀孕期间的"公主"待遇。说来也巧，有一次，李梅在网上看到一条关于转让"孕妇硅胶肚皮"的论坛帖，宣称戴上"硅胶肚皮"后看起来与真的孕妇极为相似。李梅当即与帖主联系，最后在网上以300元的价格成交。当李梅收到邮寄的"假肚皮"后发现，这玩意儿做得挺逼真，第二天就把它捆在身上去了地铁站，一试还行，还真能骗人。

谁想到乐极生悲，她靠投机取巧骗了没几天的座儿，就遭此"飞来横祸"。李梅怒气冲冲地找到那个论坛，想要退货，没想到那篇帖子已经被删除了。没办法，她拿着"硅胶肚皮"，找到工商所投诉。她认为，这次"露馅事件"是因为"硅胶肚皮"

的质量不过关所致，因此强烈要求对方赔偿自己的名誉和经济损失！

工商所的小王听完李梅的"惨遇"后，忍住笑说："对不起，女士，您这个投诉请求，我们没办法受理。""什么？难道我买东西吃了亏，工商所就不管了吗？"小王见李梅还真是法盲，就做了认真的解释，听完小王一番话，李梅的脸顿时由红转白，一下蔫了。

律师点评：《肚皮惹祸该怪谁》故事涉及一个法律问题，即消费者维权的范围。根据《消费者保护权益法》第2条款规定："消费者为生活消费需要购买、使用商品或者接受服务，其权益受本法保护。"而故事中李梅所购买的"硅胶肚皮"显然不属上述范围，其不良消费行为不仅超出了"生活所需"，且理当受到道德的谴责，如果后果严重，甚至还可能受到刑事方面的追究。

（题图、插图：丁德武）

·本刊信息传真·

法律知识故事征文

本刊推出的"法律知识故事"，通过发生在我们身边的、短小而具体、在法理上容易混淆的个案，生动、形象地宣传法律知识。为鼓励作者深入生活，写出高质量的法律知识故事，我刊决定面向全国征文。本次征文也欢迎读者和法律界人士提供相关素材、案例，一经录用，即付稿酬。

来稿方法：1. 从邮局寄发，请在信封上注明"法律知识故事"字样，本刊地址：上海市绍兴路74号《故事会》杂志社，邮编：200020。2. 从网上传递，可寄以下信箱：fabianji@126.com，请在主题上注明"法律知识故事"字样。凡已和我刊编辑有联系的作者，稿件可继续投给原编辑。

幽默词语新解

◇ 化石——地球固执的记忆

◇ 自助餐——吃不了不许兜着走

◇ 无独有偶——单身汉的愿望

◇ 心脏病——你是我胸口永远的痛

◇ 朝秦暮楚——自由恋爱的跨国境行动

◇ 相看两不厌——自己对着镜子欣赏自己

◇ 苹果——它最光辉的一刻是砸在了牛顿的头上

◇ 流行——就是会让女人发狂、男人发疯的东西

◇ 代沟——刚刚适应了儿子的长发，他又剃了光头

◇ 无奈——被狗咬了一口，却无法反咬一口时的感觉

◇ 幸灾乐祸——当猫被主人一脚踢出门时，老鼠出来送行

(推荐者：胡 图)

礼物物语

◇ 围巾——我永远爱你

◇ 信——我想念你

◇ 花儿——我希望把我的名字放在你的心上

◇ 书 ——我相信你很聪明

◇ 口香糖——我希望跟你交往得很久很久

◇ 戒指——你永远属于我的

◇ 伞——我在任何情况下都要好好保护你

◇ 镜子——你别忘记我

◇ 项链——我要你在我身边

◇ 钱包——永远陪伴你

◇ 皮带——拴住你一辈子

◇ 相册——永远珍藏你和我的回忆

◇ 手表——不要在约会时迟到哦

◇ 毛巾——永远地记住我

◇ 日记本——请你成为我生命的一部分吧 (推荐者：老 大)

◇ 以前穿泳衣是用来游泳的；现在穿泳衣是用来选美的。

◇ 以前黄瓜是放到嘴里吃的；现在黄瓜是放到脸上敷的。

◇ 以前吃不到妈妈奶的孩子是不幸的；现在吃不到进口奶粉的孩子是不幸的。

◇ 以前重男轻女的父亲是要做B超的；现在不太放心的父亲是要验ＤＮＡ的。

◇ 以前你怀孕了丈夫会觉得很陶醉；现在你怀孕了领导会认为你很累赘。

◇ 以前日记是用来记载自己内心秘密的，现在是用来放在网上让人唾弃的。

(推荐者：瓜 瓜)

一句话笑话

·诙段子·

◇ 如果，挣钱是一种能力，花钱是一种技术，那么我能力有限，技术却很高。

◇ 通往成功的路，总是在施工中。

◇ 聪明人无论在哪里跌倒，都会捡点儿有用的东西。

◇ 我国是世界文明古国，拥有五千多年的悠久文化，由五十六个民族和十二个星座组成。

◇ 每次看书，整个人马上就变得有深度，例如睡眠。

◇ 领导和下属的关系就是：你不仁，我不"易"啊……

◇ 当男人遇见女人，从此只有纪念日，没有独立日。

◇ 社交之所以累，是因为每个人都试图表现出自己其实并不具备的品质。

◇ 昨天是作废的支票，明天是期货，只有今天是可使用的现金。

◇ 一打开电视总是会碰到广告，一打起瞌睡总是会遇到主管，这就是人生。

◇ 一觉醒来，天却黑了。

◇ 人生就像旅途，不必在乎目的地；在乎的是沿途的收费站及油表跳动的心情。

（推荐者：萌　主）

趣味汉语：成语中人之"最"

◇ 最贫穷的人：一贫如洗
◇ 最孤单的人：众叛亲离
◇ 最吝啬的人：一毛不拔
◇ 最奢侈的人：挥金如土
◇ 最愤怒的人：怒发冲冠
◇ 最谦虚的人：虚怀若谷
◇ 最能说的人：口若悬河
◇ 最长寿的人：万寿无疆
◇ 最守信的人：一诺千金
◇ 腿最长的人：一步登天
◇ 手最大的人：一手遮天

◇ 个子最高的人：顶天立地
◇ 武功最高的人：天下无敌
◇ 最有学问的人：博古通今
◇ 最会经商的人：一本万利
◇ 工作最繁忙的人：日理万机
◇ 记忆力最强的人：过目不忘
◇ 说话最管用的人：一言九鼎
◇ 算计最精明的人：凿壁偷光
◇ 盗窃水平最厉害的人：偷天换日
◇ 围棋水平最糟糕的人：混淆黑白

（推荐者：马志国）

当强拆遭遇疯人院，到底是大佬推倒了疯人院，还是"疯人"们推倒了大佬心中那堵厚厚的心墙……

推倒疯人院

□ 袁夫之

1.拆迁受阻

江湖大佬杜金山成立了一家房地产公司，搞商业旅游开发。他经过多方考察，最后相中了风景秀丽的小王庄。他打算将小王庄村民整体迁出，在这儿搞一个一流的酒店式度假村。

可是，到哪儿去划拨一块空地建房安置小王庄村民啊？杜金山把目光瞄准了县城地理位置偏僻、破败不堪的精神病院。接着他经过灵活操作，很快得到了市里的批文：由市精神病院收治县精神病院的病人，县精神病院就地解散。

文件很快也下达到了县精神病院。这可愁坏了这儿的老院长。这位院长七十多岁，早过了退休年龄，而且耳聋眼花，腿脚不便，可因为一直没人肯来当院长，他只能坚守岗位，苦等接班人。按说医院一解散，他不就解放了吗，还愁个啥？

原来，文件上还说，患者要先办好监护人委托，然后才能转院。可是，院里头有四个患者的监护人，却因各种原因联系不上。像这样的"问题患者"，市精神病院根本不会接收。这可难坏了心地善良的老院长。

老院长思量再三，觉得这可不是小事儿，他决定去找领导。于是他拄着拐棍站起来。这时，一直站在他身边的一个身材高大的白大褂，立马上前，搀着他出了门，来到了县卫生局长的办公室。

局长听老院长说明来意，眉头也皱了起来，市局的文件都已经发下来了，要改是不可能了，局长拍拍脑袋，出了个主意道："干脆把这几名病人都送回家，我们就甭管了。"

谁知局长叽里呱啦交代了好几遍，老院长只是伸长脖子，干瞪着眼睛，好半天才张大嘴巴，冒出了一句："啊？局长，你说啥？我听不清啊。"

这时，他身边的白大褂清了清嗓子，贴着他的耳朵，一字一顿把局长的话解释了一番。老院长听了，摇摇头说："这样做不合适，精神病院把病人推给社会，那就是不负责任！"

局长无奈，当下拨了杜金山的电话，说："杜总啊，县精神病院还有几个病人和职工的安置出了点问题，需要再增加五十万补偿费。"

杜金山毫不犹豫地答应了，局长扣下电话，对老院长说："你都听到了，我给这几个病人争取了五十万的治疗费用，只能这样了。无论如何，所有病人明天必须离开精神病院！"

看着老院长莫名其妙的表情，局长对白大褂说："你告诉他，费用局里出，但县精神病院明天必须搬家！至于那几个病人，他爱弄到哪儿就弄到哪儿，弄到他家我也不管！"

白大褂给老院长说了之后，老院长点点头，站起来，跟局长告辞。局长这才如释重负地拍拍白大褂的肩膀

说："小伙子不错！很机灵嘛！你也是精神病院的？"

白大褂点点头。局长又问："怎么以前没见过你？你叫什么名字？"

白大褂笑了笑，说："我叫一号。"

局长一听，惊得冷汗"刷"就下来了。他想起来了，这个"一号"是一个间歇性偏执狂患者，是县精神病院收治的头号名人，还上过报纸的头条。原来，一号家前年遭遇强拆，他老婆在争执中摔下了楼，那家强拆的地产老板一看闯了祸，立即脚下抹油，躲到现在都找不着。一号房子没了，老婆成了植物人，又欠了医院里巨额的医药费，他崩溃了。

这个一号，平常好好的，还能帮着老院长管理病人，是老院长的得力帮手。但是，只要一听"拆迁"二字，就会发疯，见人就打、见东西就咬。

想到这儿，局长不禁暗自心惊，赶紧满脸堆笑，送两人出了局里大门。

老院长也别无良策，和一号回到院里，完成了交接工作，就带上另外三名"问题患者"，收拾了东西，一起回到了自己的老家。

也叫无巧不成书，老院长的老家，居然就在杜金山看中的那块宝地——小王庄。而这时，杜金山也正被小王庄的整体拆迁搞得焦头烂额。

原来，三个月前，小王庄拆迁就开始了。杜金山对自己手下头号大将"刀疤强"反复强调："咱们现在搞实

体了，告别过去了！要文明拆迁，要和谐拆迁！千万别给我弄出事来！"

于是，刀疤强带着一帮往日里舞枪弄棒的小兄弟，拿着拆迁协议，挨家挨户登门造访，苦口婆心地谈条件，谁知那些村民嫌待遇太低，打定主意不达到要求不签字。两个多月下来，刀疤强一份协议也没签下来。

杜金山这个气啊，骂道："怎么着，好言好语听不进是吗？还给脸不要脸了。弟兄们，使点坏，给他们点厉害瞧瞧！"他这一声令下，第二天天没亮，刀疤强就领着兄弟们，带着棍棒进了村。这下小王庄可热闹了：吵架骂娘，砸盘子摔碗，闹得鸡飞狗跳。

一个星期后，杜金山接到刀疤强的电话，说拆迁大见成效，村民们排着长队来签合同，预计拆迁工作今天就结束了。

杜金山一听大喜，连忙带着十几台挖掘机，浩浩荡荡向小王庄奔来。到了小王庄，正赶上最后一户在协议书上签好字，举家带上行李慌慌张张离开了。

刀疤强见了杜金山，赶忙凑过来邀功。杜金山也正要夸他，却见远处"突突突"开来一辆摩托车，车上坐着一个年轻的小胡子，离开老远就听到他的口哨声。刀疤强一个箭步冲上前去，伸手拦住了小胡子，大喝一声："哪儿去？干什么的？"那小胡子乐呵呵地说："买点东西，刚回来。"

刀疤强一愣，就问："我怎么没见过你？你是这个村的？怎么还没拆迁？"小胡子摇摇头，说："我是刚搬来的。"

什么？居然还有刚搬来的！杜金山一听，怒火"腾"就上来了，这他妈也叫拆迁完了？刀疤强也急了，指着小胡子说："你别睁着眼睛说瞎话！我怎么没看到你搬来？"

小胡子认真地指着村子最靠边的一个破旧院子，说："真的，我家就住那，我们六个人上礼拜刚搬回来！"刀疤强一下想起来了，对，村子里是有一家一直没联系到的户主，他本想先拆了，等户主找上门再说。没想到，今天人家居然搬回来了。

2.软硬不吃

刀疤强赶紧把情况说了，杜金山听罢，不由倒吸一口凉气：来者不善呐！在这节骨眼一次来了六个人，这不明摆着是冲拆迁来的吗？想到这，杜金山朝刀疤强使了个眼色，小声说："先吓唬吓唬他看看！"

刀疤强点点头，走到小胡子身前，笑眯眯地说："你叫什么？知道我是谁吗？"

小胡子摇摇头，说："我叫二号，我不认识你！"

"尔……浩是吗？"刀疤强说着，抽出砍刀，"噗噗噗"几刀扎在那辆摩托车前轮上，轮子瘪了，刀疤强恶狠狠地说："现在认识我了吧？"小胡子莫名奇妙地看看瘪下去的轮子，又抬头看着刀疤强，说："你是警察？想把我带走？我不跟你走！"

"你他妈胡说什么！"刀疤强瞪着两只大眼冲小胡子怒吼，小胡子也寸步不让。两个人大眼瞪小眼，瞪了半天，直瞪得刀疤强眼睛发酸，大叫一声："给我滚！"

小胡子这才"哼"了一声，猛地一踩油门，摩托车"轰"地冒出一股黑烟，接着，那瘪了车胎的摩托车便慢吞吞地向远处开去。不久，又从远处传来了他的口哨声。刀疤强一边揉着眼睛一边对杜金山说："老大，奇怪，看不出路数啊！"

杜金山若有所思地看着小胡子远去的背影，半天才说："你待会买两瓶酒，去和户主谈谈，先探探他们的口风，咱们这叫先礼后兵！记着，和气点，别动粗。"

接近傍晚时，刀疤强提着两瓶酒，来到了小胡子说的那户院子。他一进门，迎面就碰上了一个白大褂。刀疤强把酒往地上一放，对白大褂说："你们这儿谁负责？"

白大褂拍拍胸脯，说："我负责，你有什么事？"

"吆？"刀疤强眼睛一亮，上下打量着白大褂，说，"你说了算？"

白大褂认真地点点头，说："当然我说了算。"刀疤强上下打量了白大褂一番，哼了一声，说："我是房产公司的。"说完，挑衅地看着白大褂，没想到对方还是满脸疑惑。刀疤强忍住火说，"不知道我是来干什么的？还是装傻？"

白大褂摇摇头，刀疤强哈哈大笑，道："都告诉你我是房地产公司的了！还不知道我来干吗？难道你非要我说出来？这样很有意思吗？"

白大褂不好意思地挠挠头说："我真不知道，你快说吧！"

刀疤强听罢，一脸坏笑，过了半晌，他蓦地一凝神，伸出俩指头说："俩字！拆迁！"

他的话音刚落，一直等在院子外头的杜金山，突然听见一声惨叫，接着"咣当"一声，从门里飞出一个马扎子。杜金山不由大吃一惊，不是说先礼后兵吗？怎么打起来了？他正在纳闷呢，只见刀疤强满脸是血、连滚带爬地从屋里跑了出来，接着一个煤气罐从他身后飞了过来，"咣当咣当"滚到了杜金山脚下。杜金山惊得脸色大变，撒丫子就往远处跑。

两人跑了好远才停下。杜金山恼火地问是咋回事。刀疤强委屈地说："我什么都还没来得及说，刚一提'拆迁'二字，那个白大褂就扑过来了，冲我脸上就是一拳，接着对我又打又咬……"

杜金山听完纳闷了，赶紧派人打听这家的来历。原来，这院子，就是老院长的家。这白大褂，当然就是先前寸步不离老院长的一号。

杜金山同时知道，正是因为县精神病院的老院长，带着几个精神病回来了，村民们顿时慌了神，才争先恐后地签了拆迁协议搬走了。

杜金山明白了，原来这档子事，还是自己操作安置用地惹的祸。刀疤强白挨了疯子一顿打，只得自认倒霉。按照杜金山的吩咐。第二天。他又提着两瓶酒，来到了老院长家。

一进门，白大褂认出了刀疤强。他竟客客气气地走上前，拉着刀疤强的手直道歉。刀疤强心有余悸地客气了几句，就跟着白大褂，见到了老院长。让他没想到的是，白大褂形影不离地守在旁边，给老院长做翻译。刀疤强支支吾吾，磨蹭了半天，最后什么也没敢说，留下两瓶酒，垂头丧气地走了。

不过，刀疤强也没有白来，他发现了一个小细节。就在他和耳聋眼花的老院长交流时，白大褂拿着一份文件走过来，拍拍老院长的肩膀，然后指了指文件签名的地方，老院长二话没说，就在文件上签字了。刀疤强当时就暗自感叹：这老院长居然对白大褂这么信任？连看都不看一眼，就签字了！

刀疤强把这个事告诉杜金山时说："如果我们收买了一号，那不就……"

杜金山没容他说完，就破口大骂："闭嘴！别他妈光出馊主意！谁去收买？怎么收买？你去？还是我去啊？"

刀疤强皱着眉头，凑过来说："那怎么办？现在和他们谈没法谈，收买又不能收买，要不，咱们就给他来硬的！"

杜金山懊恼地说："来硬的？再怎么硬法？吓唬他们？昨天那个小胡子你也吓唬了，怎么样？"

两人都沉默下来，苦思良久，杜金山忽然眼睛一亮，说："有一个办法！如果咱们装成神经病，打进他们内部，事情不就搞定了吗？"

刀疤强一阵茫然，说："为什么说咱们装成神经病，事情就搞定了啊？"

杜金山哈哈大笑，道："你想，到了晚上咱们穿上白大褂，拿着协议拍拍那老头的肩膀，那老头老眼昏花的……"

刀疤强激动地说："你是说装成一号？"

杜金山点点头，说："对，找个和一号身材相仿的人，到时黑灯瞎火的，那老头怎么看得出来？"刀疤强也乐了，边乐边说："那个一号个头挺高，咱们兄弟里面，除了老大你，和他相仿的还真不好找啊！"

杜金山听了一愣，对着镜子照了照，又想想，觉得除了自己，身边还

真没有这样的人。他苦笑一声道："好吧，这次我亲自出马！"

3.打进内部

说干就干，第二天一早，刀疤强就带着装成傻子的杜金山，来到老院长家，借着上次送酒的事，说希望把自己这个亲戚放在这里调养，还出示了临时伪造的介绍信和杜金山的病情资料。

老院长同意了，一号白大褂将杜金山带到一个房间，说："以后你就叫六号，和五号住一个房间！"杜金山往房里一看，就看到一个小孩，坐在床上，面朝墙壁，一动不动。

杜金山进了房间，装了半天傻，而那小孩竟一点反应也没有，仍是面朝墙壁而坐。杜金山受不了了，走到小孩旁边，小声问："你怎么了？"

小孩转过头，面无表情地看着他。杜金山一看，这小孩面容枯槁，脸色透着青紫，死气沉沉，不由吃了一惊。

这时，一号白大褂端着盘子进来给两人派发药物，他见杜金山吃惊的表情，叹了口气，小声告诉他说五号小孩患有严重的抑郁症，眼看着一天天萎靡，恐怕是活不久了。

傍晚时，老院长和一号白大褂组织大家进行心理辅导。杜金山终于见到了所有的病人。除了五号小孩和最早遇到的那个二号小胡子，还有一个中年大脑袋秃头四号。咦，小胡子二

号不是说有六个人吗？这才五个，加上自己才六个啊！他有些纳闷了。

那秃头四号见了杜金山，朝他一拱手，很仗义地说："今日你我同道在此共襄义举，商讨剿灭黑木崖的大计，实在是武林之幸事！只是不知，少侠师出自何门何派？"

杜金山尴尬地咳了一声，扭过头不再看他。白大褂走过来给大家做了介绍，秃头又一拱手，连说："久仰久仰。"白大褂对杜金山说："六号，你是新人，欢迎你给大家讲讲你的心路历程！"病人们鼓起掌来，杜金山一时有点蒙，说："啥？我的心路历程？"

那秃头点点头说："是啊，就是说少侠既来此地，却有什么打算啊？"

哦，杜金山明白了，看来是要讲讲自己打算怎么治，以便进行针对性治疗。他心说：见鬼！我有啥病。但不能不说，他只得脑子里一边琢磨，一边现编现说："我这个病啊……"

"什么？"秃头打断他说，"少侠有病？不知是什么病啊？"

杜金山笑了，说："这还用……咳咳，当然是精神病了！"

秃头一声惊呼，满脸同情地看着杜金山，杜金山难为情地擦擦额头的汗水，继续往下编。按他的说法，他是因为工作压力大，精神抑郁，近来开始出现幻觉。

白大褂清清嗓子，微笑着说："这些都不是重点，重点是你都会出现怎样的幻觉？""是啊是啊！"小胡子附和道，"快说说你都有什么幻觉？"

杜金山没想到大家问得这么细，想了半天也扯不出谎来，最后，只好满头大汗说起自己的实际情况："我经常幻想着自己被警察抓起来，关进了监狱！"

哪知道他这话可捅了马蜂窝，只见小胡子"呼"一下站起来，两眼圆瞪，情绪激动地嚷道："怎么和二号的感觉一模一样？你是警察扮的对不对？是想把二号抓回监狱对不对？我告诉你，没门！我三号在这一天，就绝不会让你把他关进监狱！"

小胡子明明是二号，却自称三号，还反应这么大，这让杜金山又是吃惊又是害怕。他赶紧扭头想向老院长求助，谁知老院长竟然一脸微笑，坐在椅子上闭目养神。

大家七手八脚把小胡子摁下，他才好不容易平复下来。这时，白大褂小心地拍着他的后背，连声问："回答我，现在你是几号？现在你是几号？"

小胡子连做着深呼吸，说："我是二号！我是二号！"

白大褂又问："那三号呢？"

小胡子回答说："他已经走了，我现在是二号。"

大家松开了他，小胡子走过来跟

杜金山握手道歉。道完歉，他忽然凑到杜金山的耳边，意味深长地说："六号，三号已经告诉我了，你是装的，因为精神病是不会承认自己有精神病的。你就继续装吧！我会让你露出破绽的！"

接着，秃头开始乱哄哄地发表他的心路历程了，什么五岳并派、清理门户。只有五号小孩坐在旁边一声不吭。

最后，白大褂作总结陈词，他分析杜金山的病情时说："六号，其实就你的心路历程来说，我个人以为你是带点幻想症的情况，这属于神经系统病况。换句话说，我认为你不是一

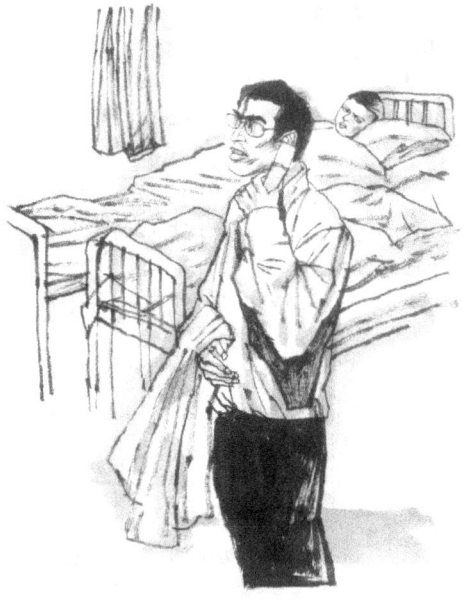

个精神病，而是一个神经病！"

心理辅导结束后，白大褂掏出一张药物表格，拍拍老院长的肩膀，递了过去。只见老院长眼睛睁也没睁，接过钢笔，就在表格上签了字，然后依旧闭着眼睛像睡着了一般。这一幕看得杜金山心里一阵激动，他想，再忍一忍，等找到机会冒充一号让老院长签了字，就万事大吉了。

接下来的几天，杜金山发现，一号每天都会清点好药物，去请老院长签字。同时，杜金山又了解到：四号秃头是偏执型妄想症，总把自己幻想成武侠小说中的人物；而那个二号小胡子则患有精神分裂症，经常把自己幻想成两个人——二号和三号。二号比较安全，三号对自己敌意很深。

而和自己同屋的五号小孩患的是重度抑郁症，平时一声不吭，就像个哑巴一样。杜金山觉得这下就方便了，从此他在房间里给刀疤强打电话，也不避讳这小孩了。

这天晚上，杜金山终于成功地躲过大家的视线，穿着白大褂来到睡着了的老院长身边，拍拍他的肩膀，把协议和钢笔递了过去。老院长照常闭着眼睛接过协议书，正要签字，突然他"咦"了一声就醒了，然后放下文件，开始到处找老花镜。杜金山觉得不对劲，老院长平时可是从来不看文件的，这回怎么了？难道自己露馅了？杜金山见情形不妙，赶紧抽走了文件，撒

腿跑回了自己的房间。

杜金山困惑地想：老院长怎么会醒？问题出在哪儿呢？是一号身上有什么气味还是他另有什么暗示？杜金山犯难了，倒是刀疤强给他出了个主意。刀疤强说："大哥，咱们不如把一号弄走，再争取让找老头签字的事落你身上吧！"

对啊，这的确是个好办法！可怎么把一号弄走？杜金山脑子一转，计上心来，命令道："发动所有弟兄，就是掘地三尺，也要把那个强拆一号家的无良地产商给我找出来！"

4. 考了零分

还别说，蛇有蛇道鼠有鼠路。刀疤强的能力真是不小，没几天，就把那地产商从乡下小蜜的被窝里拖出来，好一顿暴揍。那地产商连声哀求，当即赔了一号妻子的医药费和一切损失，然后跑到派出所自首了。

刀疤强办完这一切，把报道这个新闻的报纸塞在了老院长家门口。杜金山心情大快，兴冲冲地找到一号。一号看完报纸，对杜金山说："医院方面已经给我打过电话了。"

杜金山拍拍他的肩膀，说："开心点，一切都会好起来的！不过，一号，难道你不觉得奇怪吗？那个地产商躲了两年，为什么会突然自首，还赔偿你家所有损失呢？"

一号说："是啊，我也感到很奇怪，或许是因为他良心受到谴责了吧？"

杜金山哈哈大笑道："良心？谴责？哈哈，良心多少钱一斤？"大笑之后，他小声对一号说："实话告诉你吧，这是我听说了你家的情况，为你不平，特意安排朋友为你做的！"接着，他详详细细把刀疤强的作为跟一号说了一遍。

一号激动地握住杜金山的手，眼含泪水说："谢谢你，六号，还麻烦你牵挂着我家的事情。"杜金山有生以来头一次被这么个实诚人真情感谢，一时竟觉得有点不好意思，只好尴尬地笑笑。

这天晚上的心理辅导，一号把地产商自首的消息告诉了大家，然后激动地说："现在我感觉我已经克服了自己的心理障碍，请大家测试一下，一起喊出那两个字，好吗？"

众人乍一听，不由面面相觑，过了好半天，四号秃头第一个跳了起来，摆了一个很眼熟的武术动作，悄悄地说："拆迁……"一号笑眯眯没有反应，大家终于开始齐声大叫："拆迁——"杜金山注意到，连五号小孩也小声地叫了一声。

大家纷纷鼓掌，对一号表示祝贺，一号伸手制止住大家，说："感谢六号一直牵挂着我的家事，下面请大家一起听听他的心路历程，看看他是怎样惩罚恶人，弘扬正义的！"

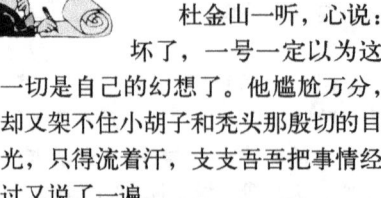

杜金山一听，心说：坏了，一号一定以为这一切是自己的幻想了。他尴尬万分，却又架不住小胡子和秃头那殷切的目光，只得流着汗，支支吾吾把事情经过又说了一遍。

最后，一号深情地说："伙伴们，今天是我最后一次和大家进行心理辅导了，明天我要离开这里了。我要赶去医院，因为我的妻子更需要我。"接着，他表示要从二号、四号、六号三个人中选出一个新的一号，作为他的接班人，继续为大家服务。

终于说到了核心问题，杜金山不由有些紧张，不知道一号怎么选接班人。这时，只见一号从身后掏出三张纸，说："大家的机会均等，为公平起见，我为你们设计了一份考试卷，谁得分最高，谁就是新的一号！你们觉得这样公平吗？"

杜金山一听，长出一口气，心说：哈哈，考试！自己虽然上学时成绩不佳，但考过两个精神病他绝对没问题，这么一想，他眉开眼笑地说："公平公平，这样很公平！"

可试卷发下来，杜金山却傻眼了。只见第一题就是在座四个病人的服药间隔和药量，接下来都是关于日常护理方面的内容，甚至包括老院长的作息时间。

杜金山蒙了，他用的药物都是刀疤强用维生素片冒充的，因为无害，所以他对用量也没怎么放在心上。至于别人，他压根儿就没留意过。

考试结果出来了，四号秃头居然得了一百分，而杜金山得了零分。杜金山目瞪口呆，忍不住指着秃头对一号说："就他？能做得了一号？他整天神神叨叨的，自己都拎不清自己是谁，还能为我们服务？你有没有搞错啊？"

一号站起来拍拍得意洋洋的秃头，说："这是公平考试的结果，四号，不，现在应该叫你一号了，我相信你！你一定行的！"

秃头挑衅地看了杜金山一眼，举起拳头连声说："千秋万代，一统江湖！千秋万代，一统江湖！"就这样，白大褂一号走了，把相关的工作交代给了秃头，秃头成

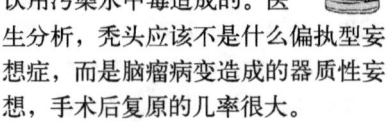

了新的一号。

刀疤强知道了这事后，百思不得其解，就问："老大，这怎么可能？"杜金山无奈地解释说："考的都是日常护理，谁知道，那个秃头居然全答对了！"

刀疤强哭笑不得地说："老大，你被他们涮了！这秃头以前在村卫生所做过赤脚医生，对日常护理这套很熟悉！"说完，刀疤强把秃头的资料发给了杜金山。资料显示，这秃头早前开过诊所，后来疯了，亲朋好友谁也不愿接手，就把他送到了精神病院。

杜金山看着秃头的资料，犯愁了。刀疤强挠挠脑袋说："要不，咱也想办法把他给弄走？"可这家伙，姥姥不疼舅舅不爱，这可怎么办？倒是刀疤强想到了一个办法。他说，给病人们安排一次体检，然后找个借口把秃头留在医院。杜金山闻言大喜，吩咐刀疤强快去安排。

不久，县卫生局突然通知，要老院长的病人组织一次体检，没几天，刀疤强来电话了，对杜金山说："老大，那个秃头检查结果出来了，他脑子里有个瘤，需要住院动手术。"

杜金山一听乐了，连声赞扬道："办得不错，还亏你假造了个诊断报告。"

刀疤强急忙说："不是，老大，这是真事！而且，这事不简单。"

原来，体检中心确实发现秃头脑子里有颗肿瘤，而且是因为饮用污染水中毒造成的。医生分析，秃头应该不是什么偏执型妄想症，而是脑瘤病变造成的器质性妄想，手术后复原的几率很大。

杜金山听了，愣了：这事搞的，弄假成真了！到底是该真戏真做还是真戏假做呢？杜金山想了半晌，叹了口气吩咐刀疤强："尽快安排手术吧。不管用什么办法，要让秃头下周躺在手术台上！还有，赶快搜集其他病人的资料，我又要准备考试了！"

5.再做嫁衣

刀疤强办事确实很有效率，两天后，秃头要去医院了。

当晚的心理辅导，秃头兴致勃勃地说："诸位掌门，近来在市肿瘤医院发现了东方不败的踪迹，本门长辈约我前去查看。那么我不在的这段时间，需要临时委托一人负责门中事务，不知几位觉得谁可以胜任？"

杜金山和二号小胡子齐声抢着说："我，我，我来我来！"秃头皱起眉头说："两位少侠自告奋勇，倒是可喜可贺！只是……两个人，这可怎么办？"

杜金山急忙说："要不，你再搞个笔试？考考医务护理什么的！"

秃头头摇得像拨浪鼓，说："这是堂堂一派掌门的选拔，岂能比试什么医务护理？要比也应该比试武

功！"

杜金山吃了一惊，小胡子也连连摇头说："这个不行，他是个神经病，我打他是犯法的，到时警察会找到借口送我去监狱的！还是另换个简单的！"秃头想了想，说："那好，只要说出我派的独门武功以及本掌门在江湖上的绰号就成了！来吧，六号，你先说。"

杜金山目瞪口呆地看着秃头，半晌才说："你开什么玩笑？"

秃头乐了，说："六号猜不出来了，零分！二号，你来猜！"

小胡子挠挠头，说："我只知道你说你叫什么莫大先生。"

"答对一半，五十分！"秃头一拍桌子，说，"记住，咱们是衡山派，独门武功是千变万化三十六式衡山剑法，我是潇湘夜雨莫大先生！二号，从明天开始，你就是新的一号了！"

秃头走了，小胡子成了新的一

号，他得意地来到杜金山面前，拍拍身上的白大褂，趾高气扬地说："六号，我知道你是警察的卧底，想把我从这儿撺出去，让我蹲大牢。现在，你没辙了吧？告诉你，你完了！"说完，大摇大摆地走了。

看着小胡子的背影，杜金山无奈地叹了口气：妈的，又泡汤了，又给人家做了一次嫁衣裳。刀疤强听了这个消息，也很失望，不知该怎么办。

杜金山恼火地说："算了算了，已经这样了，你赶紧再去趟卫生局，查找小胡子的资料，看看有什么办法。"

没几天，刀疤强就来电话了，但语气里充满了不安，说："老大，这个小胡子是个厉害角色，很可能是道上的人，你千万要小心！别惹着他……"

杜金山听了，一愣：啊？到底是什么人物？我还惹不起？

刀疤强继续说："那家伙是个亡命徒，资料上显示他是个银行抢劫犯，曾经抢劫银行九十万元，一审被判十五年，二审时他疯了……"

杜金山觉得小胡子一副文绉绉的样子，怎么也不敢相信。他会是抢劫犯？可刀疤强信誓旦旦地保证消息确切，杜金山只好让刀疤强继续打听，同时他决定想个法子，探探这个新

一号的底。

于是，在傍晚的心理辅导课上，杜金山开始发难道："我昨晚的心理历程是梦见抢劫了一家银行，抢了九十万。当时，我带着一把手枪，从前门进去之后……"

果然，小胡子一听，坐不住了，他很快就变成了暴怒的三号。他猛地一拍桌子站了起来，指着杜金山大叫："是你！是你抢的银行，却让二号背了黑锅！你这种人就该坐牢进监狱！我要报警，警察！警察！哎呀……"

眼看小胡子越来越烦躁，杜金山也吃惊不小。幸好，刚刚小胡子一拍桌子把老院长震醒了，老院长走过去把小胡子抱在怀里，轻轻抚着他的后背，口中喃喃有词，也不知说了什么，小胡子才安静了下来。

杜金山见状，心说：看来，这小胡子抢劫银行一事恐怕另有隐情。果然，没几天刀疤强找到了小胡子的案卷，发现了这个新一号那倒霉而又悲惨的犯罪过程。

小胡子原来是个勤恳而又规矩的上班族，为人内向，有个谈了好多年的女朋友。女朋友提出结婚的条件只有一个：拥有自己的房子。于是小胡子拼命地存钱，存到了十万。可房价上涨得更快，他那存款和房款的差距越来越大。

女朋友给他下了最后通牒，再没房子就分手。小胡子彻底无望了，可

就在这时，戏剧性一幕出现了。小胡子在办理存款的时候，不知怎么搞的，银行错把他的十万存款打成了一百万。

小胡子又惊又喜，不动声色地观察了好久，发现银行居然没觉察到这笔业务的错误。于是，小胡子毫不犹豫地买下一套价值一百万的婚房。不料就在他和女朋友举行婚礼的当天，警察把他带走了，最后一审他被判了十五年。

杜金山听了哭笑不得。原来小胡子不想离开这里，是担心一离开就会被送去监狱。能不能让小胡子离开这里呢？杜金山想到了一个主意。

6. 水到渠成

第二天，小胡子接到县卫生局的电话，要老院长去外地开会，会期一周。而且，通知特别提示，如果老院长去不了，可以找人代替。

小胡子很高兴，在傍晚的心理辅导课上，他开门见山就说："明天我要去开一周的会，需要有人代替我。"杜金山立即站起来，指着五号小孩，说："他这么小，肯定不行，我来吧！我一定把老院长和五号照顾好，你就放心地去吧！"

小胡子斜着眼睛打量了杜金山半天，忽然摇摇头说："你这人来路不正，肯定是警察的卧底！我不能把他们交到你手中！"说着，他转身拍

着小孩的脑袋，大声说，"五号，你来做新的一号！"

小胡子走了，小孩成了新一号。杜金山和颜悦色地要小孩把一号让给自己，小孩却怒视着他，一声不吭。杜金山猛然想到自己以前和刀疤强的通话，小孩在旁边都清清楚楚地听到了，不由心里一阵发虚。

杜金山知道小孩了解自己许多秘密，就让刀疤强给小孩买来很多糖果和玩具。给小孩演节目，讲故事，能用的方法都用遍了，可小孩仍然无动于衷。

杜金山无计可施了，只得明说："五号，拆掉这座破房子，会有一座更新的房子建起来！你好好想想，我这一直以来所做的不都是为了大家好吗？"

小孩还是怒视着他，一声不吭。杜金山仔细回忆以前在小孩面前的通话内容，忽然明白了，他对小孩说："你是不是觉得我把一号、二号、四号弄走，是扔进火坑了？这样吧，我让他们告诉你，让你亲眼看看他们！"说完，他吩咐了刀疤强几句，刀疤强就走了。

过了几天，刀疤强回来了，还带回了一些影像资料给小孩看。资料中显示：一号老婆的病情正在好转中，一号在影像里很开心地向杜金山表示了感谢；四号手术也很成功，基本恢

复了意识，对杜金山也是满口感激；而二号的会议日程基本全是游玩，他已经玩到了北京，还高兴地发回了好几张照片。看着看着，连杜金山自己都感动了一把。

小孩看到这些，惊讶了。杜金山又是一番好说歹说，小孩开口说话了。他嗫嚅着，用含混不清的童声说："你是天使吗？"杜金山努力用最真诚的眼神看着小孩，用力地点点头，小孩又说，"那你能帮我个忙吗？"

"你说！"杜金山笑道，"你想要什么，我都可以给你！"

小孩的眼里一下子涌满了泪水，说："你可以让我爸爸妈妈不要离婚吗？"看着小孩决了堤般的泪水，杜金山心中震惊不已，通过交谈，他慢慢了解了小孩的故事。

小孩曾经有一段短暂而快乐的童年，那时候他家日子虽然很苦，但爸爸妈妈都很爱他，日子过得很和谐。后来，日子越过越好了，可爸爸妈妈却开始争争吵吵，而且越吵越凶，小孩因此患上了轻度抑郁症，住进了医院。再后来，爸爸妈妈闹上了法庭，双方都放弃了小孩的抚养权。最终，小孩被送进精神病院，而爸爸妈妈仍在为抚养权和财产打官司。

杜金山说："大人的事情应该由大人做主，小孩是管不了的，不光是小孩，连上帝也管不了大人的家事。这样吧，如果你爸爸妈妈离婚了，他

们不要你了，我来照顾你好不好？"

小孩泪如雨下，哽咽着说："我想跟爸爸妈妈在一起！"杜金山看看他那可怜的样子，忍不住把他抱在怀里，摸着他的头说："好吧，我可以帮你试试！但你放心，五号，实在不行，我来照顾你！"

这时，小孩把白大褂递给杜金山，又从兜里掏出一支钢笔递了过去。杜金山接过钢笔，就觉得钢笔上刻有什么痕迹，仔细一看，只见钢笔背面刻着：一号！

他一下子明白了，原来老院长是靠摸这个"一号"分辨出文件的真假。

杜金山哈哈大笑，穿好白大褂，拿着协议来到老院长的房间。老院长正在沉睡，他拍拍老院长的肩膀，老院长接过钢笔，看也不看，在协议上签了字。杜金山长长出了一口气。

傍晚时候，杜金山领着小孩，刀疤强搀着老院长，离开了小王庄。在他们身后，挖掘机轰轰作响，推倒了这座破旧的平房。

7.如此变化

三天后的深夜，一辆小面包"吱"的一声停在一个车库里，刀疤强和几个小兄弟打开后门，拖出一对满面惊恐的男女。

这对男女被押进一个房间，房间里坐着杜金山和五号小孩。那对男女一看到小孩，齐声叫道："童童，你怎么在这儿？"接着，两人"扑通"给杜金山跪下，那男的说："大哥大哥，您要钱是吗？要多少您发个话，我这就派人给您送来！"

这两人正是小孩的爸妈，刀疤强花了几天的工夫，找到两人各自的家，把两人带了过来。杜金山笑着说："今天请两位来呢，只是想和两位商量一个事！两位只要答应了，马上就可以走。"说完，递给两人一份合同，说，"其实也没什么，我要请你们签一份转让书，把童童的监护权转让给我！"

啊？童童爸妈大吃一惊，目瞪口呆地看着杜金山。杜金山笑眯眯地说："两位可以放心，我比你们更有钱！我一定会好好对待童童，绝不会缺了他吃穿！"

童童爸摇头说："大哥，您说笑了，我们又不认识您，怎么会把孩子

给您？再说了，您要孩子干吗？真想要也可以去福利院申请领一个啊！"

杜金山微笑着说："主要是我和童童比较对脾气！我们都是朋友！"

童童妈忽然站起来说："不行！我不能答应！"说完冲上前，一下子把童童抱在怀里。

杜金山脸色猛地沉了下来，"啪"地拍案而起，说："你俩不是正闹离婚吗？不是都不要他了吗？那你们不要了，我来接手不行吗？你们他妈的这到底想干啥？"

童童妈哭着说："谁说我不要孩子了？我只是想把孩子给他，让他体会一下当妈的辛苦！"

杜金山怒火中烧，咆哮道："拿孩子置气是吗？再他妈这样下去，他就死了！你们知不知道？"杜金山从抽屉里掏出一封医院的诊断书，摔在桌子上，大吼道，"他是你们的亲生骨肉啊！难道你们非要亲手弄死他？你们不要可以给我！我要！"

这下，连童童爸也忍不住了，上前抱着母子俩失声痛哭，杜金山火气正旺，还要再骂，被刀疤强拖出了房间。两人来到屋外，点上一根烟，刀疤强递给杜金山一幅画，说："看，这是童童画的咱俩！"

纸上画着飞在半空的两个人，每人背后有一对翅膀，头上还有一个光环。这，大概就是天使吧！刀疤强笑

了，边笑边说："我闯荡江湖这么多年，被人骂过无数次，这是第一次被人叫做天使！"杜金山点头说："其实做做好事，感觉也挺好的！"

刀疤强说："童童爸妈已经和好，这事解决了！老大，小胡子那边怎么办？他该回来了吧？县里的会也该结束了！"

杜金山笑道："急什么，让他在外面玩一阵子，县里的会开完了，不是还有市里的会嘛！让他开吧，开到咱们这个项目结束再回来，给他一个惊喜！"

刀疤强吐吐舌头，说："那得多长时间啊！哪有那么多地方玩啊？"

杜金山说："不行就让他出国！"

一年半后，从马来西亚旅游归来的小胡子终于踏上了小王庄的土地，他百感交集地来到村前一看，不由愣住了。原来的平房都不见了，取而代之的是皇家园林般的建筑群，门口立着一块大牌子，上书：小王庄国际精神病院。上方还拉着一道横幅，写着：热烈欢迎二号出席新马泰国际精神病学会课题讲座暨成功回归祖国！

小胡子不由热泪盈眶，他走上前几步，远远看到一个身影正在林间散步，那不正是老院长吗？小胡子大叫一声，扔下行李就奔了过去。

老院长听见声音，回头张开双臂，大喊一声："孩子，欢迎回家！"

（题图、插图：杨宏富）

@ 青山簇簇水中生　"我家有尊菩萨，说是爷爷寻来的。那菩萨对我有求必应！我没学费了，对那菩萨拜拜，第二天准能筹到钱；跟你恋爱时，父亲极力反对，我对菩萨拜了拜，父亲就不吭声了……"在看《寻宝》节目的妻子"噌"一下站了起来，颤声道："明天你就去把它抱回来！"第二天，丈夫抱着母亲站了妻子面前。

@ 洹水鹿鸣　朱三的老爹养了只毒蝎子，十年未取毒，据说此蝎毒堪称一宝，价格昂贵。朱三偷出兜售，只见毒蝎子通体黑亮，可却毒刺高悬着一动不动。有老中医欲买，担心不会蜇，就用筷子插一馒头试之，蝎子的毒刺瞬间刺入馒头。老中医这才放心砍价，不成，携馒头而去。稍后，旁观者笑朱三，蝎宝已被馒头吸走，此蝎废矣。

@ 鹰翔狼啸　秀秀第一次见准婆婆，老人家送她一只镯子做见面礼，说是纯金的。秀秀有些不信，回到家拿给妈看，不想妈看也没看就说是真金的。秀秀只好将镯子拿到金店做鉴定，总算舒口气：确实是真金。"您怎么不看就确定它是真金的？"秀秀问妈。妈慈爱地答道："人家连儿子都给你了，还会在乎一个镯子？"

@1045 游戏人间　听说西部有一个常年缺水的地方，我决定去了解一下……几经周折我来到那个小县城，找了一家旅馆住下来，这里价格不贵，老板也热情。刚吃过晚饭，老板就给我打来半盆水，然后关门出去。片刻，我洗完脸走出房门。老板惊讶地问："小伙子，这么快就洗完澡了？"

@yoyo亦馨　暑假小张带着儿子辗转于各个培训班之间，孩子长进不少。小张对丈夫说："孩子懂事多了，刚才回家路上，他最爱的那款宝贝汽车模型到货，就摆在商店橱窗里，他看了几眼，竟然没吵着要买！"丈夫叹口气："开学前抽空带他检查一下视力吧，估计度数又加深了！"

（插图：佐　夫）

不是笨蛋 （潘胜奎 编绘）　　　　（《故事会》漫画版精品选登）

@ **正版无字仓颉**　　　暑假带儿子去故宫参观，适逢珍宝馆开放，游人蜂拥，摩肩接踵。半小时后，我们从人群中挤出，交流赏宝心得：各举一件印象深刻的宝贝。儿子说非金瓯永固杯莫属，清代镇国之宝嘛！我说田黄三连印更稀罕些，乾隆的贴身爱物啊！轮到老婆了，她擦把汗，道："光顾找你俩了，没记住。"

@ **好女孩仪琳**　　　自从孩子出世，我的家庭地位一落千丈。多少天没听老婆喊我宝贝了，真受不了这个落差，我得重拾起自信！这天，嗓子不舒服，我坐那儿咳嗽，故意有些夸张。半天，一旁喂孩子的老婆终于开口了："你感冒了吧？"我喜出望外："是啊是啊！"老婆白了我一眼，说："那还不赶紧离我们远点！"

·经典传递·

本期主题：断案故事

明智的法官具有明察秋毫、触类旁通、举一反三的断案智慧。我们的民间故事当中，就有这么一类机智断案的故事，体现了老百姓对官员清正廉洁、明察秋毫的期望，同时也是千百年来集体经验和民间智慧的结晶。

巧判夺子案

从前有个小村庄，庄里有两户人家：一户姓李，一户姓王，巧的是两家的媳妇在同一天都生了个大胖小子。

谁知李家的娃娃不到一个月就夭折了。不过，他们家两口子竟然没有声张，而是悄悄地把娃娃埋在自家的后院里，不让左邻右舍知道这件事。

一天，李家媳妇趁王家媳妇出

门，便偷偷溜进了王家的屋子里，神不知鬼不觉地把王家的娃娃抱回了自己家。

等王家两口子回到家，发现娃娃竟然不见了，赶紧招呼邻居，在周围找了整整两天，始终都没见娃娃的踪影。到了第三天，王家媳妇去李家串门，一进屋就发现摇篮里的娃娃正是自家的。于是，两个女人便争执起来，直打得头破血流，最后闹到了公堂上。

县官赶紧升堂断案，见两家都说孩子是自己的，但都拿不出确凿的证据，便发话道："你们在大堂上抢娃娃吧，谁抢去娃娃就归谁。"

两家媳妇就开始抢那娃娃，王家媳妇拽着娃娃一只小胳膊，刚一用劲娃娃就大声哭叫，王家媳妇马上松了手，娃娃被李家媳妇抢了去。这时，县官惊堂木一拍，喝道："大胆李氏，你偷王家娃娃，还不从实招来。"大伙儿都疑惑地看着县官，只听他说："一个多月的娃娃，嫩骨头嫩肉的，他的亲娘能舍得使劲拽吗？使劲抢去娃娃的女人一定不是亲娘。"此话一出，李家媳妇只好低头认罪。

故事会2013年7月下半月刊·绿版 **79**

智审羊皮案

从前，有个县官正在大堂批阅诉状。突然门口传来一阵吵闹声。县官抬头一看，只见一个后生和一个老人死命扯着一张羊皮，边骂边闹进公堂。

县官喝道："你们二人为何这般不成体统，在公堂之上大吵大闹？"

后生赶紧抢先说道："老爷在上，我家住在西城外驿道边，我看今天天气好，就早起把自家这张羊皮拿到门外晒一下，以防虫蛀。没想到这乡下老汉趁我在屋里不注意，抢了羊皮就跑。我好容易才追上他，他却不肯还我。我

们这才一路争执着来到县衙。还请老爷为小民做主。"

县官又问后生："你是干什么营生的？这羊皮从何而来？"

后生答道："大人，我家世代以卖醋为业，这羊皮是先父所传。这可是我对先父唯一的念想了。"说完，还抹了把眼泪。

县官又转向乡下老人，问："后生说你偷了羊皮，这是真的吗？"

乡下老人涨红脸，气呼呼说："大人，这张羊皮真是我的。我以贩盐为生，前些天往山里贩了些盐，有家山里人穷，买了盐，给不起钱，便拿这张羊皮顶了数。今天，我刚从驿道上过来要进城，这无赖就上前来，硬要我把羊皮卖给他。可他给价太低，我不卖。他上来就要抢，还诬告我偷羊皮！请大人明断。"

县官问二人可有旁证，二人都摇头说没。

县官想了想，说："既然你们都无旁证，那就让羊皮自己讲吧。"说罢叫来差役，把羊皮摊在竹席上，喝道，"大胆羊皮，到这步田地，还不肯招？来人，给我重打十大板！"

差役虽傻了眼，但不敢怠慢，只得照办。

这时，县官又问差役，竹席上写了什么字。差役看了看，摇头道："大人，什么字也没有。"县官骂道："你们也当差多年，怎么还是那么糊涂？

再看！"

差役又趴到竹席上仔细看了一遍，硬着头皮回话："大人，竹席上除了些白色粉末外，小人实在看不出有什么字。"

县官点头，叫两人上堂听判。他指着羊皮对乡下老人说："羊皮自己招认是你的，你把它拿回去吧。"

可后生听了却大喊不服。县官一拍惊堂木，喝道："大胆刁民，竟敢在本官面前要花招。那羊皮一经打，散落下的全是白色粉末，那正是卖盐老人身上的盐粒，不信你自己拾起来尝尝。"

那后生一尝，果然是咸的，只得低头认罪。

巧判三亩地

据说，有个县官刚上任，第二天就有一个案子：一位财主拉着个农夫来到县大堂，让县老爷判农夫的三亩好地归他耕种。只听财主抢先说："去年三月初五，农夫因为没有钱买种子向我借了一两银子，按约定今年的三月初五以前必须还我，若不还我，他的三亩好地就归我耕种了。我有契约在此。"说完呈给了县官。

县官把契约看了一遍，上面写道：我因无钱买种子，向财主借银一两，明年三月初五之前必须付还，如三月初五之前未还，家中三亩好地将

由财主耕种。双方特立此据为证。那契约上头还有双方按下的手印。

农夫战兢兢地辩驳说："我连着两日去他家都没人在家，三月初五我又去他家，他家家丁说财主走人家去了，明天才能回来，家丁还说契约在财主手里，他不敢擅自收钱。所以今天一大早我又要再去还钱，可刚出门，财主就硬把我拉来见县老爷您了。"

县官想了想说："你们都听着，本大人现在判决如下：准予财主耕种农夫的三亩地。"说完，他在契约上写了判词、盖了官印。

财主拿到了判词，高兴得立即令家丁去耕种农夫的三亩土地。

转眼到了第二年，那三亩地里的庄稼长得穗大粒饱，乐得财主合不上嘴。可这时，县衙派来两名差役传话，不准财主收割。

财主一听，气愤地拿了契约去见县官，理直气壮地说："大人，您怎么忘记啦，农夫的那三亩地，大人您去年就判给我了，我当然可以收割啦。"说完递上契约。

谁知县官看了契约后怒斥财主道："大胆财主，你竟敢戏弄本官，该当何罪！本老爷只判准予你耕种农夫的那三亩地，并没有让你收割那三亩地里的庄稼。这一点，你难道没有看明白？"

财主听了，一下子昏了过去。

智断窃钗案

次，一个大户人家丢失了一只贵重的金钗，四处寻找都没找到，就跑到县衙去报案。

县令亲自调查，得知金钗是在室内丢的，案发时有两仆妇在场，但她俩都否认拿过金钗。

县令将两个仆妇安置于县衙屋里，不审也不去询问，对此众人颇感疑惑。

县令却好像什么事情也没发生过，饮酒散步特悠闲，等天快黑了的时候，他才拿着两根芦苇，

走进两仆妇的房间，给她们每人一根，神色威严地说道："你们好好拿着芦苇，明天凭芦苇断案，谁若是偷拿金钗的，她手中的芦苇就会长二寸。"说罢关门走了。

次日县令升大堂，两个仆妇被带上来，县令取过芦苇看过，果然有一支长了二寸。

只见他嘿嘿一笑，指着手持短芦苇的仆妇大声喝道："大胆窃贼，还不如实招供！"

只见那仆妇战战兢兢，当即双膝跪在地上，口中呐呐说道："我一时鬼迷心窍，拿了主人家金钗，大人如何知道的？"

县令大笑回答道："给你俩的芦苇一样长，假如你心中无鬼，如何会偷偷截去一节？"仆妇这才后悔上当了。

谁毁的瓜田

有个胡县令，因为明察秋毫，在方圆百里颇有名气。

一天，有村民来县衙告状，称他家有瓜田五亩，瓜尚未熟，昨夜却忽被人将根藤破坏，全成了长不熟、卖不掉的生瓜。

胡县令亲去勘查，见瓜田附近七八家庄户也是以种瓜为生的。他暗暗思量，毁瓜田者不出这些人之外，于是便命各家都把常用铁锹拿

来，自己一一舐过，发现有一把铁锹有苦味，又让跟随来的小吏舐过，大家都觉得苦涩不堪。胡县令抬头问道："这把铁锹是谁的？"有一人慌忙走出，说道："是我家的。"

胡县令指着他厉声喝道："你为何要弄坏别人家的瓜藤？"这个人惊呆了，只好叩头伏罪。原来，他与邻居同操瓜业，偏偏邻居家种的瓜年年早五天熟，次次占得先机卖得好价钱，他气愤不过，便偷偷弄坏邻家瓜藤，让他赔本。胡县令听了哈哈大笑，责令两家互换瓜田一年，让毁瓜者自食其果。

有人不解，胡县令说："这种事，若非有仇有怨，就肯定是同行干的。我让各种瓜人家送一把铁锹来，是因为切断瓜藤要用它，而铁锹一沾上瓜根瓜藤的水汁，味道定会变苦，所以只需一舐，便可查出。"

从前，有个穷苦的樵夫到山上去打柴，准备用打来的柴去换钱买些面包。在路上，他捡到了一只口袋，一看，里面竟足足有 100 个金币。

樵夫却没打算把这些钱占为己有，而是继续进山里去打柴了。

可谁知直到晚上，樵夫一根柴也没卖掉，他和全家人只好挨饿过了一夜。

第二天早上，大街上传来了消息，原来掉钱袋的是一个商人，他许诺谁要是把钱袋交还给他，就能得到 20 个金币的酬金。

好心的樵夫找到商人，把钱袋还给他。可这个商人，为了赖掉许诺的酬金，假装数了数金币，佯装生气地说："这钱袋是我的没错，但里面的钱少了。原来里面有 130 个金币，但现在只有 100 个了，那 30 个肯定是你偷去了。我要去告你。"说完就拉着樵夫来到法官面前。

法官询问了事情的经过，又问樵夫到底有没有偷钱。樵夫可怜巴巴地说："老爷，我宁愿全家挨饿也没动过袋子里的一枚钱，何来偷钱之说？"

而商人还是一口咬定钱袋里本来有 130 个金币。

法官这才裁决说："你们双方都没有证据。不过可怜的樵夫，你讲得那么的自然，所以你说的事让人根本没法怀疑。至于你呢，商人，你享有这么高的地位和信誉，根本就不容我们怀疑你会行骗。既然你们两个人说的都是实话。那么很明显，樵夫拾到的这只钱袋肯定就不是商人丢的那只了。那么樵夫，拿着这只钱袋回家去，等它的主人来取吧！"

巧判金币

孙亮判案

三国吴主孙亮喜爱吃梅子。

一天，他吩咐宦官去库房里取来蜂蜜渍梅，正吃得津津有味，却忽然在蜜中发现了一颗老鼠屎。大家见状，都吓得面面相觑。那宦官连忙跪下奏道："这一定是库吏渎职所致，请主公治罪。"

孙亮便招来那库吏问道："刚才宦官是从你手上取蜜的吗？"

库吏战战兢兢地回答："蜜是臣下交给他的，但给他时并没有鼠屎。"

"胡说！"宦官指着库吏鼻子，说，"鼠屎早就在蜜里了，你这是欺君罔上！"两人便在堂上争执不下。

孙亮环视众人，说："这个容易知道。"接着，他马上让人当众剖开鼠屎。大家定睛看去，只见鼠屎外面沾着蜜汁，里面却是干燥的。

孙亮哈哈笑着说："要是鼠屎先在蜜中，里外都应浸湿；而今外湿里燥，显见是刚才放进去的。这一定是宦官捣的鬼！想必是你与库吏有仇，故意嫁祸给他，好借寡人之手除之。你这才是欺君罔上，今日若不杀你，世人都以为寡人好欺负。"说完就要治宦官欺君之罪。宦官这才吓得浑身哆嗦，连忙"扑通"一声跪下，磕头求饶。

巧破命案

从前，有一户人家发生了火灾，丈夫被烧死了，妻子很伤心，哭得死去活来。

可夫家的人怀疑是妻子杀了丈夫，再故意放了一把火毁了现场，还谎称丈夫是被火烧死的。但那妇人拒不承认，于是夫家人就把她告到官府。

审理此案的县令仔细检查了那丈夫的口腔，见里面干干净净，便断定是妻子谋害了丈夫。

那妻子不服，于是县令把乡里众人请来，当众做了一个"烧猪验尸"的演示。

只见他命人把一头猪杀死，再把一头活猪捆好，接着用木炭生了一把火，将一死一活两头猪一齐扔进了火堆。

等火熄后，县令命人查验，只见先被杀死的猪口中没有一点灰尘，而另一头猪尸体的口里却满是炭灰。

县令解释说："凡是在火中被烧死的人，势必在火中挣扎，口中就要吸进许多炭灰，而那丈夫口中如此干净，说明他是先被杀死，然后房屋才着火的。"

那妇人听了，只得乖乖招供，承认先杀死丈夫，后点火烧房的罪行。当时人们都拍手称赞县令明断，这么轻易就破了案。

（本栏插图：安玉民　梁　丽）

多少钱买的

□ 崔永凯

小丽刚生了个大胖小子，怎么看怎么爱。到了百日那一天，天气特别好，她决定抱着孩子出门逛一逛。

她把孩子包得严严实实，只露出一张粉嘟嘟的小脸，便直冲门外。正当她经过小区门口的时候，那儿有个卖黄瓜的中年妇女突然咋呼道："哎哟，快看看这孩子，长得可真精神啊！"

小丽听了，心里顿时乐开了花，赶紧停下脚步，跟那妇女攀谈起来。这位妇女的嘴巴那叫一个甜，不住地夸孩子长得又结实又可爱，小丽的心里别提有多高兴了，当下就称了一大堆黄瓜。

买好黄瓜，那位妇女又问小丽孩子多重了。小丽回答："半个月前称过一次，十五斤二两，这两天好像又胖了，不过我们家没有秤，也没给他称。"

妇女热情地说："我这儿有啊，来来来，我帮你称一下。"说完从车上另取了一个干干净净的篮子，接过孩子，小心翼翼地放了进去，提起秤杆，然后眯着眼睛瞅了瞅，兴奋地说："十七斤八两！嘿，真是个大胖小子！"

说完，这妇女又把孩子抱在怀里逗了逗，这才递还给小丽。小丽开心地接过儿子，连声道谢，顺便把买黄瓜的钱塞给她，然后便跟她道了别。

小丽接着往前走，这时有个大嫂悄悄地跟了上来。等小丽转了个弯，那大嫂突然把她拦下了。只见大嫂四下里瞅了瞅，然后压低声音问道："大妹子，跟你打听个事儿，你这孩子是花多少钱买的？我在一边看你们半天呢，论分量买孩子倒也公平。"

用心良苦

□ 汪培君

环保局有个黄局长，最爱在办公室喝茶看报，最怕有人上门找。可偏偏这天一早，他就接到门卫电话，说大门口有几个靠山屯的农民，点名要找他。黄局长一听，不耐烦道："就说我忙，千万给我拦住了！"可不一会儿门卫又来报告："局长，人是拦住了。可他们在门口大嚷大叫，招来好多人围观，连记者都来了！"

黄局长只好把人请进来。一问来意，敢情这帮人是专程请他去靠山屯吃顿饭。黄局长心里一盘算：靠山屯压根没有污染问题。不就吃顿饭吗？还能把我怎么着？我倒要去看个究竟。于是，他一拍桌，喊了声："走！"随即带人去了靠山屯。

一进村，就见这里山清水秀，茶树碧绿，如仙境一般。村口拉了一条横幅，上写：热烈欢迎环保局领导莅临指导。村长笑容满面，村民敲锣打鼓，好不热闹。

黄局长先喝了口村长送上的绿茶，清香扑鼻；又尝了尝农家菜，鲜嫩可口；再品了品家酿酒，满口生香。直至酒足饭饱，他打了个饱嗝，问村长："说吧，有啥事求我？"只听村长笑眯眯说："其实没大事，就想跟环保局攀个亲，请你们常来吃饭……"

黄局长笑了，说："原来是让我们来扶贫啊。"村长一听，忙声明："我们已经脱贫了，只是想你来我往，有个走动。"

黄局长随即对手下的人说："也成，以后靠山屯就是我们的联谊点，有活动就来这儿办。"

话音刚落，只见村长热泪盈眶，转身对村民们宣布："黄局长的话大伙儿都听见了？这下咱们可以放心啦！靠山屯成了环保局的共建单位，往后，黄局长肯定舍不得咱们村的环境被污染了！"

你不能许愿

□ 杨信社

王总是个暴发户，特有钱，但也特爱显摆。

这天他来到一个景区，一进庙里就瞧见有个高个儿，在门口取了一把免费香。王总不由冷笑一声，很有派头地买了一束最贵的高香，特地挤在高个儿身边显摆起来。那高个儿领会了他的意思，生气地扭头就走。

烧了香，王总又到许愿池，见有人往池里扔一块，有人扔五毛。王总又嗤之以鼻，道："要许就许大的！"巧了，刚才那高个儿也在，见他这副德行，忍不住开腔："有能耐去那边许愿，瞧那个大老板多有派头！"王总抬头一看，那边果然有个大池子，池边站着个穿金戴银的大胖子，正双手合什、虔诚地许愿呢，再看那池里竟漂着两张百元大票。

原来真有大额许愿池！王总觉得有地方显摆了，扭头走向那边。

到了大额许愿池，王总跟胖子打了个招呼，便掏钱准备许愿。可那胖子抬眼看看他，道："你不能在这里许愿！"王总不服："你不就是许了个二百的吗？有啥了不起？"说着掏出五百块，手一扬，潇洒地抛进了池里。那胖子一看，惊讶地说："说了别在这许愿，你怎么不听？"

王总恼了，说："怎么着？就许你显摆？"说完又掏出一沓钞票，要往池里扔。那胖子一看，赶紧按住王总说："大哥，我服你了！可你真的不能再这样许愿了……"

王总嚷嚷说："我找的就是大额许愿池！"那胖子愣了一下，忽然笑了："什么大额许愿池？这是刚建的荷花池。"

王总愣了，问："什么荷花池？那你往里扔什么钱？"只听胖子解释："嗨，我准备去那边许愿池，边走边准备零钱，谁知道不小心带出了两百元，不巧又来了阵风，把钱吹到了荷花池中央了。我想，钱不能白掉啊，就顺便许个愿呗！"

吓 贼

□丁秀红

农历腊月初，家在农村的王五一觉醒来，突然感到尿急。被窝里热乎乎的，而外面是冰天雪地，王五憋了一会，实在憋不住了，只好起来，披一件大衣到外屋去撒尿。

撒完尿，王五忽然隐约听到院子里有轻微的脚步声，他悄悄地掀开窗帘，看到一个模糊的人影从南墙跟向堂屋门走来。大门是上了锁的，看样子是翻墙进来的，家里进小偷了！

那小偷先到王五睡觉的西屋窗跟站下，将头贴在窗上听了听，然后就去了堂屋。小偷用手轻轻地推了推门，这门的插销就在门的中间。只要拿去靠插销的那块玻璃，伸进手就能拔出门闩打开门。小偷便拿出小刀，小心翼翼地剔挖玻璃上的油泥。

王五不动声色地看着，突然他想来个恶作剧，只见他悄悄来到外屋的水缸旁，把水面上那层薄冰戳破，双手一下子浸到冷水里，那刺骨的凉，直冷得他打了个寒噤，可他咬着牙坚持着，直到没有了知觉才把手拿出来。

接着，王五屏住呼吸，又悄悄地来到里屋门口。

小偷终于将门玻璃拆下一块。就在他将手伸进屋里，要摸到门插销的一刹那，王五伸出双手，一下子牢牢地抓住了小偷的手。小偷冷不防被一双冰凉的手抓住了，心中大惊：我的妈呀，遇到死人了！可是他做贼心虚，不敢叫唤，只有拼命在外面连蹦带跳地挣扎。

王五在里面用尽全身的力气，紧紧地抓住小偷的手，任凭他在外面蹦跶。忽然，小偷停止了挣扎站住不动了。王五一松手，外面"咕咚——"一声，小偷倒在了地上。他赶紧开门出去查看，小偷躺在地上一动不动。王五伸出手一试，小偷竟没了气息。

原来，小偷硬是给吓死了！

你的好运来了

□覃 旭

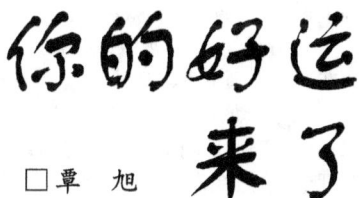

老韦已退休，这天，他在街上闲逛，突然有人热情地向他打招呼："哎哟，老哥，你的好运来了！"

老韦一看，是个卖药水的，面前还摆着广告："祖传秘方，秃发再生"。老韦天生爱调侃，他摸摸自己秃头，问："好运？秃发再生？"

摊主拿出一摞感谢信，说："眼见为实，耳听为虚。这些都是我治过的人写的亲笔信。"

老韦打量一下摊主，再瞧瞧广告，连说："厉害，厉害。你这药多少钱一瓶？"摊主故作大方说："别人吧，卖120；今天跟你特别有缘，算了，100吧！"老韦连声道谢。

接着他开始掏口袋，掏了半天，总共只掏出几块钱，就不好意思地说："早上出门匆忙，没带多少钱。先赊三瓶试用怎么样？"

摊主老练地说："小本生意，赊不起。原料太贵，要回笼资金搞再生产，好为更多患者服务。"

老韦连连点头，表示理解："好，我去借钱。记得给我留三瓶哦。"摊主满脸是笑："好咧！"

没过多久，老韦就转回来，他兴冲冲地说："恭喜老板，你的好运来了！我帮你把药全推销了？"

见摊主有些不相信，老韦递上半张小纸片，说："你打一下这个电话，亲自跟他们讲。"

摊主拿出手机，按纸片上的号码拨起来。电话通了，他"喂"了几声，眉头一皱，对老韦说："对方的电话好像有问题，怎么说的话听不懂？"

老韦点头，一本正经地说："对啊，俄语！刚才你打的是俄罗斯总统办公室的电话。他们许诺，只要你能治好普京的谢顶，那么我和你就可以免费游俄罗斯一次！"

（本栏插图：包丰一 顾子易）

可疑的男子

·神探夏洛克·

　　一天，神探夏洛克在一所住宅后面看到了一个形迹可疑的男子，便喊道："请等下再走。"那人听到喊声，愣了一下停住了脚步。

　　夏洛克问："你是做什么的？"男子有点不悦："我做什么与你何干？我就住在这里，刚下班回家。"夏洛克盯着男子："这里真的是你家？"

　　男子愈加不爽，反驳道："您这是什么话，这里就是我家啊。"正说着，一只三色花猫从后门跑了出来，在那个人腿旁边磨蹭，男子抱起小猫，对夏洛克说："您瞧，这是我们家的杰瑞芙。这下您不会误会我了吧？"他一边摸着小猫的脑袋一边说。

　　夏洛克耸耸肩，说："好吧，不过你这只小猫毛色好漂亮，看起来很威武哦。"

　　"当然，"该男子很得意，接着说，"前几天，邻居还特意求我这只给他家小母猫配种呢，那么再见啦，多管闲事先生！"

　　"等一等，"神探夏洛克亮出证件，"你还是跟我回警局喝杯咖啡吧，怎么样？"

　　这是为什么呢？

超级视觉　哪盆菜最划算

　　菜单上有三盆宫保鸡丁，标价一样，你觉得选择哪一盆划算一点呢？偷偷告诉你们，其实都一样啦，只是盘子大小不同让你产生的错觉哦。

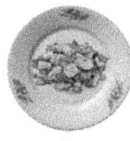

思维风暴　忘了时间的钟

　　图中有一排钟，他们都忘了时间，自顾自地走。不过，这排钟倒是有规律可找哩。细心的读者，你能找到规律，并说出下一个钟的时间吗？

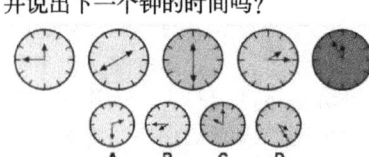

本题可加故事会微信参与有奖竞猜！

疯狂QA

　　有一个人在蹚水过河时，为什么只湿了一只脚？

　　想知道答案吗？方法一，直接扫描二维码。方法二，登录 http://url.cn/G8108Z，查询"动感地带"答案的同步更新。方法三，购买 2013 年 8 月上《故事会》！动感地带，与您不见不散。上期答案见本期 P14。